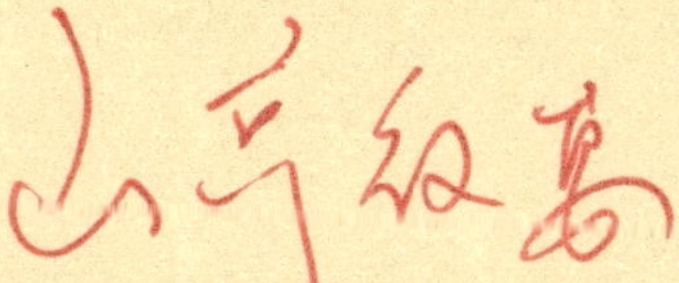

暗恋古董衣

山亭夜宴 作品

百花洲文艺出版社
BAIHUAZHOU LITERATURE AND ART PRESS

图书在版编目（CIP）数据

暗恋古董衣 / 山亭夜宴著. — 南昌：百花洲文艺出版社，2015.5

ISBN 978-7-5500-1367-4

Ⅰ.①暗… Ⅱ.①山… Ⅲ.①长篇小说－中国－当代

Ⅳ.①I247.5

中国版本图书馆CIP数据核字（2015）第076317号

暗恋古董衣

山亭夜宴　著

出版人　姚雪雪
出品人　柯利明　林苑中
特约监制　丁元元
责任编辑　游灵通　钟莉君
特约策划　马晓婧
特约编辑　马晓婧
营销统筹　宗　岩
营销推广　杨　蕊　徐江宁
封面设计　刘　艳（树果）
封面插画　单单工作室
责任印制　张军伟

出版者　百花洲文艺出版社
社　址　南昌市红谷滩世贸路898号博能中心9楼　邮编：330038
电　话　0791-86895108（发行热线）　0791-86894790（编辑热线）
网　址　http:www.bhzwy.com
经　销　全国新华书店
印　刷　三河市汇鑫印务有限公司
开　本　1/16　710mm × 980mm
印　张　21.5
字　数　180千字
版　次　2015年8月第1版
印　次　2015年8月第1次印刷
定　价　35.00元
ISBN 978-7-5500-1367-4

赣版权登字：05-2015-198

楔子

民国·巴黎

巴黎康明街（Rue Cambon）31号，店门外名流云集，听说这家时装沙龙店的设计师是一个叫可可·香奈儿的女人。她的第一家女帽店在1910年开张时，她才27岁，也是在这条街，康明街21号。4年后，她开设了两家时装店，如今，她已是备受世人瞩目最炙手可热的设计师之一。

“我比她年轻，我也有自己的造化。”站在康明街31号对面的陈媛不由得扯了下身上的衣服，这身新洋装是她亲手做的，她在上海能凭这门手艺出入非富即贵之家，在这里，她也会找到机会。

2014年夏·上海

我，娄依凝，大学刚毕业，正准备出国留学。

他们认为我不是为了留学，而是因为柯维兹选择了牟琳琳。在我们三人一起度过四年的大学生活后，他喜欢的是她。

夏天才刚刚开始，我真希望它快点结束，这样我就能尽快办完手续飞离这座城市，再见无期。

石佳雯打来电话时，我正翻开一本脏得无处着手的相册，里面是一些难以辨认的照片，人的脸模糊一片，也许是经年累月的潮湿，也许时间实在太久，几乎没有一张是完整的，难以想象的是多念旧的人才会留着这么一本相册，何况，照片里的人可能早已不在人世。相册边缘破损不堪，夹层里面似乎还有东西，一张照片掉了出来。

我很好奇照片上的女子会是谁，她穿一身奇装异服，站在街巷里看着镜头，努力扯起嘴角想笑，一副小家碧玉的样子，眉目俏丽，换作现在也是漂亮女孩。

父亲是个特别念旧的读书人，家里一堆旧报纸、杂志和书，有这么本相册我见怪不怪，但不太可能是咱家的，有些物件是他朋友、同事寄放在他这里，时间久了便不再有人想起要回。父亲不舍得丢弃，听说母亲曾偷偷清理过一部分，为此两人还吵了架。母亲在亲戚们的口中是个特别时髦爱打扮的人，书橱里至今还有她留下的几十本《VOGUE》，全是别人从国外寄给她的。她很少买现成的衣服，有专门做衣服的师傅，我小时候穿过的两件洋装是母亲找师傅给我做的。母亲离家工作时，我尚未念书，她偶尔打电话、发邮件给我，我对母亲的记忆，印象最深的是那两件早已穿不下的洋装。

佳雯问我手续办得怎么样了，自从我和牟琳琳不来往后，她是我唯一的朋友。柯维兹不会突然出现在我家门口告诉我一切不是我想的那样，他知道我将离开的消息后，说会来送我，可我们没有再联系过。

“你的机票是在牟琳琳生日聚会之前还是之后？”佳雯在电话里问。

“这有什么关系吗？”我感到尴尬又反感，佳雯明明知道是怎么一回事，还问这种傻问题。

“哦，我只是听说她会邀请你去。”佳雯无所谓地说。

的确，我觉得不能忍受的事，没必要让别人也和我一样不能忍受，毕竟大学四年我和琳琳、维兹才是形影不离的朋友。

“她才不会邀请我，但是，她会对每个人都说她邀请了我，她一向这样。”我嘀咕道。

“她是社交女王，女生跟她走在一起，男生只会注意她。”佳雯声音缓缓地顿了顿，酝酿着一句石破天惊的话，问，“你不觉得她就是为了柯维兹才和你走得那么近的吗？”

我怔了怔，一时间没弄明白她的意思，说：“为了柯维兹？”

“她不知从哪儿听说柯维兹对你有好感，才转向他的。”

就像被人揍了一记闷拳，我哑口无言。佳雯的话是否可信，我不知道，但我认定琳琳做得出这样的事。她时刻需要被人关注，她走到任何地方都是焦点，连她随便穿了一款搭配，学校里就会有人仿效。她性格活泼外向，一边不着痕迹地把别人比下去，一边又笑脸相迎地和别人保持友好交往。女生喜欢她花样百出的时尚前卫，男生渴望有这样一个女朋友。

我感到很沮丧，即便佳雯还听说了什么传闻八卦，我也无法集中注意力，满脑子想着如果这些都是真的，柯维兹对我有好感，我怎么不知道？

“如果她真的邀请你，你会去吗？”佳雯问。

“我不知道，我没合适的衣服参加她的时装发布会。”

社交女王的聚会不是单凭她邀请就能去的，如果没有合适的衣服，会发觉自己根本就是个笑话。就我知道的，曾有几个貌似和琳琳关系不错的女生，委婉地推辞了，琳琳主动提出将自己的衣服借给她们，可到了聚会那天，她们穿着不合身的衣服出现在聚会上，确实得到了不同以往的“注目”。

我猜佳雯在受邀之列，挂断电话前她说了句“我终于买了那件衣服”，她有一堆漂亮衣服、鞋子、包包，永远惦记下一样更漂亮的，还最好是和琳琳同系列的。可我除了在年幼时母亲给我定做的两件洋装，只有一堆休闲装和球鞋，就算在自己家的屋顶上烧烤招待别人也寒碜，我可不想在她的聚会上才引起柯维兹的“注目”。

傍晚，我从堆成小山的报纸、杂志中起身去开门。多半是佳雯，她每次有了最新款的时装，要么积极地发布在个人主页上，要么直接换上新衣拉着谁去逛街，眼下我真是不二人选，灰头土脸，既成不了辛德瑞拉，还得装清高地不在意聚会的事。

门口的台阶上放着一个精致的大盒子，快递真是越来越过分了，连外包装都拆了，我抱着盒子回屋。昨天订购了一盒樱桃，居然用这么一个大盒子装着，我正纳闷，打开一看，居然是件黑色的裙子！

我不喜欢黑色，有次穿了件黑色的外套，牟琳琳开玩笑说我像个意大利寡妇，黑色对性格沉闷的人而言，穿在身上像块背景板。因为她这句话，我很少选深色系的衣服，这件裙子不可能是我自己买的，谁会寄给我？

裙子的裙摆上用黑丝线细致小巧地缝了两个字母“LC”，我想得入神，突然一阵急促的敲门声吓了我一跳，没留神裙子的一角挂在桌角上，撕裂开一道。

“依凝，依凝！”是柯维兹的声音。

“什么事？”我放下裙子跑过去开门，门外是一脸笑得阳光灿烂的他，棱角分明。

“我们去琳琳的聚会吧。”他说。

“可我……”

“我刚在窗口看到你有件漂亮的裙子，黑色的，很漂亮，别再找借口了。”

他能一眼看穿别人，不屑听任何人的借口。要是佳雯说的是真的，我为什么要放弃呢？我和他一起出现在琳琳的聚会上，她的表情一定会很引人“注目”。

“好，你要帮我个忙。”我说，柯维兹喜欢有挑战的事，他对一切沉闷的事都没耐心，只有琳琳那样的女生才会引起他的注目，不是吗？

他眼神很亮，觉得很有意思，问：“嗯？”

我将扯坏的裙子递给他，他就更疑惑了，我搜肠刮肚地从某几本时装书上看来的片段，说：“我要找个裁缝师修补这件裙子，这是复古款的，很珍贵，我只穿这件小黑裙去聚会。”

柯维兹离开时，走了几步又折返，凑在门口问：“我找到了，你就答应去，一言为定？”

“好的。”

无论最终，我选择留下还是走，柯维兹对我的印象将不再仅仅是牟琳琳的陪衬或背景板，我开始期待聚会的到来。

目 录

第一个故事

爱情的梦幻泡影——爵士时代 Flapper girls（1920s）

2014年夏·上海

柯维兹喜欢有挑战的事，可没听说他有什么耐心。

琳琳的生日聚会就这几天的事，他多半是来不及找到合适的裁缝师了，也许最后的这件事就这么不了了之了吧。

我平时很少穿裙子，尤其礼服式样的裙子，很奇怪谁会送我。不可能是父亲，他在出差，平时在家我们之间也很少交流，我念大学之前住在亲戚家里的时间更多，他有忙不完的工作、应酬。母亲因为工作的关系常年在国外。父亲那边的亲戚从不提起我母亲，母亲娘家的亲戚我全然没有印象。

那本破损的相册我有点不舍得放回去，即使这很可能是别人家的，从照片上的衣着背景看，这些人多半早已亡故。然而里面的衣服让我感到诧异，复古的款式一看便知是原汁原味的版型，身姿与低腰线颇有妩媚动人的气质，这么生动款款的眉目，是现代人不屑去表现的。有两张稍微清晰点的照片，女子们画着极细的眉毛，勾出令人惊异的弧线，妆容很干净，小黑裙配大串的珍珠项链，优雅的时髦女郎。我越看越觉得眉目动人，想到柯维兹拿去修补的小黑裙很舍不得，万一补得更糟，真是得不偿失。琳琳的聚会是其次，我喜欢那条裙子，极简的黑色，越想越喜欢。

又过了一天，在我觉得希望快要落空时，柯维兹十万火急地打来电话，让我立刻去他说的地址。我还没问个清楚，他已经把电话挂了。

他做事喜欢神秘，让人摸不着头脑，这通常表明他确实在认真做事了。

我赶到他说的地点时，只见他站在一家店门口悠闲地喝饮料，一见我便扔了手上的瓶子，双目含笑地说："你终于来了，我找到能修补裙子的地方了，就是这里。"一路上我忍不住猜测他究竟是为了什么事，修补裙子不必找我去，可除此之外又不像还会有别的事。

"你特地让我来看看这家店？"我问，尽量控制语气中奇怪的好笑。

他不以为意，说："是店铺老板坚持要见一见你。"

我更加惊异，有种不祥的预感，可别是惹上了什么麻烦。他继续说："店老板说这是件古董裙，版型什么的是很早的，我记不住那些专业术语，总之，我知道她说的是真的。她答应替你免费修补，但有条件。"

"就见一面？"跟着他走进店铺之前，我抬头看了眼招牌上的名字：良辰。

毫无头绪。

店内打扫得很干净，橱窗前展示了两套式样繁复的蛋糕裙，还有精致复古的皮鞋。店铺空间不大，两排的衣架上挂着各类衣裙，角落的位置上摆着与服饰搭配的小物件，手包、首饰等，一看便知，也都是复古款。

我不禁想，要是琳琳在这儿，大概会不屑一顾，她不喜欢别人穿过的衣服，新款时装她要第一个穿，根本受不了跟在潮流之后。如果她站在这家店里，大概会很不好受。

柯维兹四周看了下，似乎也没找到店铺老板，我想着还是回去算了，裙子的事另想办法。一个缓慢的脚步声从门后传出，伴随着一道苍老的咳嗽声，是个上了年纪的老婆婆，眉目端庄，穿着一身贵妇人的裙装，银发打理得很细致，是个时髦老太。

她看了看柯维兹，目光转向我，说："裙子是你的？"

我应该说"不是"，但这件事很难解释，便点了点头。

"裙子我能修补，不收手工钱，但你要帮着做些事。"她说。

我转向柯维兹，他耸了耸肩，表示他也不知道，我问："什么样的事？"

"我这里是家古董衣店，专做古董衣生意，有些衣服需要上门去收，我年纪大了行动不便，要找个人给我帮忙。"

一想到要跟陌生人打交道，我就一百个不愿意，跟柯维兹使眼色，想现在就走。这件事太奇怪了，而且我不相信没有别的地方能修补。

时髦老太似乎一眼看穿了我的心思，说："你这件裙子是1926年的版型，虽是仿制，手工非常精湛。现在的师傅是个什么情况，我基本也都清楚，裙子被修补坏了，你母亲会很不高兴的。"

我惊讶地看着时髦老太，她为什么会这么说，她看起来非常满意我的反应，声音提高了些，继续道："我还知道这件裙子是谁一针一线缝制的，你有这件裙子，得好好珍惜。"

"什么意思？"我追问道。时髦老太年轻时多半是个老江湖，不为所动，半闭着眼，不知是在念经还是睡着了，坐在椅子上不说话。

"好吧，我答应替你去收衣服，你得告诉我这件裙子最早是谁的。还有，还有我母亲，裙子不是她给我的。"如果是母亲寄给我的，盒子上不可能没有航空标志，她不会什么也不告诉我就寄来一件裙子。我敢肯定这装模作样的老太婆一定知道些什么。

时髦老太从盒子中取出那件被扯坏的小黑裙，满是皱纹的手上戴着精美别致的宝石戒指，但都比不上她眼神中对这件裙子的珍视，她轻叹了口气，说："真不错，这么多年了，保存得很好。"转而古怪地睃了我一眼，我一下就明白了她的意思，我咕哝着："是不小心扯坏的。"

"她叫陈媛。"时髦老太顿了顿，声音低了下去，"原本是个大屋下的丫头。"

民国·江南小镇

父亲陈氏死后，陈媛便跟着姑母过活。

姑母周陈氏在一户大富人家做老妈子。陈媛还只是个小女孩时便懂得蹲在姑母身旁，帮着她洗衣。周陈氏打心眼儿里喜欢这女孩儿，乖巧又机灵。

长到二八年龄，梁家老爷要收她做妾。周陈氏忧喜参半，陈媛噙着眼泪把头直摇。不知怎么，这事传到梁夫人耳里去了，抢先留她在身边做贴身丫头，似乎还打算收做干女儿。

陈媛从厨房端茶出来，正准备送进屋，门口围着好些个人。她问："怎么了，说什么呢？"纨月告诉她说："三少爷留洋回来了，听说还带了个洋人太太。这会儿进去可就不好了。"

陈媛道："老爷在为这事跟三少爷发脾气了不是？"纨月正儿八经地点了点头："太太在旁抹眼泪呢。"

"那，那洋太太怎么样了？"

"在前厅坐着，下人们都不敢跟她说话。你瞧没瞧见？连眼睛都是绿的。"

她轻笑了几声，托盘往纨月手里一塞："我去前厅瞧瞧，一会儿就回来。"头一转，跑了。

前厅几处窗口三三两两围着下人往里窥视。陈媛挤到前边，一个身着黑色长裙、戴着长串珠链的金发女子嵌进了她眼里。仔细打量一番，回头对身旁的双喜说："她美不美？"双喜道："那些个洋人我可说不好。"顿了顿，又道，"一身黑，真晦气。"

陈媛抿了几下嘴，轻声道："反正三少爷喜欢的。"转到后屋，下人们已散了不少。纨月还在那儿，满脸焦急。

"茶都凉了。你还是重新上过，赶紧送进去，不然老爷、夫人要生气的。"纨月放下托盘急急地走了。

陈媛进去时，梁有道沉着脸，梁夫人抽泣了几声。三少爷梁彦伟默不作声坐在一旁，一见陈媛进来，顿时眼前一亮："小丫头越长越标致啦！"她一惊，抬头看去。

梁彦伟冲她一笑，道："替我把屋子收拾好了吗？我可就要进去住了。"陈媛看向梁氏夫妇。梁老爷道："还愣着干吗，快去。"彦伟起身出门。

一进屋，他便从身后抱住了陈媛，柔声道："真个是标致的小丫头。"陈媛作势推开他，嗔道："哪能跟三少奶奶比啊！"彦伟放开了手，坐在床前："说这些做什么！"陈媛收拾完正欲出门，他又唤住了她："你过来。"

陈媛疑惑道："什么？"

他几步上前，拥着她亲吻，道："分开这么会儿，怎么变得生疏了？"陈媛倚在他胸前，叹道："你还说呢，我差点就被老爷收了房。"说完眼圈红了红。他一惊："有这事，后来呢？"

"后来梁夫人收我做贴身丫头，还说要收我做干女儿，老爷这才作罢。"

他笑了笑，伸手去解她纽扣，陈媛一把推开他，道：“少胡来！三少奶奶还在前厅呢。”一双妙目似嗔似笑瞅了他一眼，良久不见他说话，便道，“你怎么娶个洋太太回来？”

他一笑，道：“她做大，你做小不就行了？”

“呸！”陈媛夺门而出，彦伟差了一步。

彦伟的归来，陈媛在心里自有了一番打算。梁夫人嘴上是提了多次要将她收做干女儿，不过也是提提罢了，反倒是梁有道近来看她的眼神越渐地迷离显色。

虽说是夫人身边的丫头，平日里和梁有道碰面的次数反倒是多了。梁夫人只想着拽在自己身子边了，眼皮底下怕不敢弄出什么事来，偏偏她眼神不好，知道的事都是下人们来告诉的。剩下内屋里只他夫妇二人时，陈媛每回进去服侍，都得揣摩着躲开梁有道的打量。那黑咕隆咚的眼珠子忽闪忽闪地上上下下瞅着她，仿佛要探出条隙缝钻到她衣服里边去。

晚上梳洗时，她最要紧的事是检查门窗可有关严实了。有回刚脱了衣服，窗口边便是咔嚓一声，顷刻间吓出了身冷汗，赶紧推开窗一看究竟。“喵——”一只全身漆黑发亮的猫忽地一下蹿到了对过的屋瓦上，两颗黑闪闪的亮眼珠子在走之前忽闪忽闪地回望她一眼。她从此讨厌猫。

梁夫人却欢喜得紧，她那只纯种波斯猫每天陈媛都要替她抱着，纯白、光洁，没有一丝杂色。梁夫人疼爱猫胜过对自己的儿子，年纪大的人更愿意把些猫啊、狗啊之类的当作子女，自个儿生的一个个都没那么听话，干脆不听到、不看到，也就随他们去了。

猫的名儿是陈媛给取的：丢丢。梁夫人一听就喜欢，名儿雅也罢，俗也罢，她听着都不打紧，说："这名儿好听，好记。"陈媛笑道："我是顶喜欢猫的了。"

这天晚上按理说该为彦伟置酒洗尘，又是新结了婚，更要铺张一下。天一黑，家主人的饭菜都是在里屋吃的。下人们收拾完了也都睡去，知道今晚上不会有事。

梁家大屋里，最睡不着的要数陈媛了。

彦伟总算是回来了，她盼了他两年。两年后，他不但回来了，连夫人也带了回来。她狠狠地咬断被单上的线头，恨着恨着……

梁夫人平日里吃斋念佛，便是同下人说话也是平心静气的，一派出身名门的腔势。统共生养了一对儿女，晚年才得彦伟，一生的心血倾注，苦心孤诣的希望，谁想在彦伟娶洋媳妇的事上，素日的涵养静心都化作一潭泪水，反复叨呶着："这怎么了得啊！"彦伟回来的头天夜里梁夫人是这么过的。梁有道嫌鄙那个呜咽的老妇人，朝了里床只管自己睡去，脑袋里浮想联翩着陈媛那小丫头。

一大清早，陈媛打了洗脸水从厨房出来，隔得老远就看见那位新进门的洋夫人在跟下人说着什么，不管她怎么说，纨月都是一脸木讷地不吱一声。陈媛着实幸灾乐祸地看了几眼，刚待转身要走，忽然被迎面袭来的一道身影惊了一跳，洗脸水洒了大半。

忙不迭地赔罪，那人反应算快，衣襟上还是沾了几处水渍。陈媛抬头一看，不想竟是难得出书房的大少爷浩伟。他用随身的手绢子揩了两下，笑着说："没事没事，干净的水泼着，干了就好，你忙去吧。"

浩伟和彦伟很不一样，彦伟成天的嬉皮笑脸，是个样样事情都满不在乎的人。三年多前，浩伟的妻子因病去世，至今未有续弦。外头人看着不免有些矫情，这地方手里头有点钱的都娶了好几房了，即便如此还是不分白天黑夜往那销金窝里钻，男人们不能不应酬。

陈媛看得出来，大少爷性格沉静内敛，外人看来这些都是不得势的。梁有道在他三个儿子里指望最高的是小儿子。浩伟的脾气像他母亲三姨太，过于安静，不合时宜的执拗，因此虽是长子，并不怎么得宠。彦伟就着实像他父亲，玩世不恭，顶喜欢逢场作戏，官场、仕途要的就是他这样的。至于第二个儿子俊伟，两年前不满这个家、这个父亲，跟着一群人走了。当时可把梁有道气坏了，病了大半年才见好，梁夫人乐得袖手旁观，以后家中定下规矩，谁也不许提这个忤逆子。

梁家的几位小姐近几年相继地出嫁了，最年幼的淑灵和陈媛同岁，如今在省城里念书，只周末才接回来。彦伟归国之前，家里正替她筹划婚事，经彦伟这么一折腾，这事怕要先搁阵子了。

陈媛在河埠头上看到姑母正在洗衣，不时揉着腰背，她忙凑上去，接过姑母洗了一半的外套在手。周陈氏叹息道："原以为有个盼头了，不想还是没指望。"陈媛不解道："怎么了？"周陈氏便将刚才听说到的告诉她："仗要打过来了，烧杀抢掠死了很多人。我如今年纪大了，到时候你随老爷太太逃吧，我守着这里的祖屋。"

陈媛丢开手上的袍子，道："都是听说的，没个准儿。淑灵小姐过两天就回家来了，要真有个什么，她还能不知道？"周陈氏不答，却笑吟吟地盯了她看，说："倒是你，能早些找个好人家过门，我就省心了。"陈媛正为着彦伟的事烦闷，经她姑母这么一说，心里更是急躁，抿紧着嘴捶衣棒。

不到中午，大门口便传来一阵咋呼，陈媛满以为是那洋少夫人闹出什么笑话了，站在前廊檐下等人来告诉，却见看门的施贵拎着小姐淑灵的皮箱走进来。正诧异间，转眼看到彦伟不知为着什么皱了眉头向她走来，一见她，立刻又是笑嘻嘻的。一个上午都没瞧见他人影，怕是才睡了起，心里更是咬着牙地恨了。

彦伟笑道："有谁罚你吗，在这儿站着？"想到早上姑母的话，再看淑灵也回来了，陈媛心里头真正开始着慌了。仗一打过来，姑母势必留下来守着祖屋，大院里上下几十个佣人肯定是散的，留，也顶多留几个。姑母留下来，她就跟不了梁家人走，这战火纷飞的年代，谁知道哪年还能遇上？况且，她心里再清楚不过，要是浩伟落下了什么，一定非回来守着不可。彦伟纵然也是喜欢的，可要他回过头来取，就不能够了。

"淑灵小姐回来了，当哥哥的几年不见，还不去吗？"陈媛心里烦极，面上仍旧笑得娇俏。彦伟看得一阵入迷，他顶受不了那些个给人脸色看的女子，即便是再貌美的。

她趁此远远躲开他去。近在眼前的人，总是得不到，更把他迷得心痒难耐，隔了三年，不仅没有生疏，反倒比之从前更沉醉了。

梁有道一听到小女儿回家，欣喜之后又是惶惑，莫不是真出了什么事？淑灵收了遮阳伞进屋，那头黑发烫成卷曲，呈波浪形服帖地与帽子搭配，留出些许发尾、刘海的俏皮卷发。梁夫人一听到下人描述，心里就是一阵冷笑，暗想：又有得闹了！梁有道拉长了脸，道："怎么突然回来，出什么事了？"

淑灵亲亲热热地坐到父亲腿上去，道："打仗了，师生们都跑了，学校关门。"梁夫人刚哙的一口茶险些呛出，惊呼："什么？"梁有道面有愠怒，单对淑灵说："去，回房歇息，把你大哥叫来。"淑灵笑嘻嘻地走了。梁夫人连忙道："有什么事要商量，现在彦伟也回来了，找他不好吗？"梁有道气道："同个外人有什么好说的！"梁夫人顿时哑口无言。

淑灵老远看见大哥浩伟正在修剪一株海棠，偷偷猫到他身后，待他回身时"哇"地吓了他一跳。浩伟惊了一退，险些撞翻一盆海棠，一面赶忙去扶，一面道："回来啦。"淑灵笑道："大哥还这么爱这花呢。"浩伟先没作声，却问："仗打到这儿来了？"她惊道："大哥知道？"浩伟喟叹，神情掠过一阵阴霾，问她："学生中可有去游行的？"淑灵道："有啊，同学还拉我一起去呢！我可没兴趣凑这个热闹。大哥，待会儿爹若要问你往哪儿逃，你不如说去上海吧。那里租界多，要那儿也打起来，往租界里躲，别的地方可说不准了。”

浩伟不舍地望着园子里摆弄了这么多年的海棠花，这个家早晚也要散了的。兄弟姐妹十几个，各有各的打算，谁又真的在乎过，早早地都要往别处去了。淑灵见惯了她这个有点儿抑郁的兄长，不以为意，悄声道：“我有回听人说，二哥也在上海呢，这事你可千万别对爹说，就是他也听到了，你也要否认，不然就去不成了。”浩伟不置可否地向前厅走去。

家里要替淑灵找婆家的事，她早就听来省城送包裹的奶娘说过了。婆家的事都由梁夫人一手操持，男方家里虽说也是名门望族，可其实是个败家子，还往那烟馆里逛，一身都是病。梁夫人这么做自是有她的打算。她好不容易得着个儿子，女儿过门不久便难产死了，一身的指望全在小儿子彦伟一人身上。眼看长子无用，次子离家，出嫁的几个女儿要好的也好不到哪里去，最末的淑灵，梁有道尤其疼爱。因此，婚嫁上表面的风风光光是要的，暗地里把男方早打听了个一清二楚。

淑灵的母亲嫁进来时是第五房，原是个戏子，在家里的处境本也艰难，未添男丁，只得一女，梁有道原是失望至极，满月时才抱上手，不知怎么，对这个女儿倒很钟爱了起来。淑灵自小聪明讨人欢喜，有父亲的宠爱，家中上下视如明珠。梁夫人冷冷地看在眼里，淑灵的母亲宛瑢生就一双狐媚眼，一并遗传到女儿身上，生来是勾人魂的货。每次看到那对母女，她心里便起疙瘩，单是五姨太宛瑢还不打紧，那女人天生胆小怕事，这些年下来明的暗的给了她不少苦头吃。偏那黄毛丫头，时不时地和她唱反调，梁有道就是呵斥，也是欢喜大过责怪。

天色尚朦胧微亮，雾气弥漫间，梁家大院的一行人裹着毛毯的有、抱着细软的有……硬往那马车里挤。

前一日，梁有道同浩伟商量了一下午，议定不出个合适去处。梁有道的意思是去北平，想来是皇城，总归好些，可他不知道连溥仪也已住不下紫禁城了。浩伟是想不如避去上海，淑灵虽然调皮，这一点还是被她说对了。况且，他也想探探二弟的近况。正相持不下之际，彦伟突然从前厅奔了进来，梁有道刚待怒斥他放肆，他立刻一扬手中的电报，急道："爹，来不及收拾东西了，我刚接到电报说两日之内这里必将攻陷！"

梁有道惊呆，张着嘴半天才吐出句："这如何、如何是好？"浩伟加紧道："爹，就去上海吧！"梁有道舍不得这份家业、田产，梁家几代人苦苦守着的祖业啊！一时老泪纵横，支吾半晌说不出一句话来。浩伟忙搀扶着，立即遣人去请大夫。

回头，彦伟趁空拉住浩伟道："你知道电报是谁发来的？"浩伟微一皱眉:"是二弟？"彦伟神秘一笑，就奔去厨房看药可有煎好。

厨房里只陈媛一人看着药，彦伟饶有兴致地在门缝中细看，轻手轻脚地行至她身后："发什么呆呢？"

"啊！"陈媛一惊，再看是他，没好气地，"吓死人了！"

"有什么好怕的，有我不是吗？"彦伟挨着她坐下，接过她手上的扇。

“老爷这是怎么了，突然地就说不了话了呢？”她道。

“大夫说是中风，半边身子可能不能动了。”彦伟心想往后没人管得住他了，不见如何伤心。陈媛一听是这么回事，反松了口气，随即想到他们即刻就要搭船去上海，又郁郁寡欢。

“你是怎么了？”彦伟忽然问。

“往后你要好好照顾自己，这兵荒马乱的……等到日子太平了，屋子还没被毁，你们还回来住吧。”陈媛有意地这么一说，看他什么反应。

彦伟问她：“你不跟我们一块儿走吗？这怎么行，以后可不能不看到你。”陈媛把脸别过去，不作声。彦伟扳回她肩膀，用手指揩了几下她腮边的泪挂子，此时此刻，她忽而想起那日浩伟从兜里掏出的那块白手绢子，要是彦伟也有一块该有多好。

彦伟走后，淑灵走了进来，在陈媛身旁一坐，悄声道：“我的法子管用吧？”陈媛瞄她一眼，喜不自胜：“要真能和你们一起去上海就好了。”淑灵道：“当然能！大娘就这一个宝贝儿子，又不喜欢他娶的媳妇。再说了，爹现在病在床上，多带两个人也是要的。”陈媛笑而不语。

淑灵心思精明机灵，却藏不住事，又说：“路上的时候，可得想办法让大娘尽快收你做干女儿不可。有你跟着我们一起上路，我就不怕大娘的算计了。”陈媛笑道：“看你说的，好像我有多神通广大似的。”淑灵拉着她的手说：“要不是你让奶娘到省城给我带口信，我还真糊里糊涂嫁了那病佬鬼了呢！”说时，眼中闪过几分怨恨。

陈媛笑着安慰了她一番，心下又细细盘算起别的什么事了。

不知彦伟是如何劝说的，最终陈媛跟着梁家人登上由水路去往上海的船了。一路上舟车颠簸自不必说，梁有道的病情也是时好时坏，梁夫人有次偷偷擦着眼泪向陈媛说：“这病怕是给他病糊涂了，现在样样事情都只找浩伟商量，由着彦伟什么都不吩咐！”陈媛好声安慰，一壁想：现在要吩咐什么了，后事吗？

其他几房姨太太平素里被这正室压制，忍气吞声惯了，好不容易她失了势，赶着来的落井下石，冷言冷语地丢几句去，够那老太婆气喘半天的了。眼睛不好的人，耳力倒是不坏，旁人说起些什么，拐几个弯就想到自己身上，心里只有越发地气。那只叫丢丢的猫也真的丢了，丢在老家了，梁夫人终日除了唉声叹气，唯有想想丢丢往日的乖巧，和她那极尊贵的好日子。

陈媛眼见这情形，要旧事重提怕是没想头了。不做干女儿吧，也没什么要紧了。这家迟早要散的，到时候自己跟着谁走，真是难说。

晚间她正要去房里送茶，隔着窗又听闻梁夫人在呜咽着，这次撕心裂肺地疼到了似的，不依不饶，直指到梁有道脸上去：“你病糊涂了是不是？居然把账房的钥匙都交给他。你说，是不是那下贱女人给你吃了迷药，你这样糊涂啊！”床沿上的梁有道气得说不出话来，嘴里像塞了麻花只发出呼噜呼噜的声响，突然一口浓痰吐了出来，昏死过去，梁夫人幸好及时避开。

她顾着自身哭，等到终于发现丈夫昏死，吓得奔出房来大叫。第一个冲过来的是浩伟，忙问：“怎么了，怎么了？”梁夫人僵白着一张脸，痉挛地往门里指。

这一晚直到天亮，大夫才从房里出来，两个儿子也都守了一夜。几房姨太太轮流等在屋外头候消息。

浩伟直送到大门外，大夫对他说：“暂时也只能这样了，等到了上海，再慢慢医治吧。”浩伟连连点头，瞧见大夫面有难色，问：“还有什么不妥吗？”大夫道：“再不能受刺激了，不然怕是这病撑不住。”浩伟心下明白，只是叹息。

彦伟去看她母亲时，见她一声不吭直着眼瞪一处隔板，原本丰腴的脸顷刻陷下去，眼窝晕黑，彦伟着实吓了一跳，赶紧问：“娘，这又是怎么了？”梁夫人闷声不响，别过脸去，背对着儿子。

彦伟的洋夫人要进来，见丈夫对自己摆了摆手，又退了出去。陈媛看在眼里，面有喜色。

船快到上海的时间里，倒没再发生意外的事。白天黑夜，浩伟守在他父亲身旁，现在下人不多，陈媛从早忙到晚，浩伟自己在父亲房里搭了张小床，以防随时需要。梁夫人瞅着这架势，劈头对彦伟道：“看你还能争到什么，我们母子一并地都挨饿喝冷风吧！”彦伟照旧是敷衍地笑，也不怎么放在心上，他对他这个大哥的为人，心里并不担忧。

到上海后，经彦伟一个老同学的帮助，找了栋小公馆住下。为这事儿，也把梁夫人近几日的郁闷小小地吐泄一下。又是装修，又是添置家用，上上下下折腾了个遍，直过了半月余才算合乎了众人之意。

正室和姨太太们还是嫌鄙不好，合计着日后慢慢重置。梁有道病着，也没人问他意见。最欢喜的莫过于淑灵了，这地方比她在同学处听到的更是纸醉金迷、灯红酒绿，她才不会学样她几个姐姐，俯首听命地跟着败家子苦熬成黄脸恶妇，她一得空便向人打听霞飞路、百乐门……最不想见到梁夫人时她更要往外跑，反正现在家里没人能空下只手来管她。

五姨太宛瑢做戏子时曾跟着戏班子来过上海演出，旧地重游，隔了十余年，眷恋起从前的时光。那些有钱公子哥啊，争先恐后地来捧她的场，可他们又不能娶她，几经周折，算是嫁进了豪门，耗尽了青春，还是可惜，守着这么个人，现在又这样，当真就甘心认命了？

陈媛这两天总听到彦伟的房里在争执什么，说的都是洋文，她也听不明白。白天看见他时，也是愁眉苦脸，没几日，人便天天地往外跑，半夜里回来。

梁夫人干脆生起病来。淑灵时常拉了她母亲出去，开始她母亲不同意，后来淑灵告诉她母亲道：“去看人家唱戏呀，可好看了。”宛瑢毕竟有戏瘾，说要早去早归，家里还有人病着呢。另几房姨太太正好凑成一桌麻将，过得还不算闲闷。

单是浩伟，自他父亲病下后，早晚寸步不离地守着。有天，替他父亲擦身时，梁有道含着泪捏紧儿子的手不放开。浩伟心里也是一阵阵的痛，轻抚着他父亲的手背说：“放心吧，爹你只管安心养好病。”

接到父亲病重的电报，俊伟也赶到了小公馆看望他父亲。梁夫人从外间进门来，劈面瞧见他，心惊肉跳，脱口便道：“你来做啥？”

俊伟一时语塞，他母亲四姨太急了，回道：“我儿子不能回来啊，讲的什么话！”梁夫人眼见又多了个争家产的，阴着脸地笑，上上下下睃那对母子。俊伟转身就往外头走，四姨太连忙拉住他，叫着：“人家儿子随便带个不明不白的人就能住进来，凭什么自家儿子倒不能住了啊！”死死拽着俊伟不放，扯着嗓子哭：“真是作孽啊，亲生儿子几年不见了，一进门却要被个两面三刀的人嫌鄙，你们评评这个理啊！”

听到的姨太太们都凑过来相劝，彦伟趁机往外溜，只当没看见。梁夫人一听“两面三刀”气得双脚直跳，指到她脸面前喊：“你说谁两面三刀？你说说清楚，你说啊！这几年一步都没进过门，一听到老爷身子不好了，赶了忙的叫回来分家产，有你们这种母子吗？！”

俊伟气得脸通红，甩开他母亲硬往外走，四姨太死命地抱着儿子的腿，苦苦哀叹：“儿子啊，你看看你娘这几年是怎么过的，你怎么还这么狠心扔下娘不管啊！”俊伟的眼眶也红了，姨娘们也拉着他说劝：“你看看你娘这几年日盼夜盼的，快别犟了，她年纪也大了，身子撑不住啊！”

里间梁有道早听到外面吵成一锅粥了，浩伟按着他父亲不让起身："外面没什么，过会儿就好了，爹你身体要紧。"梁有道浑身抖得厉害，连带着床架子也咯吱咯吱地晃，浩伟急了，"爹，还有什么比你身体要紧啊，何苦来？你又去听那些闲话受什么气啊！"梁有道只顾愤懑，半晌好不容易逼出句："等我死了由着她们闹去！"浩伟大惊，连忙止住："爹！你别气，我去替你劝她们，你好好躺着。"立时奔了出去。

这边俊伟正相持不下，见大哥突然一把抱着他肩膀："二弟，去看看爹。"俊伟对他这个大哥还是肯听的，算是点下了头。

晚间陈媛去替俊伟收拾房间时，四姨太偷偷塞给她一包东西，里面是上好的布料和针线，作为陈媛通风报信的谢礼，她笑而收下。四姨太道："还真多亏了你告知，不然真不知道他在上海。"

陈媛收拾完又待要进去俊伟的房间，瞧见浩伟和他正在屋里说话，便特意去打盆洗脸水再来，一进门，轻声道："二少爷，洗了脸睡吧。"俊伟放下书册，望了望她，疑道："你是陈媛？"她笑道："记不得我了吗？"俊伟也笑了起来，走近几步道："真快认不出了，没想到你跟着父亲他们一起来了，我原还以为你早嫁人了呢。"陈媛羞得脸上一红："我们当下人的嫁不嫁人都一个样，还不都得做事挣口饭吃嘛。"

俊伟好似严肃了起来，说："你该和淑灵一样去念书，去长更多见识，在这里——"他绞了把毛巾擦脸，没说下去。陈媛轻叹说："那样当然是最好的，只不过……"她接过俊伟手上的毛巾，嫣然一笑，"歇息吧。"俊伟看得心中一动，一把拉住她手："只不过什么？"

陈媛挣扎着，低了头不看他。他便急了："只不过什么，不能告诉我吗？"陈媛委屈地说："我手疼了。"俊伟松了一下，连忙又拉着另一只衣袖，慢慢靠过去。陈媛心里怦怦乱跳，只觉一双臂膀在身后收拢抱住，贴牢一个胸口，拥着。

夜里，浩伟忽而想到件事来找俊伟商量，在窗外头瞅见了这一幕，落寞地回了屋里躺下，轻声一叹。

小公馆里的人经过这件事后都有点不太爱说话了。

梁夫人向来不跟姨太太们一处，一曰家产没着落，一曰睡不安稳。陈媛有意无意避开点那正室，一有机会便和俊伟出去，不知哪天梁有道两腿一蹬，趁着梁家还没散，多想几条退路备着。俊伟倒是没彦伟这么绣花枕头，可她不怎么明白他整天说的那套理想、未来……跟说书似的。也罢，梁家大屋下都是各说各的，几时有人在乎过了？

梁夫人找不着人诉苦，开始狐疑起淑灵母女俩了，这些日子越发瞧不见那对狐媚眼，便留了个心眼儿。

从绸缎庄出来，正好遇着游行，车夫绕路从霞飞路经由百乐门回去。

一个美妇身着月白竹布衫，外罩元色绉心缎镶马甲，明明是个良家少妇，站在百乐门舞厅外，云鬓散乱不少。幸好天色暗沉，不怎么瞧得清。年轻军官几步上来拉住她，要亲吻，美妇笑咯咯地推开他，转身要走。军官不舍地抱着她，不知咬了句什么耳朵，女人笑得身子乱颤，瘫了似的吊着那男子的膀子，两人都进去了舞厅。

梁夫人瞅着这幕，一刻不停指着车夫回小公馆，稍慢了便尖着嗓子眼叫，她早晓得那女人是这路货色，该她逮到机会回去告状。

淑灵闹着也要过来见识见识，老远听见一个熟悉的女声叫骂着笨手笨脚的车夫，顿时心里一凉，又不能确凿心中所想，急得六神无主。

到半夜，她们母女俩都没敢回小公馆，一连几天都住在外面。宛瑢胆子尤其小，咬定是被正室瞧见了，这两天指不定就候在舞厅门口捉奸了！自打梁有道病下后，又把账房钥匙一并交了浩伟，那老太婆日夜找碴儿生事，逮着零星点事就够闹的了。

干等着，连门口也一步不出。年轻军官不知她是小妾，要她跟他结婚一起去北方，淑灵连忙劝她母亲答应。这晚，收到陈媛找人送来的字条，淑灵看了忍不住撑着下颏落泪，宛瑢问她什么事，她哽咽地说，父亲过世了。

宛瑢歪在床上惊惶惶地六神无主，直直地瞪着眼："她们还能饶过咱……"淑灵擦着泪说："当天夜里爹就不行了，送到医院已经……陈媛说这两天家里闹成一团，劝我们千万别回去了。"宛瑢脸上惨白，颤抖着声音："那女人肯放过我们？"淑灵回答说："陈媛绝不会说的。"宛瑢似乎稍稍松了口气。

陈媛自是不说的，梁家屋下永远地堆着、挤着、横着都是人，能少，还能不好？

后事都料理妥帖了，接下来就是分家，淑灵那屋不必说。浩伟熬过这些天，憔悴许多，眼窝、额头阴郁悲愁。

陈媛在前院里自个儿盘算着甚事，偏巧那位许久不见的洋夫人提了皮箱从她面前走过。她现在对这女人没什么龃龉，一门心思都放到了俊伟身上，对着那女人笑了笑。

洋夫人似乎一惊，自打进了梁家后，除了丈夫彦伟，陈媛是头一个对她笑的人。她走来坐在陈媛身旁，说了几句洋文，陈媛自然听不懂，但见她一双绿眼睛里泛起了红。陈媛拉着她手，忙劝说：“别哭，别哭。”

洋夫人说了个单词，陈媛莫可奈何地摇头表示不懂，见她从皮箱中找出张照片，上面还是她和彦伟在国外时照的。嚓的一声被她撕成了两片，彦伟的一片留在台阶上。陈媛一见照片上彦伟的笑，没来由地一阵厌恶。

拿到钱的姨太太们有的说去找女儿，有的说留在这儿过。俊伟扶着母亲道：“娘，你放心吧，三年五载，就有人替我照顾你。”

陈媛一听不对，俊伟回去楼上取行李时，连忙过去问：“什么三年五载？”俊伟一阵尴尬，支吾着道：“我考上公费留学了，学校派我出去念书，想必也要……”陈媛大惊：“那我怎么办？”

俊伟转过脸去，避开她的眼神，没有话说，四姨太在楼下直催：“车来接了，还不下来？”俊伟提了皮箱直往楼下去，陈媛想去拉他，最终退到了一边。

楼下一辆漂亮小轿车，一段白藕般的手臂从罩衫下露出来，对着俊伟直招，嗲嗲地唤：“俊伟这里，伯母你坐这边呀。”几步远的梁夫人也不甘示弱地对儿子道：“沈家小姐家底怕没王家殷实，不如还是王家小姐吧。”

身后的脚步声向陈媛慢慢移了过来，那人说：“想必是我错了，当初不该让你跟来。”

楼台大约晃了一下，站在楼上的陈媛一阵头晕目眩，几乎要一头栽下去，回身一看，却是浩伟。

“是你让我跟你们来的？”

这话问得大约有点多余，彦伟做事只三分热度，哪里真会凭一时冲动去想办法？

等她发现昔日挤得局促的小公馆，夜晚单剩下她，悔不当初地幽怨，连伤心也像是呵了口冷气地嘲讽。

凭着手上的这点钱，在上海能做什么，仍旧找个人家做事？或者从此堕落做舞女，也能风光一时？

浩伟又会去哪儿？

不如回去，跟着姑母一起守着，到底有个踏实地儿。对了，还有那些海棠，那是浩伟喜欢的，她头天进梁家大院时，见一个少年抱着盆海棠，陈媛对姑母说她很喜欢这花。后来海棠渐渐地多了，浩伟结婚前夕，天天让人添置新品种，家中上下只道是给未过门的少夫人预备的。

和几个收拾公馆的佣人打听形势后，陈媛一时拿不定主意，过了几天，她收到姑母在老家寄来的信，又惊又喜，连忙拆开了看。

2014 年夏 · 上海

走出古董衣店，天色已黑，夏夜沿街的路边摊正三三两两地摆出来。时髦老太是个精明的店主婆，适时地住嘴不说，吊人胃口，怎么兜着圈子问她也没用，压根儿不为所动。我很好奇她葫芦里卖的是什么药，她写了单子给我，让我照单子上罗列的上门去收服饰物件，其余的事，多问一句也不答。

柯维兹一脸置身事外的神情，我猜他是要去找牟琳琳，我却耽搁了他一下午，他大约早就无聊又发闷。他爱面子，不会轻易表现出来。

“浪费了你一下午的时间。”我轻声地说。

他搔了搔头，帆布鞋配他的牛仔裤很好看，白色的 T 恤穿在他身上，夜晚也仿佛能感觉到来自他的阳光。

“没想到这么久，晚上本来约了几个兄弟去打球，趁着离别前，再打两场球赛。”

“你组建过一支乐队，我记得。”

柯维兹表情意外地笑了笑，做了个噤声的手势，说：“快解散了。”

“为什么？”

他无奈地耸了耸肩，说：“高中时就组建过，后来考试、学业，什么都不允许，毕业了以后，另有规划了。”

我听说过他家里对他非常严格，所以在学校，他尽情地做个“坏男孩”。大学四年里，我从未像现在这样与他单独走在路上，换成四年前，我会惊喜得不知如何是好。现在，我感到一阵惆怅，他很快会依照家里的安排去生活，我在等着出国，谁知道下次见面会是多久以后。别人的四年大学生活，爱到差不多时挥手分别，我束手束脚地假装清高。

“琳琳的生日，你会送什么？”我问。

“哦，我还没想过这件事。你呢，我来参考一下。”

我不相信他真的拿不定主意，毕竟他们很熟。

“我还想问你的意见。”

“问错人了。”柯维兹笑了起来，忽然停下看了我一眼，似乎知道我在盘算什么小心思，他有时聪明得让人抓狂。

“你们认识够久啊。”我的声音一定听起来很怪，他眉毛挑了挑，凑过来说：“不都是进了大学才认识的吗，怎么我就比你认识得久了？”

我只想继续装一本正经地问他，可实在没忍住笑了出来，他表情更古怪地瞅我，说：“笑什么，你在想些什么？”

“没什么，只是你和她看起来比别人都熟。”

柯维兹面无表情，住口不说了。

走到路口时，他说先送我去地铁站，我和他不同路，他又一脸着急赶去赴约的样子，我说：“你不是要赶时间吗？”

“反正也来不及了。”他说得轻描淡写，其实一直在看手机。

“不用，我和同学约了在地铁站见面，有你在，不方便。”

柯维兹瞅了瞅我，说：“你哪个同学？”

“说了你也不认识。”

“你的同学我知道几个。”

柯维兹说了几个名字，我一概摇头否定，他一路跟着走去地铁站，好像忘了他在赶时间。在刷卡口，我说：“不要再送啦，我同学就等在楼梯下面。”

“这么神秘？”他好像很失望地停了下来，以他的好奇心会对任何意料之外的事感兴趣，如果猜不着，会一直追根究底。我偏不让他如愿，凭着四年来对他的了解，我学店主婆卖关子。

“不是神秘，我有很多同学朋友你不认识，而且……我可不想让人误会。”

这话似乎管用，他沉默了。我走不是，不走也不成，装作若无其事地说：“改天见吧。”说完，我转身就走。

“喂，”柯维兹声音很轻地喊了声，我回头看他，他双手揣在牛仔裤口袋里，不加修饰的头发凌乱地遮着他的眉目，在灯光下显出他棱角分明的轮廓，“一起去琳琳的生日聚会，说定了？”

“嗯。”

找到地址上的住所，只是任务的第一步，很多人住的地方偏僻，要不就是不容易打交道。店主婆给我的几个地址我去拜访了一圈，一些没有直接给闭门羹的卖家，口气十分生硬地表示还在考虑中。

还是我想得太美好了，我只以为这是个轻松就能完成的任务，顺便再打听下那条来历不明小黑裙的八卦，算是我出国之前的小惊喜。我没有离别聚会，没有要告别的人，连和父亲说了之后，他也只是淡漠地表示“照顾好自己”便再无其他。

让人意外的是，柯维兹现在不时会发个信息问我情况怎么样，他究竟问的是我留学手续的事，还是店主婆布置的任务完成得怎么样？我想了下，两种可能性都不大，他是无聊时想起一问罢了。

佳雯告诉我说，她看见琳琳和柯维兹在一起逛街，不用说，琳琳大概还挽着他的胳膊，他们看起来就是一对完美恋人，只差在她的个人主页上传自拍，亲自证实了。我呢，踩着几年不用的自行车，戴上头盔到处去收古董服饰，我看起来才像古董，店主婆应该把我一起收去。越想越烦。

一天下来，我的战果多是零碎之物，几样搭配礼服的手包和配饰，式样古典、精致，我不太相信现在会有多少人感兴趣，又不是每个人都像我这样一成不变，追逐新潮尚且来不及，有多少人会回过头去追逐旧时尚？

时尚让我感到局促不安，就像琳琳给人的第一印象。她喜欢看到人们目光中对她的重视和惊艳，高高在上的姿态让一些人尴尬、无所适从，另一些人则与生俱来地适应。

我抱着一包物件走进良辰古董衣店，店主婆正在柜台后清算账目，见我进来，她斜了我一眼，示意我把东西放在台子上让她检视。我像等着班主任检查作业的小学生一样紧张，店主婆把什么都看在眼里，随意地扫了两眼，一副不甚满意的表情。

“就这些？”她拉长的声音大概是从鼻子里发出来的。

“还有两家没来得及去。”我猜她只要在柜台后打几个电话确认地址就行，我却要厚着脸皮一家家跟人游说，价格谈不拢还在其次，有的人一开始聊得顺利，临了又要抬高价格或舍不得放手而前功尽弃。

“我年轻时像你这样做事，早就喝西北风了。”

店主婆难道看不出来吗？我哪里像精于此道的时尚达人，琳琳才时尚而新潮。我的穿衣首要的是舒适，复古、古董衣的时尚追求对我而言是天方夜谭。我毫不掩饰脸上的不以为然。

“在你看来，这些陈旧的东西毫无价值，你知道现在最顶尖的设计师也在从那个时代攫取灵感吗？你生在和平年代，无法体会个性与颠覆的战争年代，以及人们追求的极致。虽然你们这一代拥有很多，可你们已经不再知道拥有时的喜悦了。这不是一件衣服、一双鞋子能带给你的，这需要有内心表述的愿望和对未知的追问。对生活没有热情的人，会有积极的事发生吗？”

我看了眼店主婆那张端庄又深不可测的脸，她继续道：“我猜，你是在为上次和你一起来的男孩而忧愁，你想引起他的注意，可你认为自己做不到，又想等着别人发现你。”

“我也没傻等着。”我小声地争辩道。

“更糟，你还用错了方式。”

这老太婆快有一百岁了吧，怎么对年轻人的事好像比八卦交流站站长石佳雯还灵敏？店主婆有双不仅精明世故，还十分锐利的眼睛，我很少在别的老人脸上看到。

“我还有别的办法吗？女孩子不都这样的。”我嘀咕着。

“亲手缝制你那条小黑裙的人可不是。命运是要自己把握的，爵士时代的女孩们早就知道了，你要是想穿上陈媛亲手缝制的小黑裙去参加聚会，就要显示出爵士时代的自信和洒脱。不然，你就不配穿上那条裙子，因为你一定会穿得很可笑，还是送给你的好朋友，叫琳琳的那个。”

我吃惊地看着店主婆，她斜着眼瞥了我一眼，又说：“那个男孩找我修补裙子时说的，我可不会替来历不明的古董衣做任何修补。”

“上次，你说到陈媛，她后来怎么样了？她一个人留在上海举目无亲，处境一定很艰难吧？”

店主婆抚着一件曳地长裙，沉默了好一会儿，才说：“生活就是这样，逼你进取时不能撤退，陈媛是不会退缩的，她总是在想尽办法生活下去。”

民国·上海

梁家老宅依水而筑，清晨的青石砖路上，姑母抱了一堆衣物小跑着去河边洗，因起得早，偶尔望出了不少闲眼，陈媛也似乎总能从姑母絮叨的言辞中听出端倪。

这番熏陶下，心稚尚且年幼的陈媛练就了一身察言观色的本事和敏感的小心思。她一天天看在眼里，大屋下的龃龉、学舌都悉数在心，人小鬼大，而另一边，她按捺不住地憧憬离开梁家的那一天。

从乡下跟着梁家人一路逃来上海，纸醉金迷的花花世界早已入了眼。黄包车上的摩登女子，新式又别致的卷发，风起处一双双雪白的大腿；小汽车里的纨绔子弟吹着口哨；大戏院前的几条马路上站着一群群漂亮又多金的红男绿女，等着新近上映的好莱坞电影开场，还会说几句她听不懂的洋文。时髦女郎们都作兴要挽着男伴的手臂进进出出，莺莺燕燕的一拨人，花团锦簇。

陈媛每次见到这些场景，最先想到的是三少爷彦伟，不用问，她知道这是彦伟最喜欢的生活。梁家的小公馆暂时还有人住，梁夫人一手把持，但因为梁有道在家过世，谁也不高兴继续住，转手卖了，分完这份钱，老梁家就算散了。可一时找不到合适的买主，陈媛一边待在小公馆做些零碎活，一边另谋出路。要她灰溜溜地回去乡下和姑母过，后半辈子算是没指望了，她心里打定主意不回去。

姑母在信上也是这么个意思，乡下并不太平，尤其年轻轻的姑娘独自长途跋涉地上路，指不定会发生什么事。姑母让她去找从前的一个金兰姐妹帮忙，姓柳，早年跟着戏班来的上海，就此落地生根，从前还开玩笑说要收养陈媛，眼下去投奔这位柳妈，好过天天在小公馆里没着落。那日，梁夫人带着儿子彦伟在小公馆门口上车离去，母子俩谁也没看她一眼，陈媛知道他们不会回来，小公馆的事一结束，她是不是还能回乡下做事，更是难说。

在梁家这么多年，老爷、太太们的心思，看一眼她就能猜个八九不离十。

一壁走，一壁问，条条道道的巷子盘根错节，一家家的挨得很紧凑，做什么行当的都有。姑母信上说，柳妈后来嫁了个武生，自己组了个戏班赶些小场子对付生计，日子还过得去。两年前柳妈守了寡，信上还常常惦记这个小姐妹，总劝她搬来上海，戏班子现在由儿子接手，活比从前少些，够他们母子俩生活，再加上个女眷也足可应付。

陈媛疑惑地在信上问她姑母："当初怎么会想到收养我？"她姑母回信写道，老人家是想替她儿子张罗媳妇，你看着合适再决定。

因为某些顾虑，陈媛在小公馆又待了俩月才收拾离开。房子的手续已找人处理妥帖，下人们走得只剩一个看屋的老妈子。陈媛走时，心有感触地说："赵妈，我走啦，你好好保重。"赵妈笑眯眯地点头，一双满是皱纹的手轻轻一拍她的膀子，算是作别。一向念旧的大少爷浩伟与他母亲三姨太提着皮箱离开时，陈媛怔怔地在楼上看他，他清癯的轮廓印在车窗上，头侧向一边，像是要随时转过头，她看不清了，蹲在地上，生平头一回觉得悲伤。

正在阳台上收衣服的柳妈，突然看见一个俏生生的女子站在他们家楼下，赶忙下楼去开门，应声道："是这里，请问姑娘是……"陈媛从容地说了，柳妈拉着她的手笑眯眯地："真像，比你母亲年轻时还漂亮，难怪你姑母这么喜欢你。"

闻言，陈媛心里一惊，她父母的事连她姑母也甚少提起。来的一路上，她心里踌躇不决，姑母信上说得好，究竟怎样一番情形则难说。再说，她这样跑去寄人篱下，也多有不便。现在听柳妈的口气，似与她已故的双亲相熟，倒像是来对地方了。

柳妈极力邀陈媛一起住，家里虽然不大，还有一间亭子间，见她只提了只小箱子，柳妈笑道："你放心，就是再多些东西你也住得下。"

亭子间下面是灶披间，上面是晒台，地方是很小，容她摆张床，一把椅子，就差不多了。从小到大，陈媛是头一回有了间自己的小屋。梁家虽大，下人们都睡在一起，要不就和姑母睡一张铺。亭子间对面是一排做小生意的商贩，从胭脂水粉到各种小吃，白天很热闹，隐隐地能听到夹杂在喧闹声中的练功声。

楼下有个男子的声音在对柳妈说话，陈媛走下楼时，那人缓缓地转过身看向她，冲她微微点头，算是打了招呼。柳妈很热情地在一旁做介绍："这是我儿子韦仕应，这位是你陈伯母的侄女，叫陈媛，以后她就住在我们家里。"

柳妈的热络透着几分北方人的性情，戏班子里多是些光膀子的爷们儿，家里忽然住了一个年轻漂亮的女子，别说陈媛一走进巷子就有人探头探脑，连平日显得老成持重的韦仕应也觉眼前一亮。

陈媛笑道："韦大哥。"

韦仕应应了一声，只是点点头。柳妈看着这对年轻人，有种心想事成的喜气。

吃过晚饭，陈媛抢着做家务活，柳妈自是不肯，两个女人一老一少的抓着碗碟，韦仕应在她们身后看了看，退了出去。

晚上，陈媛收拾完琐碎之事，正待回屋去睡，见韦仕应拾掇着武生的行头，道：“怎还不睡呢，明天一早不是要赶场子吗？”

韦仕应回过头来看她，打不着灯光的脸，神情阴郁，这张端正的脸上有武生的精神头儿，也有种柔和的生动，陈媛看在眼里，微微一怔。他说：“你想去看戏吗？”

“你演出的地方我去不了，还是在家帮伯母做点事吧。”

“是个富商包下的义演，买票就能进，你跟着戏班子一块儿，开戏时在幕后看。”

陈媛想了想还是摇头，笑说：“我才来了一天，就丢下伯母一人自己跑出去玩，这不好。”

韦仕应的眼神变得柔和，说：“王家是上海滩数一数二的富商，听说是借义演给她女儿办生日，你不想去看看热闹吗？”

陈媛心里一动：“王家？”

“对，王老板的女儿王静婳。”

“我不知怎么跟伯母说好。”陈媛记起梁夫人劝彦伟时说的话，要是不错的话，彦伟别了洋夫人，找的就是这位王小姐，她是很想亲眼见见的。

仕应笑了：“我去说，放心。”

陈媛心里一揪，想到了浩伟，难怪乍一见韦仕应时心有莫名的不安，原来他们眉宇间竟有几分相似，而浩伟则多些书卷气。

座上聚集了不少商会的老板，带着姨太太的有，带着粉面的有，吞云吐雾的场子里，更有几位身着戎装的军官，满脸横肉的显得尤为阔气，两边嘴角呈镰刀形下弯。一位年轻军官坐在后一排，身旁陪着名女眷。在后台里打点的陈媛隔着幕帘似乎看见了一张相识的脸，那女眷正是梁淑灵的母亲——五姨太宛瑢。从前一身中规中矩的姨太太装束，如今改穿起了旗袍，若隐若现的白嫩大腿，脚上着高跟鞋。

场子里老老少少的男人，有意无意地都向那对瞟上几眼，似乎知道不少事，羡慕又嘴馋地揶揄。嫁入梁家做五姨太的宛瑢，梁家人除了知道她从前是个戏子，还红过，各房妻妾们并不清楚她在戏班里的名字，梁老头子忌讳别人说这事。

戏开场了，锣鼓铿锵。陈媛躲在后台的窗口边，张望着是不是有别的梁家人在座上，虽觉得渺茫，但在这人生地不熟的地方，能见到一个旧相识总是好的。

韦仕应的武生扮相英武非凡，引得场下阵阵叫好，另一个戏班子的黄老板很看重他，几次三番邀他去，大可不必苦苦支撑他的小戏班。韦仕应不忍心他父亲毕生的心血到自己手上落败，婉言谢绝了。

见韦仕应身边带了个小跟班，长相标致的女孩子，黄老板心下明白几分，笑道：“姑娘是韦老板的亲戚？”陈媛很谨慎，微微一笑：“是远房的亲戚。”

黄老板看出这姑娘精明、内敛，听她声色不错，说：“我以为你也是咱梨园行的，原来是这样，可惜了你这副好嗓子。”

陈媛心想他是在恭维自己，大约是想让自己帮什么忙，一般像黄老板这样有些脸面的人，是不大高兴搭理没什么身份的人的，要么是他们一个圈里的，要么就是有所求。

“多谢黄老板夸赞，我是不懂唱戏的。”

黄老板听她对答游刃有余，心思灵敏，多半是个明事理的人，便说：“韦老板是可造之才，他上下一手打理一班子人吃喝，只怕耽误了他自己练功的时间。长远地说，韦老板还是该多考虑自己，即便是再红的伶人，也是这几年。”

陈媛微微一笑：“黄老板提点得是。”

黄老板和几个熟人招呼了声走开了，后面还跟着几个花旦，都是面首。陈媛见过他们未上妆时，容貌清秀，透着几分脂粉气。台上二胡拉得响，连楼上的女眷也不顾矜持地鼓掌叫好。陈媛转而看到一身绚丽洋装的女子，卷发用发饰固定，留出些许卷曲的刘海和碎发，神情随意又妩媚。梁彦伟忽然坐在她身旁，陈媛猜想她大约就是那位王小姐了。

彦伟不大看戏，陪着静婳有一搭没一搭地说着话，静婳笑道：“我知道你是不喜欢的，父亲说为了照顾几位客人，一会儿我们看电影去。”彦伟捏了捏她的手，静婳脸一红，嗔道：“去，让人看见了。”

宛璐向着声音处匆匆瞥上一眼，立刻转过脸，嘴角轻微地颤了颤，秦泽霖在一旁问：“不舒服吗？”宛璐堆笑道：“没有的事，人多，有些不习惯。”

秦泽霖早年留洋念过几年书，许是洋墨水喝出了味道，对于女子的鉴赏力也颇有独到见解，早在初见宛瑢时，他便告诉她："我喜欢成熟、内敛有魅力的女人，你就是这么欲言又止。"

年龄上，宛瑢大他五岁，她起初没告诉他实情，泽霖也没认真问过。

在梁家曾听人说起过五姨太一桩秘闻。俊伟、彦伟两兄弟离开家差不多前后脚，俊伟和他父亲大动干戈地闹，事出突然，下人们都感觉奇怪，俊伟母亲在这件事上始终闪烁其词。没多久，彦伟忽然决定去欧洲念书，当时欧洲局势正待缓和，彦伟一意孤行，任凭梁夫人拿命相逼，最后还是走了。

刚才那一幕，落在陈媛眼里，看出了不少耐人寻味之处。宛瑢是个美人坯子，用梁夫人的话说，是专把男人往坏里带的货色。年轻时，宛瑢清丽脱俗得招人怜爱，如今，生下女儿后，变得丰满而风韵十足。比起少女的瘦削、青涩，男人们同样眼馋秦泽霖怀中的美艳娇人。

晚上，三人围桌吃饭时，陈媛道："韦大哥，以后让我在戏班子里帮点忙，你看成不成？"韦仕应说："戏班里龙蛇混杂，你别去混一块儿。"

陈媛转而对着柳妈笑道："柳妈，你看韦大哥，戏班里缺人做事，他都不肯用我，我这笨手笨脚的人，真是没人肯用我了。"陈媛对柳妈说过要出去找事做，柳妈拿她当儿媳看，劝她慢慢找，不急。越是这样说，陈媛心里越不踏实，又不能道破，怎么看韦仕应都是个藏着很多心事的人。柳妈真是看不出来？

柳妈这回帮着陈媛说：“你要缺人，就让陈媛替你打理吧。”韦仕应沉默一会儿，最后点了点头。

平日，陈媛除了帮柳妈料理家务，一有空闲便往戏班里跑。新收的几个徒弟，年纪比她还小上几岁，人前人后叫她姐姐，跟她说过几天去唱堂会，问她是不是也来。

“去哪儿唱堂会呢？”陈媛兜兜转转地问。听说宛璐跟的那位军官是东北赫赫有名的军阀之子，年轻有为，又仪表非凡，情有独钟一个过了气的戏子，还带着个女儿。

戏班子是个异常眼杂嘴碎的地方，几户有钱人家里发生点芝麻绿豆大的事都叫人嗑叨数日，秘密是没有藏得住的。陈媛不必费心去打听，单凭她的察颜观色，一样能看出不少传闻秘事。姑母告诫过她，不要多嘴惹事，她一直都记得。

“只知道姓秦，好像是位军爷，住在马斯南路那儿的小洋房里。”娄敏一脸向往的神情，自他进入戏班起，只在几个小场子里跑过龙套，来韦仕应的戏班前，娄敏有些底子，比起其他人，娄敏更急于表现，想要成角。

“那地方听说还挺漂亮的，我也没去过。”

“媛姐姐，你也一起去吧，我和文烨常觉着可惜，留你这么个大美人只在幕后做些琐碎之事。”

娄敏的嘴能说会道，下了戏，不像个花旦，倒像个交际花。这名儿，最先是从彦伟嘴里听来的，他说是书上专对某一类女子的比喻，那些漂亮又懂得跟男人一样到处交际的时髦女子。陈媛不说破，心里清楚彦伟的言外之意，通常没有好的。

陈媛想跟淑灵见上一面，打听浩伟的下落。姑母信上并没说他回了乡下，连俊伟的消息都能隐约听到些，偏偏浩伟杳无音讯。

文烨长相秀美，脂粉气重了些，他站在娄敏身旁，他这个小生却似个花旦。他喜欢围在陈媛身旁说许多悄悄话，连仕应都疑惑他俩怎会有这许多讲不完的话，因说："他跟你聊什么呢？"陈媛笑道："都是些嗑叨之事，你不爱听。"

韦仕应也就一笑置之，他似乎不信陈媛会看上文烨。

马斯南路的花园洋房里，聚集了不少各界精英，虽说梁家也非寻常富绅可比，与眼前这番排场、气势相比，自然地相形见绌了。受邀者个个光鲜夺目，衣着精致，年轻女子身上飘着各类诱人的香气，细细的手腕，挂着个小包，转转停停地与男士们说笑、跳舞、调情。

娄敏手上的一件戏服不知怎么被钩到了，像一张美人脸上被抓碎一小块，虽无大碍，看了总感觉闹心。娄敏担心被师傅骂，苦着张脸。陈媛笑道："我来试试。"闻言，他半信半疑地递了过去。

陈媛用随身携带的针线，就在过道里缝补起来。忽然，肩膀被人轻轻推了一下，一个陌生的时髦女子站在她身后，向她问："你会刺绣？"

"是，会一些。"

通常有教养的下人很懂得怎么回话，那女子似乎满意地点了点头，说："我有几件衣裳，才穿过一次就弄破了，你上门来做些活吧，我多算你些钱。"

姑母教她的这门手艺，刚学的时候她天天不乐意，眼下随时能派上用场。陈媛笑了笑，回说："好，我去店里交代一下。"富贵人家的太太、小姐们的服饰不会轻易给不知底细的人经手，除非是熟人介绍。陈媛回答她说店里，对方以为陈媛是哪家裁缝的徒弟，满意地点了点头。

时髦女子是上海商会沈老板的独生女沈诗慧，刚从法国留学回来，性格比较直率、活泼。走时，留了陈媛的联系方式："过几天，我会派人去接你。"

女人的钱好赚，尤其是爱美的年轻女子。沈诗慧这一身轻盈的绉纱洋装，袖子上镶嵌白色珠饰，披上雪纺披肩，走起路来如翩然起舞，做工、用料十分考究。无论沈诗慧走到哪儿，总有人夸赞她的打扮，她是宴会上散发异域迷人气质的一枝独秀。

幕后进进出出的人很多，还有搭班的几个红伶，下了戏窃窃地聊着秦府的少爷秦泽霖，说到他新近看上的戏子宛璐，颇为鄙夷。

"那个宛璐，以前在京城唱过，不知后来出了什么事，就不唱了。据说是嫁进了一方富绅，现在又出来，一会儿还要跟我搭演一折。这要是演砸了，不是把我也连累了？"

"你瞧秦少爷看她的眼神，哪里还把别人看在眼里啊！这女人真不简单，听说那富绅才去世没多久，转眼就勾搭上了。"

两个伶人咕咕哝哝地说些缠夹不清的话，埋着头笑。陈媛听得一字不差，到现在，她还没瞧见淑灵。座上，秦泽霖正挽着宛瑢的手走到前排坐下，眉目含情。

掌灯时分，戏还没散，又加演了两场。宛瑢自进梁家后，没再唱过戏，今日的兴致格外好，尤其是，功夫还没丢。先前两个揶揄她的伶人也对她刮目相看，能在京城唱出名的角儿委实不容小觑。

韦仕应和她一起收拾戏服时，忽然说："想不到那位秦夫人就是曾唱红京城的宛瑢，竟然在这里见到。"陈媛笑道："你听说过？"

"听几个师傅感叹过，不晓得她当初为何突然离开了梨园，眼下又要张罗着重返戏台。"

陈媛没接话茬，因问："她已经是秦夫人了？"

韦仕应怔了怔，道："到处都这么说，或许是这样。"

陈媛乘电车去沈家时，沈诗慧正要出门，说："怎么不让车夫来接你？"陈媛笑道："路不远，就不麻烦了。"

沈诗慧心里对她有几分好感，她在上海没什么能说话的女伴，除非跟着父亲出席一些生意场上的应酬，生意人相识得多久都隔着心。对陈媛，沈诗慧觉得有些眼缘，眼下她缺个称心的裁缝师，最好话不多，手艺做得好。

佣人领着陈媛去了客厅，几排衣架上挂满了各类款式的衣物，脱线的、染了颜色的，佣人存疑地盯着她，待见她几小时里在椅子上埋头做着这些零碎活计，稍稍动容道："陈小姐，可要吃些点心？"

陈媛一笑，回说："不用了，我怕这些今天做不完，想赶在天黑前坐电车回去。"佣人知道她是沈小姐特地请来的裁缝师，起初见她一个年轻轻的女子，便有意欺生，眼下见她虽生得漂亮，倒不骄纵，说话还算客气，暂且放下警惕心，因说："陈小姐不用急，若是怠慢了你，沈小姐要不开心的。"

"周妈，只管叫我陈媛，不必这般客气的。"陈媛说着，将手上刚修改完的裙子挂回衣架上，周妈上前端详了一番，很满意，一针一线都很细致，几乎看不出修补的痕迹。周妈说："这些衣服都是大小姐老远从法国带回来的，想让这里的裁缝师修改一下，一直找不到合适的，小姐她也不放心。"

陈媛以前在宛瑢的房里看到过类似的服饰，还有不少印着洋文的杂志，她偷师过杂志上的服饰设计，跟姑母在一起琢磨过。淑灵从省城回来，会给她带些衣服图样。

门铃响了，周妈转身出去开门，门外一个男子的声音异常熟悉，陈媛探头一看，居然是梁彦伟。陈媛记得那天梁夫人替她儿子拿主意选王小姐，莫非落选的沈小姐正是这位沈诗慧？

周妈对着彦伟摇摇头，回答说刚出了门，什么时候回来不一定。彦伟眼见他的魅力无法打动面前的老妈子，失望地走了。回进客厅的周妈，劈头就对陈媛说："这些个花花少爷，没个是好的。"陈媛面不改色，道："为什么呀？"

"这姓梁的真不是东西，前阵子常来找我家小姐出去看电影、喝咖啡，还一起去跳舞，沈小姐虽然在国外生活了多年，但她可是个非常本分的千金大小姐。他对我家小姐一番花言巧语，沈小姐起初真是信以为真，才一转眼，他又跟王家的那位走到一起去了，你说这姓梁的算个什么！”周妈一面说，一面替主人生气。

陈媛劝说：“沈小姐这么好的人，追求她的人自然有的是。”周妈立刻应声道：“这个自然，少他这样一个最好。”

沈诗慧的社交生活或许真如周妈口中说的，电话十有七八是找她的，周妈似乎要向陈媛做证明，答起话来的口气都是又委婉又客气：“她今晚上有约会的，真是不凑巧。”放下电话便来同陈媛说东道西，冷不丁扔出句，“你模样也不错，家境要好些应该还过得去。”

佣人们喜欢不着边地说些风凉话，有为了自抬身价的，也有出于莫名的妒忌心，趁机贬损对方几句，算作某种平衡。周妈见陈媛这个俏生生的女子，不由想起自己年轻时的各种艰辛，一边疑心着像陈媛这类的丫头，历来就是得了宠还给别人受气的，一有机会周妈便不放过打压她们的势头。

余下的两件裙子，陈媛说过几天来完工，周妈挽留她等小姐回来，她说：“沈小姐知道怎么联系我的，我得赶紧回去了。”周妈送她到门口，还递给她一个纸包，说是沈小姐吩咐的。陈媛推辞不掉，便收下了。

她赶到车站正巧开走一辆电车，一等就是好些时间。她兀自拎了一个不知装了什么东西的纸包在街灯下张望。街上的人不多，刚刚晚间电影开场，人一下子都涌了进去，连经过的黄包车都很少。

一辆军用车在马路对面的路口停了下来，几个年轻军人正抽着烟，同车还坐着两个摩登女郎，似乎正商量去哪儿寻欢作乐。陈媛起先匆匆看了一眼，忽然目光凝注，移不开了，她似乎看到了梁浩伟，车子很快发动开走了，等不及她追上看清，怔怔地只觉不可思议，又觉得可笑，浩伟怎会穿上军装到处去胡闹呢？要是车里坐的是彦伟，那是很可能的。

忽然，她伤感了起来，等到坐在电车上，寥寥的几个乘客把她这个从来不伤感的人也逼出了几分离愁别绪。

到家，韦仕应还没睡，像是特意在等她。陈媛抱歉地说：“出来时正好错过了车，等了许久，你还不去睡？”仕应用下颏示意他母亲的小房间，两人一同走出屋。

“晚上吃饭时，妈很担心你，说你来上海没多久，就怕你遇上什么不好的事。”仕应这话说得他自己先抱歉起来，随即补上说，“我每天在戏班子里，也没带你好好出去逛逛，改天我一定带你去。”

陈媛知道柳妈心里在担心的事，即便仕应没这个心思，做母亲的不能不担这个心。过来人都看得出，陈媛的心思很活，仕应和她在一起时显得有些木讷、呆板，心思邃密的女子能支撑住一个家，只要她认定了一个人。柳妈从陈媛的话语里，摸不透她心里的想法。仕应没有对陈媛说的是，柳妈希望仕应能主动些，姑娘家都喜欢被热络地追求，不要以为近水楼台就一定能先得月。

“上次你去唱堂会的那家，有位小姐见我针线活不错，就邀我去她家改几件衣服。我想着，下个月是柳妈的六十大寿，怎么说我也该备上份礼，聊表心意的。”陈媛笑着看向他时，他忙将目光避开，像是怕藏在心里的事被瞧出了破绽。

“妈不在意这些的，你不必这么多顾虑。”这话听着，似将陈媛当成自家人看待了。陈媛自然不好硬生生地回绝，依旧笑靥不变：“这是晚辈对长辈的孝敬，在乡下时，逢年过节我也要包份礼物给姑母，柳妈若不收下，那真是见外了。”

姑母对她说过，要想长住，客气是必要的。总之，寄人篱下要处处周到些，老妈子们都是嘴上说不在意，心里比谁都在意的。

2014年夏·上海

“她和梁家大少重逢了吗，后来发生什么了？”我追问。

店主婆放下放大镜，检视了几件配饰和两条长裙后，说：“我这里有几件比较特殊的古董衣要上门去收，你要是有办法谈妥，你想知道的会慢慢知道的。”

“你不能现在告诉我吗？”

她表情嘲讽而古怪地看了我一眼，完全不相信我说的，仿佛我是个随时撂挑子就走的人，我辩解说：“我有裙子抵押在你这里。”

“对我来说，这件裙子的价值非比寻常，可你并不知道它的真正价值，能用金钱衡量的时尚，只是好听的噱头。时尚来去匆匆，能成为一个时代的风格，才是永恒。你年轻，前途无量，整天想着某个男孩子。以后你会知道，哪些才是真实的。”

店主婆走到一排齐整、琳琅的礼服裙前，每一件都用透明的防尘布罩着。橱窗里模特身上的服饰每天都不一样，配饰搭配得很妥帖。我心生钦佩，她毕竟年事已高，一副很不好惹的样子，对服饰的照料却这么细心。

“店开多久了？”我试探着问。

“好些年了。”店主婆说时，意味深长地看了我一眼，她大约猜到我在狐疑的事。

“有人帮你打理吗？”

“会有人来打扫，要是你担心做清洁工作，没必要。你笨手笨脚的，我不放心。”

这么直接地被拆穿，我讪讪地掩饰尴尬，确实担心过，店主婆没有说，我完成每次的任务就尽快开溜，而今天，我一点不着急，不甘心她没说完的故事。一想到那条手工仿制的小黑裙，已经留存了四分之三个世纪，真是不可思议，我不确定最后是否会穿上这条小黑裙去参加琳琳的生日聚会，对它的来历、过去越来越好奇。

“裙子修补好了吗？”

“你会穿吗？”

“当然。”我显然在撒谎。不管怎么说，我对古董的兴趣寥寥，何况还是古董衣，穿过那条裙子的人多数已不在人世，一想到这点我会头皮发麻。没准儿，我的衣橱里还是能找到一件适合参加琳琳聚会的衣服。

店主婆神情淡漠，眼神深不可测。这老太婆年轻时一定是个十分精明又让人头痛的女子，没什么事能瞒过她。

“你不是 flapper girls，不要勉强自己，给你的好朋友牟琳琳，从任何一方面来说，她比你合适。”

“不，这条裙子是我的，我的！”

“你或许拥有它，它却并不属于你。”

我听得面羞心惊，这老太婆是在暗示什么？柯维兹不知道小黑裙的来历，她不可能知道什么。难道她是在用裙子暗示我和琳琳、柯维兹之间的事？

“我拥有它，当然属于我。”

“不，它不属于你。”店主婆似笑非笑地重述了一遍，“你并不真的想要它。”

我咬着牙不吭声，等她说下去。

“你和任何一个宅在家里的女孩一样，自以为与众不同却没有人发现。你认为像琳琳那样的女孩没什么了不起，只是个每天打扮得漂亮想引起男生注意的肤浅女孩。事实是你不如她，她知道自己想要什么，主动去争取，想吸引人就打扮漂亮积极主动，想引人注目就发出自己的声音。可你只希望让人看到你是个好女孩，做一切合乎常理之事，你并不高明多少。为什么你不干脆承认即使你拼命努力，也不见得能做到琳琳这么出色？那样的话，至少你还坦诚。”

好几次，我忍住摔门跑出去的冲动，这老太婆压根儿不了解我，凭什么评价我！可冷静下来，我冷着脸看她，表情肯定很臭，她看在眼里，无动于衷。

“你对我一点也不了解……”我竟哽咽得说不下去。

“可你清楚，我说得没错。在你这个年龄时，我真希望当时也有人能这么不近人情地泼我冷水。我不一定因此而少走弯路，但可能让我早些看清自己是个什么样的人。”

即便气得整个人发抖，我也知道这刻薄的老太婆说的是对的，从小到大没有人这么说过我，他们要么对我不加以言辞，要么总是客气得陌生。什么是家庭气氛，我不知道，凡事怪异、不近人情，才合乎我所能理解的。遇见柯维兹，明明很在乎，我却下意识地相信，失去和未曾得到才是最好的，看起来又美好，又动人。事实是，只有需要人注意的胆小鬼才会这么偏执地相信。

“我不知道该怎么做……”说真话让我深感不安，但又让我松了口气。每个人早晚会遇见一个指出你种种不足的人，由店主婆说出来总好过牟琳琳、石佳雯……或柯维兹。

“时尚与衣着打扮，从来不是越华贵越好，人们追逐时尚，但很少人真的懂得时尚。昂贵和华丽之物，并不能提升人的内心修养。小黑裙的诞生，标志着颠覆陈规旧律，既不显得过于隆重，也不显得单调乏味。穿对了小黑裙，没有衣服能取代它。”

我犹疑地看着那件挂在衣架上的黑色裙子，没有任何繁复装饰的直筒小黑裙，会有这么大的吸引力？

“高级时装会拉开人与人之间的距离，看起来高高在上，难以接近。你不注重外表，是为了让人看到你的真实、不拘小节的本来面目？既然要坚持做自己，为什么不能变得漂亮些、开心些？这绝不会有损你的坚持。”

店主婆拿出卷尺，俨然一派老裁缝师的架势打量我，我不由得问：“给我量尺寸？”

“你的裙子需要修改，尺寸不对。”店主婆一双精明世故的眼睛从我脸上一扫而过，好像从我走进店铺那天，她就知道了裙子的真相。

“还要修改？”我惊讶道。这件老古董裙子，拆不了几下就会毁了吧？店主婆冷着眼色看我，我问，“你修改？”

她点头，说：“布料我藏了些，拼接起来看不出。你想特立独行、不妥协，又没有足够的曲线或立场发出自己的声音，要让别人注意你，要先从外表开始，要想不可取代，必须与众不同。你决定了吗？”

“是的，我决定了。”

“女人一心想着所有的色彩，而常会忽略了无色彩。黑色与白色一样，凝聚了所有色彩的精髓。它们代表着绝对的美感，展现出完美的和谐。”拿着笔的店主婆说，脸上一派高级设计师的严谨和挑剔，她在本子上记下一串数字，随手在简笔画上修改几笔，我拿着卷尺照着她严格的要求量身体的尺寸，我想说个大概数字，她看也不看嘲讽道，“弄错衣服尺寸，比穿错衣服更可笑。不过，你只要引人注目了，一样能‘不可取代’。”

我咬着牙，重新量。

在决定修改款式时，我说要像奥黛丽·赫本在《蒂凡尼的早餐》中的一样，店主婆翻了个白眼，说：“我以为你会说玛丽莲·梦露的那件。”

我只有当耳旁风，在这老太婆面前，别把小小的自尊心看得太重，女孩为了漂亮、脱胎换骨，什么都能忍。

“奢华必须舒适，否则就不是奢侈品。无论裙子的成本是50元还是2000元，经典是毫不费力地在几秒钟内得体而性感。大多数人买不起一线品牌经典的款式，但得有个成熟的认识，在选择别的品牌时，至少要备上一件黑色礼服裙。”她说。

我将用完的卷尺放在桌上，凑过去看店主婆的记事本，寥寥几笔勾画出一个女模特的身姿，裙摆长不过膝，极致、简约，没有任何缀饰。很难想象我穿着这样一件裙子出现在聚会上，身处一群艳光四射、恨不得将聚会变成个人时装发布会的女孩中会引起什么样的反响。

“没有一点儿配饰吗？”我小声地提议。

“要有双高跟鞋，一定要穿高跟鞋，穿平底鞋就不要穿这件裙子。还有你的头发，发生核爆炸了吗？”店主婆说话的分量就像甩原子弹。

我站到落地镜前审视自己的发型，平时很少打理，一年修剪一次，不烫、不染，女孩都像我这么打理头发，美发沙龙准关门。站在90多岁穿戴端庄的店主婆身旁，我才是“出土文物”，要是随便跳两下，没准还能抖出些土……

“发型要改吗？”我问。

“剪个短发。”店主婆不满地看了一眼，随手在本子上写下一组号码，说，“这是发型师的电话，去预约一下。预约不上就说是良辰古董衣店的店员，发型师会把你排到前面，运气好他会给你折扣。当然，你想顶着‘鸟巢’去聚会，当我没说。”

我忙接过字条，发型师的名字我知道，牟琳琳还是石佳雯说过很难预约。

“我明天一早就打电话去。”

“化妆的问题，不要太夸张，把你平时用的带来让我过目，过两天有个化妆师来这里看衣服，她能给你点建议。”

手机早没电了，我翻出小本子龙飞凤舞地记下来，不确定地问：“只是高跟鞋？”

“不要彩色又难以驾驭的高跟鞋，更不要动小聪明在衣服上缀胸花配饰。你需要的配饰，一条长串的珍珠项链、手包和手镯，这些先不急。裙子修改完时，我会找到合适的。”

在她说话时，我早就琢磨着店里哪些配饰适合我，哪个架子都没放过地看了一遍，我刚想指着其中一个，店主婆叹了口气，把脸转了过去。

我羞愧地向门口走，又觉得很开心。

石佳雯打来电话时，我正犹豫着怎么回柯维兹的信息，他问我在忙什么。在三十七八摄氏度的盛夏，我每天到处去收物件，未免晒伤，我涂了防晒霜又穿上防晒衣，一整天没想到去查看手机。晚上看到他的信息，第二天醒来看到打了一半的信息还没发送。日子过得忙碌充实，我好像还瘦些了，这几天比过去四年都有趣。

等着与佳雯见面时，我翻开那本陈旧的相册，店主婆店里的衣服有几件与照片上款式相似，以我外行的眼光看，差不多时期的衣服没什么不同，仿制复古装还是原版，我看不出区别。忽然，我看到照片上一个女子穿着深色的长裙，怯生生地盯着镜头，我几乎确定那件裙子和我的小黑裙一模一样。

女子身边站着几个穿中式装的佣人，表情木然不为所动，照片不是在照相馆拍的，应该是照相师在某大户人家捕捉的生活瞬间。女子的神情惊讶、羞怯与错愕，在那一瞬间被照相师抓拍得生动入微，她的眼神盯着镜头的刹那，对着照相师，她看到了什么？

女孩穿上最漂亮的衣服，遇见最想见的人。我不由自主地这么想，照片上的女孩遇见了。她的眼睛很亮，在灰扑扑的相纸上，她目光流盼之间的生动，意外的神情使她整个人亮了起来。这张照片的一部分模糊难辨，正要走进镜头的人只拍了半个肩膀，女子的长相清秀，清瘦的身形与脸部轮廓。

我想不起有关这本相册的任何记忆，父亲的哪个同事、朋友会将这么一本相册放在别人家里呢？也许是无心之举。我打算改天拿给店主婆看，顺便问她一句：“是不是有种时空穿越的感觉？”一想到这，我乐不可支。年纪越大，越热衷谈论过去的事，话匣子一打开就没完没了，店主婆只在嘲讽我时才会“妙语连珠”刹不住，没准看了这本相册，她会改变想法。

佳雯手上拿着最新款的包出现了，笑着向我一抬下巴，我说：“衣服也都准备齐全了？”

“要不是来不及，真想去日本大采购，我两个表姐都去了，一个筹备结婚，另一个和男朋友去。”

“所以，你还是陪我吃东西解闷吧。”

她白了我一眼，随即坐下说：“你的衣服呢，这是什么，一本相册？”她伸手拿去看，翻了几页立刻还给我，说，“还以为是什么，这种老古董带在身上，做精神食粮？我以为是什么照片呢。”她拿出湿纸巾擦手，佳雯很少掩饰对不喜之物的反感。

“琳琳通知你了吗？”佳雯漫不经心地掏出小镜子，检视妆容。

“嗯……”我模棱两可地回答。她并未听出不同，从包里拿出支唇彩，糖果般的色泽，边涂抹边说：“去买件好点的裙子，做一件来不及了，聚会是这个周末。”

“这次人多吗？”

“当然。”佳雯很肯定地点头，说，“她邀请了很多人，她参加的社团、兴趣班、课外拓展等，太多了。”

“我想去买双高跟鞋。”

石佳雯将唇彩放回包里，说：“高跟鞋还是坡跟鞋？”

“高跟鞋！”

她立即站起身，说：“要是你说坡跟鞋，咱们就此别过吧，坡跟鞋你可以问隔壁菜场赶时髦的大妈拿意见。参加琳琳的聚会，你要是这么‘安全感’十足地挪动脚步，你就太‘招蜂引蝶’了。”

偏执狂，一说起穿衣打扮，每个人都有非常坚定的品位，以神圣不可逾越的姿态竖起雷区。

我拎着一下午的“战果”回家，从地铁下来一直走回家，快到家时发觉钥匙不见了，打电话给父亲，他晚上有应酬赶不过来，让我去亲戚家等。我拎着这些东西倒像是去送礼，何况早就累得不高兴多挪半步，算了。

女孩逛街购物，九牛二虎也拉不回来。佳雯是天生购物狂，为了弥补没去成日本，整个下午一点没闲着。她找到了份不错的工作，家里托了些人情，加上她的优势和能力，足以胜任公关类职业，适得其所。她说存够了钱去欧洲大采购，女孩最大的动力和努力目标，为的是购物和漂亮，两样都要投资。

“我才不会为了结婚去存钱。”她说。我想的是，就算她想存，也得有毅力抵挡各种诱惑，一本购物手册对她已经是折磨。

在家门口的台阶上我等了半个多小时，看到手机上有个未接来电，是柯维兹。他有时会问些古董衣店的事：“事情完成得怎么样？”

“还行，单子上的任务……大多数我都完成了。”

他既不殷勤也不刻意疏远，现在想起他，我不像过去总等着他能发现些什么。

我回了他一条信息：在等父亲回家，钥匙忘带。手机扔进包里，我拆了盒子看新买的高跟鞋。石佳雯很适合做导购员，在我形容了裙子大概的式样后，她挑了双细高跟的塞在我手里，不容置疑地说：

“不会穿就去学，别跟我说废话。”她是牟琳琳的翻版。

想着父亲很快会回来，我没跟他说等在家门口，看到路尽头有个身影在对我挥手，我立刻回应：“好快啊——”

来的是柯维兹，推着他的自行车，一身运动装，大概刚打完球。

“怎么是你？”

“正好在附近打球，过来看看，你还等在门口。”

我点点头，他看了眼地上的购物袋，说：“去喝些什么吗？”

有那么一刻，我在犹豫要不要答应，下一秒又在想是不是该换上新买的高跟鞋？就算不是约会，看起来像也不错。

“好啊。”我想模仿佳雯一抬下巴的样子，表情一定没配合上，柯维兹的眼神一掠而过，我装没看见。

“这两天常找不到你。”路上，他说。

“我回复了。”

“第二天？”

“我忘记看了。”我后悔这么说，听起来就是条生活无趣、苦闷、需要人解救的可怜虫，又说，“忘记回了，事情太多。”

柯维兹大概没听出有什么差别，随意地“嗯”了声，说：“去街口那家餐厅吃晚餐，顺便说下这个周末的安排，怎么样？”

“好的。”

他推着自行车，我的购物袋放在后座上，有时我走慢了几步，注意到迈开大步的他身形修长，夕阳余晖照在他的皮肤上，泛出健康好看的肤色。

日落余晖之景，想起来就失落。

波波头，及膝的小黑裙，脖子上绕着数圈的长串珠链，我一走出牟琳琳的生日聚会，脱下玛丽珍鞋跑了起来。身后有人在叫我的名字，我顾不上另一只脚上鞋的搭扣，一脚高一脚低地奔到大街上拦下出租车。

坐上车，我看到正挥着手臂的柯维兹，他在喊："娄依凝，从车上下来！下来！"

任凭出租车司机好奇的眼神，我把头扭了过去。

这两个多小时发生的事，我只想说去他的，明天就去订机票，以后老死不相往来。我走出聚会时，石佳雯小心翼翼地躲在人群后，我没去看牟琳琳的表情，但她大概没想到柯维兹会跟出来。

出租车经过他的那一刻，我隐约看到他眼神中的怒意，他有什么可生气的，该听的我都听到了。良辰古董衣店的店主婆是他姨婆，他外祖父母那边的亲戚，年轻时长期生活在国外，晚年回国开了间古董衣店。柯维兹说去找修补裙子的裁缝师时，想也没想便拿去了良辰店。原本这个暑假他要在店里帮忙收衣服，但仅仅待了半天，他姨婆就对他嫌弃得不行，他毕业后的计划需要姨婆当说客，姨婆的忙他不能不帮。

我一想到店主婆那双精明世故的眼睛，就知道谁要是想在她面前要花腔就是自找苦吃。我冲口而出地质问他："你姨婆叫陈媛？"

"不是。"只有这一句话他答得最干脆、肯定，再多问一句也不答。

穿着一身拼接、流光溢彩低腰线流苏裙的牟琳琳，戴着钟形帽，她舍不得剪短的长发用很多发卡服帖地固定在后脑勺，头形丰圆，刻意留出的刘海、发尾烫卷，顺滑地与帽子搭配在一起。

我没想到她会钟情爵士时代的着装，正如她不会想到我穿着一身小黑裙，我的玛丽珍鞋（Mary Jane）和她的T-Bar鞋。T-Bar鞋源于Mary Jane风格的丁字鞋（T-strap），玛丽珍鞋是绑带鞋的美式统称，低跟、圆面、脚踝搭扣绑带式的鞋子。丁字鞋与玛丽珍鞋类似，在脚背上多了一条装饰，让搭扣变为“丁”字形，连接鞋面及两侧。

20世纪的爵士时代，是时尚设计大师们孜孜不倦攫取灵感的纸醉金迷的享乐时代，想要艳压全场的牟琳琳，聚会上请来了她几个杂志社的朋友，她对从事时尚工作有浓厚的兴趣，想要引起别人的注目、肯定，她知道该怎么做。

我来到了一个不合时宜的聚会，她精心细致地替自己谋划，过去四年我和她友好相处，遵守着适时的缺席规则，而现在，我穿着这一身裙子，还和柯维兹一同出现在她的聚会上，像是专门跑去砸场子的，都毕业了，还特意跑去翻脸。

听到柯维兹对琳琳说的那些话，我恨不得扇完他们两耳光再扇自己。一个是为了自己的目的将我“廉价地抵押”在古董衣店做跑腿，另一个等着我在聚会上出丑。佳雯是琳琳的眼线，她们现在是闺蜜。我和佳雯一起去买的高跟鞋，被店主婆不屑一顾地弃之一旁，此时此刻，反倒觉得一直对我冷嘲热讽的店主婆才是唯一可信的人，当然，我不太愿意承认这一点。

司机从我上车后一直试图问出目的地，我含糊地说向前开，他大概看我神情古怪，便不再问了。我不着边地指了一通方向，出租车最终停在良辰店门外。

下车后，我坐在店门口的台阶上，新发型还没适应，我拿下缀有不少亮片的发带。夜幕已降下，从微亮的玻璃窗中我看到自己的样子，妆容有点花了，眼影的烟熏效果更增加了脸上的阴影，想到旧相册上，某个慵懒、眨着迷离眼神在抽烟的女子，我希望我是她们中的某一个，忧愁的气息穿过时间的距离，这么神秘，这么惊心动魄。

那天夜晚，比现在还早些，我和柯维兹坐在餐厅里喝饮料、吃东西，他是阳光帅气有幽默感的男生，有一堆笑话逗人开心，我能感觉到人群中投来善意的目光，就算我的青春记忆只有这些，也足够了。很多人的青春时代，在打发沉闷无聊的时间中度过，听着寝室里老调重弹的笑话，以及道听途说的蜚短流长。

可得有这样一个人，他是青春时代的见证和界线，他注定是这样一个人，没有柯维兹也会有别人。既然我不是忙碌得无暇顾及或另有选择，他一身阳光明媚，我怎能舍得不喜欢，装作无所谓？

此时此刻，我宁愿辜负岁月，我浪费四年时间不是因为柯维兹，不是因为任何人，只是因为我自己，因为胆怯，因为那么点可怜的虚荣心。店主婆说的千真万确。

我宁愿浪费时间地自以为喜欢一个人，罔顾现实的真相，我以为忧伤和距离很美。没有某一个人，还会有别的选择，一个人的情绪不该取决别人对你的态度。最终我所做的是出国留学，这是借口，避免一概的解释，可问题依然没有解决。

要是我在郁郁不得的境况中，始终四处碰壁，多半是我咎由自取。牟琳琳性格自我，是天生的，没有任何人，她也一样精彩热闹地安排生活。这么简单的道理，我若想真的明白，竟是那么难。

现在这个时间，店主婆恐怕早已睡下，既然她不是陈媛，她怎么会知道这些事？那天的晚餐，我对柯维兹说了相册的事，他说等聚会结束和我一起去店里问，我还很感动他对这件事的热心，结果却是这样。

去聚会的路上，我把相册藏在包里，放弃了店主婆为我选的黑色光面手包。再怎么听她的意见，我也要违反一次。聚会上有时尚人士，我请他们帮忙鉴定，先后问过几人，无一例外地指出旧相册上的着装风格来自爵士时代。其中一个女孩翻到一张男式西装的照片说："柯立芝效应时期，男士身着三件套西装、软呢帽、阔腿裤。这张照片的背景应该是在美国，当时美国极度富有，服饰流行文化由英国转向美国。温莎公爵将灯笼裤（Plus Fours）介绍到美国，可他更喜欢美国人做的裤子，被他妻子华里丝·辛普森嘲笑是'漂洋过海的裤子'。"

女孩叫左荟，她积极地推荐我去看前两年的电影《艺术家》，说："你要是很感兴趣，电影里的衣服就是那个时代的。"她对我的小黑裙从面料到剪裁以及这身搭配大加赞赏，她拉着我拍照时，牟琳琳正沉默地站在不远处。

“直身剪裁的低腰线是爵士女郎着装的重点，黑色是极简的艺术。你看，这里的每个人衣着鲜艳，但只有黑色才会成为唯一的焦点。”

“真的？”

“当然。《乱世佳人》里的斯嘉丽不就是穿着黑色的礼服裙和众人一起跳舞吗？那么多人的舞会，到头来观众会记住的只有那条黑裙子。”

我本想说那是因为斯嘉丽当时在服丧，只能穿黑，但我没说，她是善意的。从小没人称赞过我，我只是一时不适应，心里是开心的。

“这个聚会真是来对了，你看，那边一个男生，手上拿着的是禄来双反（Rolleiflex）。”

我看向她说的男生，是柯维兹，他脖子上挂着台老式的相机，站在人群中一直低着头，我说：“他不是摄影师。”

“很专业。”

“为什么？”

她看了看我，忽然笑了，说：“他刚才一直在拍你。”

“没有拍啊，他一直低着头，相机还挂在脖子上。”

她笑得更开心了，说：“禄来双反是这么对焦，一般人不会发觉是在拍照。”

“很适合偷拍？”我想讲个笑话，掩饰我的无知。她哈哈大笑，点着头说：“没错，就是这样。”

天这么黑，路过的行人聚在附近的餐厅里，和乐融融地吃饭、聊天、开玩笑……

“娄依凝——”

我一惊，回头看：“你、怎么来了？”

柯维兹穿着白衬衫，纽扣解开几颗，领结甩在肩膀上，黑色的长裤和皮鞋，头发乱糟糟的，眼睛如远处的街灯一样那么闪烁，脸上没有一丝表情，他喘了口气，坐在台阶的另一边，说：“很有戏剧性的聚会。”

现在没必要跟他争论是非黑白，见他手上还拿着相机，我说：“禄来双反？”

他似乎一怔，说：“你喜欢？”

“觉得很酷，根本看不出来你在拍照。”

他表情迟疑了一下，似乎在想什么事情。气氛有些尴尬，谁知道他要拍的是谁，也许他并不希望别人知道呢。

“你看出来了？”

“有高人指点的。”

他笑了起来，转过头去，好一会儿才说：“不生气了？”

“我有新裙子穿，还换了发型。”

“那就好。”

“气过了。”

柯维兹笑着站起身，说：“明天店门开了再来吧，这么晚，我送你回家。”

“你知道陈媛的事？”

“姨婆会告诉你的。”

“我每次得完成她布置的很多任务，她才会告诉我一点点。我就要离开这里了，没时间了。”

“哦。”

气氛突然凝固，笑容在他脸上消失无踪，眼睛藏在乱乱的头发后面，他在看着任何一处，他转过身去。

“你也有自己的安排。”我小声地说。

“陈媛后来去了巴黎。”

“和谁？”

柯维兹走了起来，我忙穿上鞋跟上去，追问：“和谁？”

“你不是快要去了？”

“毕业后，大家都各奔前程了。”我说。

“吵死了，你们年轻人一点教养也没有！”

良辰古董衣店的门突然打开，一身睡衣的店主婆冷眉冷眼地睃着我和柯维兹，我吃惊地闭嘴，又看看他，他垂着头走上前，说：“对不起，姨婆……”

店主婆不为所动，但眼神柔和了一些，口气还是阴阳怪气的，说：“年轻人要约会，就去餐厅、电影院或任何地方，大晚上坐在我店门口算什么？你的高跟鞋穿成这样，是从舞会上逃出来时南瓜车又变回去了吗？”

我羞愧得无地自容，只不过一只脚上的搭扣没扣上，另一只脚没穿好罢了。

“姨婆，事出有因。”柯维兹卖起乖地讨好。

“我想来问件事。”我从包里拿出相册时，明显感到店主婆锐利的目光像刀片一样扔过来，我放弃了她选的手包，一意孤行选了黑色大包用来装相册。

我翻开相册给她看，店主婆神情中挑剔、尖刻的顽固为之一动，她忽然反身走向店铺，又对着我和一旁发愣的柯维兹招了下手，说：“进来吧，我刚做了个梦，不记得了，看到这些照片，我好像想起了些事。这些不是梦，不是……”

我瞅了瞅默然的柯维兹，他走在店主婆之后，示意我进去。

聚会那晚，柯维兹送我到家门口，走之前他问我：“时间定了？”

我知道他问的是去法国的时间，与母亲分别多年，在我毕业前夕，她决定让我去巴黎留学。我不知要怎么告诉柯维兹家里的事，我从未对牟琳琳或任何人提起过，他们只知道我母亲常年在国外工作，父亲经常出差，我在学校时周末从不急着回家。

“想到你姨婆有这么一段经历，真难以相信。”

“我也是今天才知道，小时候听大人说过几句，后来都不说了。”

“她布置的任务我会完成再走。”

柯维兹怔了怔，说：“真的？”

“我想知道她没说的事。”

“你觉得我姨婆还隐瞒了什么？”

“我猜她是陈媛带去裁缝店的小女孩，娜娜。”

柯维兹沉默。我偷偷打量他，店主婆90多岁的人，既然她不说，多半不希望别人知道。

“是的。”他说完，朝着夜幕走去，挥了挥手说，“你的任务要好好完成，我听到你保证了。”

“是啊，你放心出去玩吧。”

他忽然站住，侧过脸来，他在笑，说：“需要我帮忙的，告诉我。”

听上去，他还有点良心。接下来，我要头痛的不是怎么去完成“不可能的任务”，而是怎么跟母亲解释这个状况。她让我早订机票，我却每次查看完航班，直接关机忙别的去了。我到底该不该去巴黎念书，和母亲生活在一起？

我在邮件里打出了陈媛的名字，告诉她我在古董衣店里的事，写了几行全部删除，只把聚会上的照片发了过去。

几分钟后，手机突然响了，母亲来电，通常她不会这么晚打长途电话。

“你身上的裙子是怎么回事，这身打扮？”母亲开门见山地说。

“新裙子，量身修改的。我去参加琳琳的聚会，必须得有身合适的衣服。”

“谁帮你修改的？”

“一个很好很好的老太太，她年轻时叫娜娜。”

“娜娜……”母亲重复了一遍，声音听着很遥远。

“嗯，她后来改了名字，叫樊小嘉。”

“樊小嘉？”

“是的。”

“你怎么会认识？”

“是这样的，她开了间叫‘良辰’的古董衣店，我的裙子扯坏了，只有她能修补，是同学帮我找到的，我同学是他——”

电话断了，国际长途有时会突然断线，母亲通常发邮件给我安排生活上的种种，在她替我决定去留学的事之前，她没怎么问过我的意见。

我意识到母亲没反对我延期去巴黎，她之前一直要我早些动身，说带我四处转转，熟悉环境。可她怎么会有时间陪我呢，还不是我一个人在陌生的城市里东游西晃？

临睡前，我拿出店主婆给我的一张画纸，又一条出自陈媛之手的裙子，裙子上不仅有她刺绣的LC，还藏着一段轰动一时的倾城之恋。

梦中，我仿佛看到一个款款走来的女子，笑着向远处挥手，她在等着一个人，人影越走越近，她笑得温柔动人，优雅的轮廓微微侧着……轰然一声枪响，人影消失了，女子倒在草地上，裙子上渐晕染出一朵朵血色的图案，像精心的画者一时失手，索性泼墨挥洒。

一梦惊醒，我想起店主婆说的事，宛若历历在目。

第二个故事

终究不过空欢喜——Elsa Schiaparelli的龙虾裙（1930s）

民国·上海

自那晚陈媛在街上看到一个貌似浩伟的军装男子后，匆匆三年一晃而过。

梁浩伟似乎就此消失了，陈媛不时地听到关于彦伟的闲言碎语，有次听到了俊伟的名字，沈家的下人们都是嘴碎的老妈子、小丫头。家里来往的白相人很多，沈家夫妇又是西式作风的人，家里定期举行舞会、沙龙。

沈诗慧的服装公司开了半年，忙得焦头烂额，她早就无心打理，又想在亲友面前争面子，最终还是她父亲付清各项欠款。她不死心，拉拢了陈媛说开裁缝铺，实则是为她自身打算，她订购进口的面料，交给谁都不放心，陈媛去沈家修改过几次衣服后，看中陈媛手艺的太太、小姐们不少。沈诗慧没告诉她们的是，陈媛不仅修改衣服，连她身上的小黑裙也是陈媛照着图纸一针一线做出来的。沈诗慧在法国的几年，学到了两样东西，第一是穿衣搭配，第二才是法语。

陈媛夜里辗转难眠时会想起浩伟，三年来渺无音讯，这人真是狠，就这么一走了之了。

跟戏班去唱堂会时，正在幕后打点行头的陈媛眼见宛瑢一身雍容华贵的装扮从她身前走过，装作全不认得她。宛瑢已今非昔比，若在公开场合跟从前的下人相认，免不了有人去跟陈媛打听出什么难听的话来，再经几个好事的挤在里面缠夹不清、添枝加叶，可有得说不清了。

身份有别，怎能随便叙旧？陈媛当然明白，只奇怪淑灵不见踪影，她们两个同龄，虽是主仆，私下感情很好。陈媛跟秦家下人嗑叨闲话时问起来，那下人也警觉地反问："你怎知道？"

"不都是听人说的嘛，要是不便就不问啦。"陈媛将自己带的桂花糕分给她吃，说说笑笑地又绕到别的事上去。那丫头像憋了个天大的秘密堵得慌，叹了几声气，道："这事顶不好说出去的，秦家上上下下都忌讳得很。"

陈媛轻声轻气地应了声，对方凑近了点，细声道："秦少爷三年前在舞厅里认识那个叫宛瑢的女人时，他是有婚约的，后来因为这事黄了，他跟秦老爷闹翻了。上个月还让人听到在电话里跟老爷争执结婚的事，老爷气得病了，老夫人亲自找上门跟宛瑢说话，开出条件只要她肯离开秦少爷，多少钱随便她开口。"陈媛听了点点头，以秦家的身份地位，家里的长辈没有不闹的，静静地听她说下去，"和宛瑢一块儿来的女孩淑灵，她撺掇着她母亲不要答应，她要出去留学，想要少爷帮忙，说现在局势这么不稳定，她们两个弱女子绝没有好的，给再多的钱，通货膨胀几次全成废纸了。你听听，一个姑娘家，说出来的话城府有多深，满脑子精明算盘。”

陈媛在心里不禁莞尔，她和淑灵是一个心思，若换成她，也是要给出这句话的。

丫头绞着手上的帕子，大约要讲到关键部分了，很顾全大局地犯起犹疑：“这两人真是厉害货色，秦老夫人后来走了，还说以后全由她们闹去，她是不会再进这个家门了。这话真真是气话，老爷膝下只有两个儿子，大少爷一整年见不了几次面，据说部队现在被调去了前线，把老太太快急死了。”

陈媛道：“淑灵是已经出国了吗？”她注意到这丫头有意避开提到淑灵，故而旁敲侧击地探对方口风。

丫头嘴角抿得很紧，显是不肯说了。陈媛立时笑着打圆场：“你看，光顾着说话，连戏开场了大半都不知道。你来，我知道一个地方位置好，还不让人发觉，我们拿些点心去那儿看。”丫头眉开眼笑地跟在陈媛后面走，一路辩解说：“这些事真说不清，以后你就知道了。”

收场子时，常来找仕应的黄老板过来了，赶着仕应去救场，原先的那个武生出了状况，座上的人正闹得要砸场子了。仕应还不及换下戏装，连忙跟着黄老板走，突然别过头对陈媛说：“你收拾完，让娄敏或者文烨送你回去，别自己一个人走。”

最近报上刊了几则单身女子夜里遭遇抢劫的新闻，抢了钱的还好，就怕有好名声的女子给这么一抢，名声也给抢去了。陈媛答应了声，她知道娄敏晚上要去赶场宴会，他最近手头上很有些闲钱，还时不时跟陈媛说去下馆子吃饭，地方由她挑。文烨最近一下了戏后常满脸忧郁，陈媛见他偷偷写信，写写停停，唉声叹气，千言万语不知从何说起似的。

抱着一堆仕应的行头，电车是没了，连黄包车也不见。一路吃力地走着，偏巧一辆汽车在她前方停了下来，陈媛看了看，有那么一刻猜想会不会是浩伟回来了，她总疑心那晚看见的确凿是他。车门下伸出一只黑色高跟鞋，她失望地绕开过去，忽然有人喊道："陈媛，是你吗？"

一看，是沈家小姐。诗慧穿着一袭剪裁贴身的浅色长裙，肩上披着裘皮，短卷发打理得十分服帖，脸上的妆容不浓不淡，嘴角含着笑："这么晚了，刚收工？"看了眼她手上拿了大包的物件，各种料子。

陈媛笑道："是沈小姐呀，真巧，刚收工正等不到车呢。"诗慧向她招了招手，示意她上来。陈媛一坐上车，发觉驾驶座的那个男子垂了下眼睑，问了声："去哪儿？"

是彦伟！他大约第一眼就认出了是陈媛，诗慧站在街上跟她说话时，他已经惊讶过了，平心静气地把脸别到另一边问诗慧："我们来得及赶上董会长的宴会吗？"

"晚一点不碍事。"诗慧转过戴着大颗粒珍珠项链的颈子，对陈媛说，"你和我们一块儿去吧，不急着回去吧？"

诗慧嘴上是这么问她，言下之意是要陈媛跟他们一起去，这样不必特意跑一趟送她，可能也是防着彦伟知道一个姑娘家的住处。眼下真是骑虎难下，陈媛不好意思央人家特地送她回去，答应去宴会，这一去谁知要多久。

彦伟瞅了眼陈媛的神情，对诗慧说："我看，先送她回家，董会长的宴会也不知开到几时结束。"诗慧心里有她的算盘，她所受的教育不惯顺从，问："你看怎么样好呢？"

陈媛答道："要是可以的话，我同你们去。"她没去看彦伟的表情，总之她听出了诗慧的声色中藏着出了口气的火星味。照先前周妈说的那番话，他们这一对闹脾气大概是家常便饭，今晚这出不是没来由的。

路上，只诗慧同陈媛有一搭没一搭地聊着话，说到自己身上这件洋装，买来后只穿了一次就钩破了，亏得有陈媛救场，送到不称心的裁缝师那儿只会糊弄一通。她笑着说："手艺这门功夫，最难讲得准的。"彦伟沉默地开着车，偶尔附和地应几声。

离开了梁家，各人都有默契，非但相识的人之间无话可说，即便从前的佣人碰巧见面，也避嫌似的不多话。

陈媛一身竹布罩衫，头发刚过肩，年轻轻的像是女学生。宴会上，以诗慧的架势，不时惹来几位商会老板的注目，只要她一出场，没有人能盖得住她的锋芒。商行里几位稍年轻些的老板与她从生意聊到文艺，甚而是生活品位，除母语外，她精通英、法两门外语，名副其实的名媛，一些重要的场合上，点了名的要她出席。

彦伟一口口地喝酒解闷，陈媛很有眼色地离他几个位子坐下，却见他突然转来转去地寻找什么，最后见陈媛坐的位子边上，有两个男青年缠着她说话，便走过去解围："陈小姐，好久不见。"

闻言，男青年们使个眼色掉转方向。被人称呼一声"陈小姐"，还是从彦伟的口中说出，听着像是句刺人的嘲讽，陈媛脸上有些挂不住，说："不敢当。"在梁家这么多年，陈媛看准了一件事，梁家人要是跟人客气，尤其是跟熟悉的人客气，通常不是什么好事。

"这两年，沈小姐对你越来越另眼相看了。"不知怎么，彦伟说的这句恭维话，听着别扭得像隔夜饭，已经馊了。他和诗慧断断续续相处了三年，王家那位也没听说有眉目，他还是三年前的花花公子，在洋行里找了份闲职，不知是托谁帮的忙。

陈媛淡然一笑，说："梁先生仪表堂堂，待哪天有喜讯事，不知怎么说恭喜的话呢。"她身上总预备着几根刺，紧要关头就扎下去。现在梁家散了，她也不必再同从前一样总忍着、憋着气地恨了。

彦伟碰了一鼻子灰，心里生了几分忌惮，借着跟人聊事情从一旁走了。位子上只剩下陈媛一人，几个舞女在她身后穿来走去，渐渐围向几个商行老板身边说说笑笑。舞池里几个美国水兵同两个会说洋文的女子不知说些什么，笑声聒噪。

陈媛想走，又不甘心这么灰溜溜地走，猜想沈诗慧带她来这儿的究竟原因。正巧看见彦伟从舞池边快步走了出去，身后几步之外是名金发碧眼的女子，原来是他曾带进家门的洋夫人，也不知两人究竟是没结还是没离，牵丝扳藤不清不楚。

她快到家时，巷子口正停着辆车，犹疑了下等看是什么样的有钱人会把车停在这儿。下车的人居然是韦仕应，表情难辨，车里人大概向他招了招，他把脑袋探过去，出来时嘴角有隐隐的红印，他目送车子开走，若无其事地继续走。

陈媛本想走在他后面，一想要是她比仕应还晚回去，柳妈面上不说什么，难免以后有些令人难堪的话。她假装咳嗽了两声，前面的仕应回头一看是她，表情一时很尴尬，像是要哭的人竟笑了出来："你怎么这么晚？"

"我没赶上电车，只好一路走回来了。"陈媛没说是洋夫人艾琳娜认出她后，送她回来的。艾琳娜会讲些中文了，在一所教会女校当教师，欧洲的家人让她眼下先不要回去，等局势稳定些再说。

仕应肯定陈媛是看见了刚才那一幕，她却很沉得住气，只说些给柳妈祝寿时买什么菜好。他自己先撇清地说："看戏的老板还真和气，特意地让司机送我回来。"陈媛心里却想，这事即便说给柳妈听也不算坏事，犯不着这么遮遮掩掩，她含糊地应了声，笑道："是啊，真是挺好的。"

仕应低着脸，不说话。

柳妈六十大寿前，陈媛买了块布料让裁缝铺新来的小裁缝欧立诚做了件衣裳，小伙子手脚麻利，比陈媛小几岁，人瘦得像竹竿，做事很稳重。

送给柳妈的这件衣服，她斟酌良久，决定先不叫柳妈知道。柳妈对她去诗慧店里做裁缝师心里颇有些不满，在韦家屋檐下住了三年，与她儿子客气得像远房亲戚。仕应看起来木讷，到底是个年轻男子，怎么也无动于衷呢？陈媛不能主动说破，这是那对母子之间的事，她与仕应还很默契，互相替对方打掩护。

回去的路上，恰巧碰上一群学生游行，她忙退到一边的窄巷里去，另有几个躲在这里的路人正交头接耳，说是上回游行打死了几名学生，带头的几名学生被抓进了巡捕房，这群学生要游行到巡捕房示威放人。

突然一阵枪响，巡捕房放枪示警，眼见暴乱里的两拨人你推我搡，有几个被枪托击中，血流不止。陈媛生怕受牵连，跟着那几个路人慌忙逃跑，突然想，是不是俊伟以前也在那群人里？奔到一个路口，一看周围很陌生，只顾着逃生，竟慌不择路，她全不认得这是哪儿了。

坐在门口看闲眼的几个姑婆姨娘们，睃着她低语，嘴角挂着一丝冷笑。陈媛不知道的是，她跑到了某个烟花柳巷，从门后走出年老、年少的男人不怀好意地打量她，以为是新来的，对着正愁生意清淡的老鸨说：“这个价，怎么样？”手上比画着指头，老鸨堆笑地白了那男人一眼：“死相，还喂不饱你呀！”

一个10岁左右的小姑娘站在一块“宜香书寓”的匾额下，正好奇地看着陈媛。她将包裹抱在胸前，询问小姑娘说：“这里是哪儿？”

“香粉弄。”小姑娘盯着陈媛手上包裹边缘露出的布料。

宜香书寓的小阁楼上，倚着个慵懒的女子张看，一只涂了鲜红指甲油的手上捧了一手瓜子，忽然说："学生游行了？"阁楼里有人拉起了二胡，柔媚的曲调从小窗里飘下来，女人的歌声里似有诉不完的怨愁。楼上女子捩过身子笑嗔身后的人几句，啐口瓜子又转向陈媛望了望。

"抓了几个学生。"陈媛正要打听回去的路，忽然望见那个站在窗子后的身影抱住了那女子，腻着她说话，显是刚起，前额零碎的头发遮住了眉梢，又是一张梁家人的脸，俊伟只管说着悄悄话，全没看到楼下的陈媛。

难怪在乡下时家里怎么劝他都不肯回来，一直说要出国留学，于是梁有道也发了狠，不给他半毛钱生活费，全仗着俊伟母亲省吃俭用地给他汇过去，自费留学的事后来没指望了。他当初也憋足了一口气，去考公费留学，名额很有限，兜兜转转费了不少时间，比他小几个月的彦伟都回来了，他才预备过去。梁有道后来对小儿子很恼火的原因之一，是彦伟在外混了几年，还是没毕业，带过去的钱花完了不说，还前前后后问家里要过多次，梁夫人怎么包庇儿子都没用，梁有道一想到家底都让他们败光了，有一阵子天天拍桌子大骂。

去世之前，梁有道将家产重新划分，体念二儿子俊伟这几年不易，让老大浩伟藏了私房钱贴给他。俊伟苦了几年，得了钱后报复似的开始挥霍，还好他母亲帮他收住荷包，即便如此，他却又在烟花柳巷里流连缱绻了。

小姑娘似乎很好奇陈媛，一路陪着她走，直送她到她认识的路口才回去，一面把些事缠七夹八地告诉给陈媛听，她明白了个大概。陈媛从衣兜里摸出张戏票，说：“你要是想看戏，就收下吧。”

看这情形，俊伟跟那女子不是那么容易断的，小姑娘管那女子叫姐姐，这地方里的人称谓上通常有点别有用意。陈媛没问她是不是亲姐姐，因说：“你叫什么？”女孩答道：“她们都叫我娜娜。”

娜娜没有父母，跟着这个叫姐姐的女子住在烟花柳巷，10岁不到就开始耳闻目睹这些男男女女的龌龊事，一双眼睛竟生得清澈见底。陈媛见了心里像被人揪了一把，比起娜娜她至少还有个亲姑母，姑母虽不比母亲疼她，却教会了她不少事。过不了多久，娜娜也要开始跟楼上的姐姐一起在各种男人面前搔首弄姿。

陈媛走时，说：“你要喜欢，我以后再多送你些戏票。”

娜娜的眼神很亮，是个聪明的小丫头。

饭桌前的柳妈正等着开饭，见陈媛回来了，又向后面张望了下：“仕应没跟你一起？”

“他，他耽搁一会儿就来。”见柳妈疑惑地看她，她心虚了下，笑道，“回来时碰上游行，走了不少冤枉路。”

柳妈一脸忧虑之色，下颏儿一颤一颤的，对着门叹息。陈媛将包裹放在桌上，本想说些祝寿的话，见坐在藤椅上的柳妈嘴里正默念着什么。陈媛笑道：“柳妈，没事的，韦大哥回来时，路上兴许早就给巡捕疏散了。”

这天，一直到掌灯时分，仕应也没回来。早早睡下的陈媛，隔着楼板还能听见有人进屋，脚步声不像仕应，是娄敏，压低了声音和柳妈说话。门关上后，陈媛披上外套，立在窗口看，娄敏上身着了件浅色长衫，平时没见过他这样穿的，手上还挂着件戏服，像是刚从戏台上溜出来的。

陈媛下楼想问几句，只见柳妈对着一盏小灯垂泪，她吃了一惊，忙问："柳妈，你怎么了？"

柳妈在身上翻找手绢，一壁抹泪，一壁呜咽，陈媛安抚了半天才听出了一句："仕应被抓了！"

2014 年夏・上海

这世界上值得去做的事，没有一件是容易的。

画纸上的龙虾裙是陈媛在法国时剪裁制成的，为了一对私定终身的朋友。她刚到巴黎时，租了间狭小的阁楼，生活起居和工作都在一起。

"那时她生活得很好，为什么要离开？"我问店主婆。

她反问我："你说呢？"

"我是去念书，我母亲在巴黎。"

店主婆沉默了，良久才说："她在巴黎啊？"

"她一直在那里工作。"

柯维兹站在离门口最近的位置，偶尔看他姨婆，有时眼神显得疑惑。

“她和梁家的那位，是一起去的吗？”我问。

店主婆摇摇头，说：“不是。梁浩伟后来才去，能够成行是因为他后来受伤，还有艾琳娜的帮忙。”

“怎么会？”

店主婆不耐烦地摆摆手，说：“你们该回去了，收回龙虾裙后，你会知道的。”

一大早，父亲出门后，我也很快梳洗完，换上平时的装备出发。这次的任务和以往都不同，店主婆给的地址是很多年之前的了，我在手机地图里找了很久，确认住址已不复存在。

我推着自行车，在一排排崭新、尚未入住的大楼外转了几圈，也许是太早，也许天气实在太热，我没看到能拦下打听情况的行人。我当然不会灰心丧气地承认做不到，一想到店主婆会用什么眼神看我，我立马骑上自行车继续上路。

龙虾裙在画纸上寥寥几笔，红虾鲜亮、跃然生动，我毫无头绪地在夏日早晨的阳光下四处转悠。

在下一个街口，我找家小店吃早餐，店主是一对中年夫妻，见我一边吃一边在盯着画纸看，老板说了一声：“画得蛮好看的。”

我笑着点头，老板娘端着碗出来时，看了眼画纸，说：“这是条裙子吧？”

“嗯，以前住在这里的裁缝师做的。”

老板娘随意地“哦”了一声，没有转身走开，说：“这地方拆了很多年，我想想，十几年都不止。那边新造的房子和商店，全是最近才拆了外墙。过些时候，这个地方应该会很热闹。”

老板娘虽人到中年，身材丰腴，脸颊圆润，发型和衣着打理得很精细。我忍不住道：“你的裙子是请裁缝师做的吗？真好看。”

老板娘笑了起来，装听不见老板在厨房里喊她过去帮忙，她在一旁的椅子上坐下，说：“是的，没想到你能看出来，现在做衣服的地方少，一般的衣服我也不喜欢。穿得合适的衣服，还是要自己选面料找裁缝师。你们年轻人喜欢买名牌，高级成衣太贵啦，我整天在店铺里也不适合穿。”

“高级成衣不但贵，还得穿衣服的人去适应衣服。”

老板娘眼神赞同地点点头，拿过纸巾写了个地址给我，说：“你要是想找裁缝师做这件画纸上的裙子，去这个地址试试。店铺搬走之前我经常去那里做衣服，裁缝师是个上了年纪的老头，脾气很古怪，手艺没的说。现在不知怎么样了，要是他还健在，代我问声好。”

我感激地谢过，拿了地址准备继续上路。老板娘跟出店门几步，说：“裁缝师藏了不少珍贵的面料，我见过两件版型特别好的旗袍，要是肯卖，你告诉我一声啊。”

一个上午，终于有了些眉目，挥别了老板娘，我又信心满满地赶往新地址。在两排林立的服装店和各种时尚美食小店之间，我来回看了差不多一小时，毫无所获。开什么店铺的都有，唯独没有裁缝铺，也许在时尚前卫的年轻人聚集地，一家老式的裁缝铺和一个手艺精湛的怪脾气老头，早已不合时宜了。

老板娘说裁缝铺搬走了十几年，裁缝师也许早已作古消逝在这座城市。自行车停靠在树荫下，我喝着饮料，在手机上搜索任何跟新地址有关的线索，翻了数个页面后，在某篇博客中，有人提到在裁缝铺做了件裙子，写道："要不是看在裙子的分儿上，我以后再也不到这家店做衣服了。"看起来很像怪裁缝师的风格，可惜没有图片，我翻完几十篇博文，没再看到与之相关的内容。博客主人最后更新是七年前，早已人去博空。

我给博主发了留言询问，并不期待会有回复。

又一个线索断了，我拍了张画纸上龙虾裙的照片上传到个人主页，尤其放大裙摆处勾画的"LC"字母。定位上传图片时，我打上文字：有谁见过在这条街上的裁缝铺里有这条裙子？

聊胜于无，我不死心地又往返了一圈。

快中午时，我踩上自行车回家，半路上柯维兹打电话给我，自从聚会那晚之后，这是他头一回找我，我不知道他和琳琳是不是在约会，是不是他在约会的间隙忽然想到我，反正我和他仍然保持着适度的距离。

"看到你的更新消息了。"他说，身后吵嚷喧嚣。

"我毫无头绪，一上午什么也没有。"

"我问了个人，可能有帮助。"

"谁？"

柯维兹神秘地说："你来我这边，一会儿你就知道了。"

总是同一类人才能理解彼此，无须言明的默契。

柯维兹和牟琳琳是同类，无论走到哪儿，总会有人从人群中走出和他们打招呼。

自行车推到门口，我听到牟琳琳的笑声，穿过夏日慵懒的午后，还有很多别的笑声。柯维兹正说着什么事，每个人专注地看着他，无论男生或女生，大家都喜欢他。

人会渺小到对自身的处境心安理得，看着他们时，我发觉自己是多么努力想融入他们，变得和他们一样。

是佳雯先看到了我，她似乎要对我挥手，举了一半的手放下来。琳琳转过脸，眼神带着陌生的笑意一掠而过，对柯维兹耳语了几句后，柯维兹说："快过来。"

停妥自行车后，我在座席间找了个位子。琳琳的沙龙聚会，她每个月在这家带后花园的咖啡馆召集一次，这可能是最后一次。咖啡馆是她一个朋友开的，每次聚会都为她特意预留后花园的座位。

她穿一身浅色长裙，轻盈的裙摆轻轻擦过桌椅之间，她有自己特制的香水，听说是她自己调配的。

我沉默地坐在一角，在座的大多数我都认识，生日聚会的那件事后，基本都生疏了。

"你是在找这条裙子吗？"琳琳转向我问，手机上显示的是一张龙虾裙的实物照片。

"是的。"我并未分辨出她照片上的裙子是否与我找到的是同一条，大致觉得与我画纸上的裙子极为相似。

“这条裙子是意大利设计师艾尔莎·夏帕瑞丽（Elsa Schiaparelli）的经典之作，1937年穿在了华里丝·辛普森身上，她是爱德华八世的夫人，英王因为她放弃了王位。”牟琳琳说。

“爱德华八世是因为和纳粹的关系被迫退位……”说时，我发觉她微微挑了下眉毛，四周的目光聚拢过来，我继续道，“温莎公爵夫妇与希特勒关系匪浅，当时反对的声势很大。他们的时尚追求、品位非常独到，千鸟格、温莎领、直条纹等是由温莎公爵引领的，温莎夫人是最早戴动物造型的名流。”

为了寻找一条裙子，我翻阅了龙虾裙的来龙去脉，夏帕瑞丽是20世纪30年代敢跟可可·香奈儿对着干的设计师，龙虾裙的诞生是她和画家达利的合作，当这条绘有西芹和大龙虾的晚礼服穿在温莎公爵夫人身上出现在公共场合时，夏帕瑞丽的名声达到了时尚界的顶峰。

琳琳随意地一笑，问：“你要找的是这条龙虾裙？”

“不是温莎公爵夫人身上的这条。”我说，“是一件相似，但非常特殊的裙子，裁缝师将完工的裙子送给了一对朋友。”

“一件跟风模仿的裙子？”

气氛变得很怪异，尽管大家装作若无其事地聊天、喝咖啡，每双眼睛都在我和琳琳之间徘徊打量。

“仿照龙虾裙的剪裁设计，但裙子上画的是海棠花，一树倾倒的海棠花。”

“一树梨花压海棠？”琳琳似笑非笑地说。

有人在笑，有人移开目光。

“他们是一对年轻的恋人，龙虾裙是女子结婚时的礼服裙。海棠裙是另一件，正是我要找的，能认出陈媛的龙虾裙，就一定知道海棠裙的事。”

后花园静悄悄的，琳琳叹了口气，柯维兹看了她一眼，她转身要走开，他说：“刚才你说知道海棠裙的事。”

牟琳琳眨了眨眼，嘴角含着浅浅的嘲讽，说：“我小时候听外公说起过，家里还种过海棠花，可我从没见过这件裙子。”

我叹了口气，又是一条死胡同。

“你外公是裁缝师？”柯维兹问。

“他年轻时在裁缝铺做过几年学徒，后来去做别的了。”

我能感觉到她心情很糟糕，她从不流露真正的情绪，她是个不会被自己情绪左右的人。谈到她外公时，她正为了某件事烦躁。难道是为了一条她没见过的海棠裙？

琳琳和人聊天时心不在焉，石佳雯对我隔着桌子微微一笑，算是打过招呼了。手机上有左荟发给我的信息，聚会上我和她交换了联系方式，她比我大几岁，性格外向、开朗，她给了我不少古董衣的建议。

正准备离开咖啡馆时，我见柯维兹站在门口处，他说：“走了？”

我点点头。

“现在怎么办？”

“找人帮忙想办法。”

“还有谁？”柯维兹看了眼我的手机。

“一个朋友，可能有些办法。”

他笑了，忽然说：“我和你一起去。”

“什么？”我一怔，又道，“这里怎么办？”

“什么怎么办？”

他今天穿着蓝色的T恤和球鞋，头发刚修剪过，这场景好像四年前在新生报到那天，我在人群里看见他，他和一个高挑时髦的女生在说话，女生转过身，认识她的人叫她“琳琳”，那天他穿着蓝白条纹的T恤，触手可及地阳光、耀眼。

柯维兹的眼睛在笑，说：“不行？”

“哦，不是……只是没想到，这里，嗯，牟琳琳怎么办？”

他古怪地看着我，再次反问：“什么怎么办？”

他在装傻，他知道哪些问题用来回答，哪些只要反问回去。牟琳琳有意无意地睃了一眼，我和她再也不可能像过去那样相处了，问题不是为了某个人，而是我和她南辕北辙的性格。她大约早就一眼看穿，我却装作不以为意，为了不想看清自己孤立无援的处境。

孤独的人是可耻的。

没有琳琳大学四年的友谊，我只是个无所事事的壁花。单调的生活要改变，得借助别人增加信心，我从心底羡慕她，但我和她不再是朋友。她扮演她的角色需要表现出的外在，我只想让生活变得丰富些，聊天时，总是急着在说“好的、好的”，谁也没听对方说的话。

柯维兹先走了出去，我看到琳琳在后花园的另一角简短地对他挥了下手，立刻转过头去与同伴聊开心的事，她笑得很灿烂，优雅的侧脸，呈现出好看的弧度。

“你是突然有了灵感想帮忙的吗？”离开咖啡馆，我问。

“差不多。”

我不相信他说的，他道：“你要不是实在没办法，不会把图片发到主页上吧？”

“为什么不会？没准有意想不到的消息。”

“现在呢？”

什么都没有，一潭死水。

左荟打来电话前，我已经在考虑要不要回古董店向店主婆坦白办不到，让她换个简单点的差事给我。

“你在哪儿？我发给你好多信息都没回我啊，我有件事要告诉你。”电话里，左荟激动地说着。

“我现在就能过去，很快。”我快速找到纸和笔，借了柯维兹的肩膀记下地址。

“你要去哪儿？”他神情疑惑地问。

“谁说发到主页上没用？你看，已经有线索了。我现在要去这个地方见个人，他知道关于裙子的事。”我说。

“一个陌生人？”

“朋友的朋友，是个摄影记者，他采访过一位时髦老太，家里有一大衣橱的古董衣，还上过电视。他听说过那条龙虾裙的事，还问我的是不是海棠裙。我必须现在就去，这个消息太好了。”

“这么开心？”他说。

“当然。从昨晚到现在，我一点头绪都没有，越找越觉得希望渺茫。那么久之前的事，谁还会记得，谁又会在乎？”

“会有人在乎的。”他轻声说，眼神黯淡地转过头去。

“晚上我来不及赶回店里，替我和你姨婆说一声，我觉得这次有好消息在等我。”

我踩上自行车正要走，突然，柯维兹一把拦住，说：“碰上奇怪的人，你怎么办？”

“怎么奇怪？”我学他之前的口气反问他。

原本只想开个玩笑，调节下气氛。他皱着眉看了我一眼，有那么一瞬间，我意识到这是他的反感、不屑。

“这不只是一件衣服，是衣橱里永远缺少的那件，在最重要的场合最适合穿的那件。”

柯维兹松开了手，沉默地退到一旁，我立刻踩上车，逃也似的继续上路。

地址是一处旧仓库改建的工作室，周围一片大幅的招商广告，电梯很陈旧，我犹豫了一下进了电梯。摄影记者位于三楼的工作室色调素净，一排落地窗前堆着布景道具，前台女孩迎我进去，我坐在椅子上等了十多分钟。

他叫乔祺，墙上挂的都是他的摄影作品，多是黑白照。我说了左荟的名字后，他点点头，拿了本相册翻到其中一页，说：“是这件吗？”

照片上是一树倾倒的粉色海棠落满裙摆，粉得娇艳欲滴，几片绿叶缭绕地飘散开来。我原以为店主婆的画笔美化了裙子，其实还不及裙子一半的美。

“真是……太美了。”我说。

“图案是画上去的，保存得很好。手工制作很花精力，据说是为婚礼准备的，我没看到过照片，不知道穿上身是什么效果。”

“这条裙子现在在哪儿？”

乔祺迟疑了一下，说：“左荟没跟你说？”

“哦，不。我急匆匆地赶来，没有问。”我解释道，他看起来有难言之隐，不愿深谈的样子。这可能是仅有的机会，我不能眼睁睁让机会溜走，说，“我知道裁缝师叫陈媛，她在巴黎时替朋友完成了这条裙子。我有条小黑裙，也是出自她之手。”

乔祺眼前一亮，显然被打动了，说：“我能看看吗？”

“当然。”我一边翻手机相册给他看，一边说，“这是上次我在聚会中穿的，裙子经过一些修改，之前我不小心弄破了一个地方，修补后完全看不出来。”

乔祺看得目不转睛，眼神中有了笑意，浏览了几张照片后，他发出一声赞叹，说：“我对古董衣的了解全部来自两年前的采访，当时有个朋友的亲戚，家里收藏了很多。我跟主编表示想做个专题报道，左荟帮我一起完成了那次采访，采访对象是个 90 岁左右的老太太，说话很有意思，对每件古董衣了如指掌。她说经常有人找她要买下她全部的收藏，她一概谢绝。她认为这些衣服只能卖给真正识货的人，而不是某些投机分子。我不知道是否可行，她是个非常固执的老太太，我看你的裙装造型，没准能打动她，老太太前些时候还在感叹，她年纪这么大了，可惜了这些衣服。”

我高兴得差点抓着他胳膊，笑着说：“太好了，照片我马上发给你，这件事对我太重要了，真的能行吗？”

乔祺笑了笑，耐心地说：“既然这样，再多等两天，这些照片拍得很不错，是用什么相机拍的？”

“禄来双反。”

乔祺做了个惊讶的表情，说：“你玩儿摄影？”

“不，是一个同学拍的。我用手机翻拍了几张，还有一些，回头都发给你，这样会不会增加成功率？”

乔祺笑了起来，笑得很开心。我脸上一红，实在是太着急了。

“我会好好发挥一下我的口才，可以一试。”他眨了眨眼，随即道，“我该怎么介绍你呢？左荟说你喜欢古董衣，在找这件裙子，原因是什么？”

眼下我最在乎的不是要将裙子收回店里交差，我想知道关于陈媛的一切，每件绣着“LC”的衣服背后藏了多少传奇之事。保存着海棠裙的老太太 90 多岁了，和店主婆差不多年纪，她们拥有过那个时代，与陈媛渊源匪浅。

每次听店主婆说陈媛的事，我仿佛能从这名一个世纪前的女子身上，看到某种我不曾知道的力量。她出身于那个时代的底层，无父无母的女孩，和姑母在富绅家做佣人，又一个人在上海生活，她想嫁一个可靠的人，想安稳地守住一个家，身处在烽火乱世里的她，每一步都走得格外不易，她必须用力地走下去，抓住一切可能的希望。

每个年代里的人遵循着与他们自身相匹配的原则道理，店主婆虽很少说，但她有自己坚守的原则，无法动摇。民国被普遍认为受教育程度低，但各行各业的从业者们恪守着行业自身的规矩，绝不逾越一步，是比任何文纸契约更牢靠的金字招牌。他们没有高科技、爆炸的信息量、复杂的关系网，人与人之间却有最实在的信任。

“我对名牌服饰一知半解，我一直提醒自己，要分清穿什么好看，穿什么过时，堆砌一堆名牌在身上，并不能增加半分美感，一个人要懂得区分什么是适合自己的。我的衣橱里，虽然只有一件小黑裙适合聚会场合，直到穿上这条裙子，我才知道保持同一种风格也是因为缺乏信心去尝试，但这样的尝试是值得的。”我仔细地看了看乔祺的表情，听我的长篇大论，他没有显现出不耐烦，尽管他的助手不时转过头看他，他依然嘴角微微上扬地听着。

“找到一种对的风格，很难，就像……”我张口结舌地想着怎么说才听起来不那么奇怪，“就像找婆家。所以，你能明白海棠裙对我来说有多重要吗？”

乔祺简短地点了下头，笑着问：“做结婚礼服？”

我脸上一热，笑着掩饰尴尬，说：“啊，这个，以后也许吧。这么漂亮的裙子，足以胜任任何隆重的场合。”

乔祺善意地笑了笑，递给我张名片，说：“上面有我的联系方式，你把照片整理完发给我，我会尽快答复你，不用太担心。”

他一直送我到楼下，与他道别后，我想着怎么跟店主婆说这个好消息。骑上车的那一刻，我感到路的前方站着一个人，靠着墙。

“柯维兹？”我惊道。

“你终于出来了。”他转首看了我一眼。

我推车上前，问：“你怎么在这里？”

“我跟姨婆说了后，她让我来看看你。”

“为什么？”

他表情变得很古怪，说：“如果你出了事怎么办？店铺只需要收古董衣，可不希望摊上节外生枝的事。”

见他突然出现在这儿，我又惊又喜，不论是店主婆还是他的意愿，我都希望能不时看到他。听了他说的这些话，我真恨透了我的自作多情。

我没有骑车马上离开，他没有转身就走，就这样，一路上各走各的，一直沉默着，像吵架冷战的情侣。天渐渐暗了，我和乔祺不知不觉聊了一个多小时，柯维兹等了有多久？他面无表情，我才不想看。

手机铃声打破了沉默，他接起手机，声音温和地“嗯”了几声，说：“等我一会儿，现在就过去。”挂了电话，他对我说，“我有事先走，你路上小心。”

“好。”我闷闷地说。

他走了几步，回过头来说：“快点回家。”

“当然。”我莫名生气，补了一句，“我不是大忙人。”

“我真的有急事，琳琳……”他住口不说了。

“你不用告诉我，说了，我也不需要听。”我骑上车就走，踩得飞快，去他的。

既然已跟母亲说了会晚些时间启程去巴黎，要是现在赌气一走了之，前功尽弃，我不能总这么半途而废。我坚信在家发现的旧相册给了我某种未知的启示，虽不能就此改变见鬼的命运，可当一个、两个称之为巧合，三个以上的巧合，是我一直的忽视还是刻意地不在乎？

很多时候，我讨厌自己的性格，成为不了琳琳那样的万人迷，但起码我得对自己坦白些。我和佳雯不是外表看起来的好朋友，她仿效琳琳，或者任何人都好，这是她真实的自我。我要怎么做才能既真实，又能让人接受？

与乔祺的见面后，我意识到琳琳的生日聚会对我的影响是潜移默化的，左荟将我那天的照片放在杂志网刊上，准备制作一期复古时尚专题介绍，我的主页上一下子多了不少陌生人，那张寻找龙虾裙的定位照片，让一些有着相同兴趣的人找了过来。

走进良辰店之前，我对任何古董衣毫无概念，要想变得不再让自己失望，得和自身的懒惰、消极、悲观对峙，我不能永远像个得不到心爱玩具的小女孩，孤高是一种脆弱的自我保护，练习得再好，也无法让暗恋已久的男生注意到自己。

现在想想过去的时光，真是傻透了，我输了，早就输了。

比输更糟糕的是，我想给柯维兹打个电话，顺手翻起了琳琳的个人主页，新上传的有她和柯维兹在一起的照片，她不用拍全景，男生的半个肩膀足以引人遐想，一堆的评论在追问她身旁的人是谁。

她从不在社交空间放她和男生的单独合照，总是一群人，她无须刻意表现与谁交往，她是目光的焦点，她不在乎小女生的那点虚荣心。

“这么多人喜欢你，你看起来并不开心。”有次我和琳琳一起吃饭，我脱口而出。

她简短地一点头，说：“知道为什么事开心，也就明白了会为什么不开心。”

她将自己的生活打理得像一场接一场的精彩表演，恰如其分地完成每次登场。能让这么多人喜欢，她还能自如地忠于自己吗？即使每一个皱眉或情绪波动的表露，谁能说不是应景的刻意而为？

牟琳琳知道几时生气会得到旁人的支持和理解，几时打趣用笑声将尴尬局面扭转，她仿佛有着与生俱来的洞察力。我曾羡慕她的聪明过人，现在感到她一定特别的累。总处于旁人目光聚焦下的人，得时刻努力地去迎合别人所能理解、接受的期待。

我把照片发给乔祺后的两大，毫无音讯。白天踩着自行车在四处逛了一圈，回店里跟店主婆聊两句。她不问我海棠裙进展怎样，在我说了有个潜在的卖家收藏了一条，她十分淡然地点点头，似乎这是意料之中的事，我依然毫无头绪。

柯维兹打过两次电话，我没有回，我在路上、在等乔祺的消息、在和左荟聊古董衣……我还未出发去巴黎，已经在开始适应另一种生活，没有柯维兹或琳琳的生活。

上午去完两个地方，成功收到一件裙子和几件胸花缀饰，我用随身携带的绒布包好，裙子仔细折叠，回去店里交差。

店主婆沏了壶茶，一见我进来，问："那小子这几天都没来，你见过他吗？"

我知道她说的是柯维兹，说："我没见过，他很忙的。"

"你知道什么？"店主婆语气怪怪的。

"约会，打球，聚会等。"

"你活在水深火热之中？"

"还没有。"我干咳几下，说，"也就是在烈日下骑车锻炼，到处看风景。"

"海棠裙有消息了？"

"还没有。"

店主婆沉默了一会儿，问："知道对方是谁吗？"

"听说是姓温，古董衣是她妹妹的，她妹妹去世之后，留下一橱的衣服交给她保管。"

"怎么不留给自己的儿孙？"

“我觉得奇怪，但没问，温家在旧上海时期是大户人家，有些事大概不方便对外人说。”

店主婆理解地点点头，说：“你提到过我和这家店铺？”

“说了，帮忙介绍的朋友说想改天来店里做个采访。”我好奇地看了眼店主婆的反应，她一脸无动于衷，我说，“你觉得怎么样？”

“这件事不着急。”

我心想，还好没有答应得很快，店主婆这么固执，说不准是个什么想法。

“我查过一些资料……”我谨慎地字斟句酌，说，“温家在当时是叱咤风云的名门，温家小姐跟了一个戏子，是轰动一时的新闻，你听说过这件事吗？”

我的直觉告诉我，这番话对店主婆有不小的触动，她原本端着茶盏的手轻轻打着战，洒了些许出来，她意识到后立即放下茶盏，说：“你还知道什么？”

“据说是私奔，可隔了些年温家小姐又回家了，原因不知。这件事就这么不了了之了？”

“是什么原因，让温家的人告诉你，私奔是有的，两人去巴黎找了陈媛，他们在那里生活了两年。”

“为什么不继续待下去？”我说，“回来后还要面对那么多事。”

店主婆冷笑了一下，反问：“你只考虑自己的，是吧？”

我不是羞愧被她这么问，而是不懂在个人感情上，为什么要照顾到所有人的感受？为了虚妄不知所谓的道德？

“难道两人的爱情，一定要把别人也考虑周全，才算圆满？”

店主婆的表情惊讶了一下，她大概没想到我会这么说。

傍晚过后，店主婆让我看会儿店，她有事出去一会儿。我以为要不了多久，怎知天色暗了下来，仍不见她回来。

这么大年纪的人，是不是忘记了？一想到可能发生什么意外，我感到头皮发麻，犹豫了一会儿是不是该给柯维兹打个电话。鉴于目前的情形，怎么都像是别有用意，要是牟琳琳或哪个女孩在他身旁，那就太好了……

我拿起手机拨了过去，思前想后从不管用。

“你在哪儿，能过来店里一下吗？”我直接地问。

电话那头的他愣了一下，说：“怎么了，发生什么事？”

“哦，没什么大事，你姨婆忽然不见了。”

等他赶来的半小时里，我想着他脸上吃惊、错愕的表情，既然我从不会让人惊喜，现在机会来了。问题是，店主婆究竟去了哪儿？眼下我担心的不是她会出什么事，而是她在计划什么事。

店主婆出门时脸上神神秘秘的，我多问几句，她反问：“你没有手帕姐妹，很难理解是吗？”我哑口无言。

“发生什么事了？”柯维兹推门进来，额头的汗流过脸颊。

“她说出去一会儿，让我晚些走，这会儿还没回来。”我说。

他四处看了一遍，目光又转向我脸。店门又被推开，穿着T恤、热裤和球鞋的琳琳走了进来，她的打扮真是越来越向柯维兹靠拢了。

她看了我一眼，转向他说："有消息吗？"

"姨婆还说了别的什么吗？"他问，神情比刚进来时放松了些。

"没有，之前也没出现过这种情况。"我说。

"是吗……"柯维兹眼神变得疑惑，走近我几步，压低嗓音说，"你确定她没提到别的什么？"

我不知是气琳琳的突然出现，还是因为柯维兹质疑的口气，不甘示弱地回道："要是她提到什么，我肯定记得住。"

"是这样……"他说，皱着眉，眼神掠过一抹失望的意味。

"是什么？"琳琳打断道。

"是你们该回去了。"我白了眼她站的方向，她可真会装女王，柯维兹站在我身前，挡住了我和琳琳之间的视线，从她一出现，我已经开始烦躁。

"你这么喜欢一个人走夜路？"琳琳忽然轻笑道。

我看不到她的表情，玻璃窗映出她悠然的身影，我说："不，骑自行车。"

"哦，对了，你上次把自行车踩到人行道，差点撞上一个在遛狗的男孩，后来怎么解决的？"

我气得要死，她今天是吃错药来吵架的。柯维兹挡在中间，一步也不挪开，表情古怪而沉默。

"我没撞到人！"我说。

"撞到狗了。"她说。

"没有！"

琳琳笑了起来，我气得脑子混乱，咬着牙瞪眼前的柯维兹，他毫不示弱地回瞪我，说："你每天都在想些什么？"

"这不关你的事！"我尖起了嗓门。

他无所谓地耸了耸肩，说："当然，不关我的事。你喜欢找刺激，随便找个陌生人就能聊个把小时。"

"你不了解我，凭什么这么说我！"

琳琳侧过脸看了一眼，隔岸观火地坐在椅子上。她煽风点火，当面挑拨离间，我恨不得卷起袖子跟她打一架，有柯维兹在，我只有冷着脸把头扭过去，离他们远点，他一把抓住我的胳膊，说："话还没说完。"

"有什么好说的！"

"你打电话给我，是想说你在发脾气？"

我冷笑，反驳："我发脾气，还是你故意找碴儿！"

"姨婆不见大半天，你一问三不知，现在是在发大小姐脾气？"

我气得舌头打结，看到琳琳事不关己地玩儿手机，她是在拍视频吗？我转身绕过柯维兹，问她："你在拍什么？"

"这不关你的事。"她似笑非笑地说。

"你来这里太委屈了吧？"我说。

"委屈什么？"柯维兹说，他仍然抓着我的胳膊。

我不看他，只管对着琳琳问："你只喜欢时髦新潮的服饰，古董衣会让你很不舒服，你以前怎么说来着……你会过敏的。"

"你的过敏药在我这里，你忘了？"她说。

“你们两个够了！”柯维兹道。

“这不关你的事！”我和琳琳异口同声道。

“我才走开一会儿，店里已经翻天覆地了吗？！”一个熟悉的声音骤然出现。

店主婆满脸嘲讽地走了进来，目光锐利地从每个人脸上一扫而过，说：“这么热闹，我以为是离别小聚。”

“刚才……”我说。

店主婆不耐烦地摆手让我住口，说：“现在的年轻人太没教养了，晚上凑在我店里吵吵嚷嚷，隔了两条街我都能听见了。我再说一遍，要约会去餐厅、影院、派对或任何地方。来我这里的都是古董衣爱好者，就算是你娄依凝，也不能在这里约会，没有员工折扣。你们有谁结婚想找件古董衣充场面，或许我会帮点忙。除此之外，包括柯维兹在内，都给我出去，太不像话了！”

琳琳率先走出去，柯维兹没有试图辩解，我跟在他身后准备溜。

“娄依凝，你先别走。”店主婆说。

每次有事情发生，好事琳琳都有份儿，倒霉事准有我的份儿。我试图扒拉开柯维兹抓着我胳膊的手，他说：“太晚了，姨婆。”

“哦，小伙子，你也知道时间太晚？”店主婆反问。

显然这老太婆的刻薄是不分亲疏的。

柯维兹低头看了我一眼，低声说：“话还没说完。”

“你在威胁我？”我说。

“不许在这里约会！”店主婆道。

柯维兹走后，我等着店主婆发飙，她毕竟 90 多岁的人了，大概说不了几句就累得会去休息。

“我想了想这件事……”

“我保证以后不会再发生刚才的事，今天是事出有因，我……”

店主婆嫌弃地摇头打断，说：“我不感兴趣你们年轻人爱跟谁吵架，我在跟你说的是海棠裙。”

我立时来了精神，说：“是什么，有新情况？”

店主婆斟酌再三，说：“海棠裙的事我知道一部分，见过老朋友后，才明白当年的误解。”

原来她去见老朋友了，除了温家的人，居然还有人知道。这么久以前的事还能记得清，当初一定刻骨铭心吧。

我想着怎么打听详细，店主婆收敛了之前的气势，转向柜台后的一处角落，陷入沉思。

“我先走了。”我轻声说，显然她不打算说。

“好。”店主婆说时回头瞅了瞅，见我站在门口等她开口，她说，“你会把单子上的衣服都收完才走，是吧？”

“是的。”

总之，我不是为了别人，更不是为了柯维兹，我确定要留在店里帮忙，知道自己会坚定地去做一件事，我如释重负。

路口转弯处，一道人影走了出来，我吃了一惊，道：“柯维兹？”

路灯下他表情阴郁，说：“找你不容易。”

我不想为了刚才的事继续跟他吵架，说：“事情多。”

“姨婆喜欢你，你怎么做到的？”

我很意外，更惊讶他会这么说：“我没觉得她喜欢我。”

“她对所有人都这样。”

“为什么？”

柯维兹沉默，站在街灯阴影处的他是一个谜团，我想凑近几步，又踌躇不决。在仲夏夜的晚上，和他并肩走在一起，从前就是想象一下也会开心半天。每次聚会、活动总是一群人，他的身旁不是琳琳，也有几个队友围着他说打球的事。我想着他会注意到我，会像电影里那样忽然出现在我回家的路上……一个不需要实现的假想。

我在店里忙了一整天，又累又饿，头发乱糟糟的，要不是着急店主婆出了什么事，我不会犹豫好半天才打电话给他。他一来就口气很坏，还把琳琳带过来，想想就气。

“不要问我，”他说，“姨婆的事家里大人们不谈论，她很疼我，但我从来不敢问。自从你去了店铺，她才开始说些过去的事。”

“好，还是不好？”

他避开了问题，只说：“不管你是怎么做到的，请继续，姨婆不太容易相处，说话无所顾忌。”

“人到一定年龄，是可以任性一点。”

他笑了笑，说：“你能理解她。”

“我只是这么认为，一个人要是有她的经历，世上的事能看透很多，大多数想不明白、困惑的事，都能在嬉笑怒骂中过去。”

“她是不是说了你什么？”

我犹豫了下，说：“她说我的那些话，我并不真的生气。”

“要是你听到她是怎么说我的，你会平衡不少。”

“真的？”

柯维兹站得靠近了我一些，他呼出的气息吹过我的发丝，我看着他修长而线条好看的手臂，感觉脚下一阵轻飘，他会低下头吗？他是不是看出我一脸傻乎乎的样子在好笑？他不是和琳琳一起离开的吗，怎么一个人在这儿？

一抬头，我看见他目不转睛的眼神，深得像口井，挺直的鼻子将另半张脸藏在阴影下。我忍不住想伸手去触摸他的脸颊，忽然，他转了下脑袋，说：“真的。”

此时此刻，他说出的任何事我会毫不怀疑，甚至相信他不喜欢琳琳，看着他深邃的眼神，我情愿相信虚幻即是真实。只有这样，我才能放下警惕真相的不近人情，是的，他说什么我都愿意相信，此情此景这么美，他的眼神这么美。

“我们走吧。”他轻声说。

“好。”也许是我的错觉，抓着车已经快麻木的手指，似乎松动了一下，自行车的重量变轻了。柯维兹推过我的自行车，我不解地看着他。

“坐上去，我送你回去。”

“我自己可以回去。”我猜他相信了琳琳刚才说的。

“给我表现一下的机会。”他回过头看我，问，“嗯？”

我乐滋滋地脸上一热，幸亏是晚上他看不清。坐上后座，我感觉怪怪的，看着柯维兹的背影想笑，心里觉得很踏实。

“你可以抱着我。”他说。

“我抓着车身。”

“我骑得很快，你会掉下去的。”

“你早就想把我扔出去了吧？”

一路上抬杠，他把自行车踩得飞快，好几次我以为自己要飞出去了，他及时地伸出一条手臂挡住我，说：“怎么样？”

“以前你身边的女孩就是这么被吓跑的吧？”

“你不是喜欢刺激？”

“这是自杀！”

“你跟我在一起，没机会自杀。”

我哭笑不得，大声说：“就你这样骑自行车，不需要自杀那么麻烦。”

他哈哈大笑，说：“你真是了解我。”

“不，我才不了解你。还有，谁说我喜欢刺激？”

“你不用说出来，你有一堆秘密不会说。”

“难道你没有秘密？”

骤然，他停下了自行车，转身看向我，说：“我们可以交换。”

“为什么？”

“别装傻。”

在极少数的情况下，柯维兹若是心里对某件事在意时，往往一脸沉静而面无表情，只有眼神偶尔在几个瞬间会出卖他的真实想法。

要想插科打诨转移话题根本没用，这方面他才是行家里手。

我使劲想了想，用小黑裙说事，显然意义不大；说家里的事，他不见得感兴趣；告诉他我讨厌琳琳，我和她从来不是朋友，这根本就不是秘密。我居然没有有说服力的秘密来充场面，女孩的魅力、迷人、神秘感都没了，越想越沮丧，仿佛等着交白卷的学渣。

“不愿意？”他有些失望地皱了下眉。

“我……不知从何说起。”

他表情揶揄地打量我，点着头在笑，我说：“你在笑什么？”

我不喜欢男生自作聪明地自以为是，他们觉得比女生聪明，扬扬自得的样子好像凌驾一切之上，有种自骄的优越感。他们喜欢用这种方式表现出来满足虚荣心，可事实上每当他们这么做的时候是最令人倒胃口的。

我推过自行车，骑上车就要走，手机这时响了起来，是乔祺。等了这么久，他终于有消息了，我立刻接起手机。

“真的吗？太好了……我已经觉得快没希望了，多亏了你。”听到好消息，我差点忘了柯维兹还没走，看了看他，他双手揣裤兜里，绷着下巴。

乔祺在电话中说了时间、地点，我抓了支笔写在手臂上，路灯昏暗，我写了一堆乱七八糟的字。整个过程，柯维兹岿然不动得像尊石像看着某处，我能感觉到他嘴角扬起的讥嘲冷笑。

挂断电话后，我想说些什么缓和尴尬的局面，他忽然道：“他们说得果然没错。”

“和我有关？”我随口道。

“你冷漠得不近人情，觉得自己高高在上，还很目中无人。”

要是我手上有炸药，凭他这几句，我一定扔过去。冲动是魔鬼，不冲动的是撞了邪。我气得膝盖也抖起来了，反唇相讥：“他们是一群整天在惬意圈子里活见鬼的游魂，他们唯一的存在感是说些别人听不懂的切口，自我感觉良好地认为别人都是傻瓜，是孤独的可怜虫。听起来很耳熟是不是？没错，就是你经常待的那个圈子，一群浑蛋整天跟着你，除了秀下烂球技，就只有在兄弟们面前甩女生电话最有面子。孤独的人是可耻的，说的就是你们这群人，你们甚至不敢面对自己的孤独，但很擅长乖戾地评价别人，评价你们压根儿不了解也不屑了解的人，还自认为就是上帝！”

我以为他会气得暴跳如雷，与我当街吵架。既然我和他从未交往过，能吵得像对翻脸的情侣也算没有遗憾。

谁知，他笑了笑，简短、转瞬即逝的笑，他的脸上又恢复一贯的冷漠，眼神却落寞地看着前方，说：“你说得没错。”

我说了过分的话，并不想马上后悔，这么多年了，终于说了出来。我曾是他们之中的一员，我厌恶那时的自己，我不想独来独往，每天说着圆滑契合的话维持与他们的友好，女生之间的热络，既要有表面功夫，还要考验智商、情商。

“我不想跟你吵架。”我轻声说，多讽刺的事后辩解。

柯维兹默然，他往前走去，我推着自行车尽量跟着，下一个路口就各奔前程。看着他沉默的背影，我感到心里一揪，他把自己的生活过得像万花筒，是为了什么？

每个人都有要逃避却必然到来的未来，我是，他是，琳琳也是……我们谁都不够了解对方，却已经急于指责对方的过错。我深感悲伤，这是无法跨越的沟壑，我和柯维兹算是绝交了吗？

我在约定的地点等乔祺，他在街对面朝我挥手，脖子上挂着相机。

“你有工作在身？”我笑着问。

“差不多。这就带你去见温老太太，她同意让我多拍几张照片，左荟要用。”他笑道。

“接到你的电话，我太意外了，我差不多快放弃了。”

乔祺迟疑了一下，说：“我也很意外，之前跟温老太太说的时候，她很喜欢你的复古装，还夸赞了裙子的修改。我说到良辰衣店的事后，她问了店铺里的一些情况，听完后她沉默了好半天，最后很客气地拒绝了我的提议。后来她突然打电话给我，不仅同意这次拍摄，海棠裙她也会考虑出让。”

我没有告知店主婆事情有了转机，我担心最终仍然功亏一篑，她越是耐心地等着消息，我越能感觉到她耐心中的焦虑，她很在乎。

路上时，左荟发了个信息给我，她希望事情谈妥后，我能穿上海棠裙拍几张照片给她，她用来刊登在杂志网站上，小黑裙的报道反馈很不错，她会继续这个系列的报道。

温老太太的住处布置得温馨雅致，同住的是名24小时女看护，替我们开门时，她笑着说：“老太太刚午睡起，说今天有客人来。”

乔祺与女看护低声聊了几句，我等在一旁，从卧室里传来几声老人的咳嗽声，老太太知道有人来了。

“前几天老太太身体不适，一到夏天人就容易倦乏。你就是照片上的那个女孩？”看护笑着问我。

“在同学的生日聚会上照的。”我说。

“老太太早上还让我找照片给她看，说像啊，衣服也像。”

我好奇她说的第一个“像”指的是什么，见乔祺对我笑着眨眼睛，我便客气地一笑了之。

过了一会儿，身着浅色套裙的温老太太缓缓地走到了客厅，看护细心地帮她坐在椅子上，老太太笑着说：“年纪大了，就是这点麻烦。”

我与乔祺客套地与她寒暄，她脸上的每一道皱纹都蕴含着慈祥，老太太很注重仪容，脸上擦了粉，涂了口红，虽不及店主婆那样的珠光宝气，丝毫不输店主婆的端庄。

我奇怪她这个年纪儿女不在身边，仅有一名看护照料起居，想到店主婆也是独居，或许经历过大风大浪之人，比常人看得开。

“你穿在身上的小黑裙，是陈媛在1929年前后在店铺里亲手缝制的，那会儿她手上只有一些沈家小姐从国外带回来的杂志图纸，她一连做了几件，你身上那件版型、手工最好。”温老太太缓缓道。

“她当时已经能独自打理店铺了吗？”我问。

“哦，还没有，那是后来的事，最早也是 1930 年以后了。去她店里的太太、小姐越来越多，沈家小姐碍于面子不好拒绝别人，都是一起白相的朋友。”

我心想，要是琳琳，她会为了一件漂亮衣服不惜得罪任何人。

“生意这么好，她怎么舍得离开上海，去巴黎重新开始？”我问。这时，乔祺转首看了我一眼。

温老太太接过看护递过的杯子，陷入了回忆之中，有好一会儿客厅悄无声息。我询问地看着乔祺，又看了眼看护，不得其解。

“她有迫不得已的处境，另外，她对做衣服，不仅仅只想当个小裁缝。店里后来交给了欧立诚打理……他去世了，很久之前……”老太太叹息了一声，说，“我的妹妹很喜欢他做的衣服，隔三岔五要去店里做件新衣裳，他店里能做外面没有的新式样，这些全是陈媛托人从巴黎带回的面料和设计。店铺的生意没有因为陈媛离开歇业，跟原来差不多，特别吸引女学生。”

温老太太仿佛是在对回忆盈盈一笑，又摇了摇头，说：“欧先生因为我们家的事，受到过连累。”忽然，她看向我，说，“樊小嘉从来没告诉过你这些？”

我一怔，坦白道：“她说等收到海棠裙，我会知道的。”我心里又惊又疑，难道她就是店主婆的老朋友？

“她是该感到愧疚……”老太太示意了下，看护将一件罩在防尘布里的裙子拿到客厅。

时光流逝，半个多世纪前的裙子历久弥新，裙摆悬垂飘逸，柔软的丝质面料，触目惊心的一树倾倒的海棠花，花瓣与绿叶四散飘零。

我看得入神，看护将裙子挂在一旁的架子上，笑道：“第一眼看到这条裙子时，我根本没法移开视线。”

乔祺拿起相机拍了几张，温老太太的眼中涌上淡淡的笑意，说：“这件是陈媛的结婚礼服。”

“不是她给一对去巴黎的朋友做的吗？”我问。

“你说的那件是龙虾裙，她从夏帕瑞丽的龙虾裙得到灵感，后来她做了另一件，就是这件海棠裙，这些事樊小嘉知道得不多。陈媛为我妹妹向薇做的龙虾裙，她去世时穿在身上，海棠裙是我在法国时陈媛送给我的。”

我好奇陈媛怎会将一条结婚礼服送给别人，老太太一眼看穿，说：“我和她见过几次，起初是她，后来是欧立诚。他们的裁缝铺虽不及当时的时装公司名声响，在我们一群喜欢时髦洋装的女学生里非常有名。陈媛离开沈家投资的裁缝铺去巴黎，我和妹妹帮过她一些忙，她这人很重情义，对别人很上心。向薇去世时，我一个人在欧洲，我与向薇不是同母所生，但感情很好，看见她感情上这么悲苦，我一直没有结婚的打算。陈媛那时刚生完孩子，要兼顾店里的事，还是经常来看望我，劝我一个人在外漂泊，有合适的人安稳地过日子，人会踏实起来。”

我目不转睛地看着海棠裙，一件裙子到底能承载多少故事？

“陈媛的龙虾裙是为向薇的婚礼赶制的，她从街上临时拉来个美术生画上图案，后来她常说龙虾裙有不少让她遗憾的地方，她当时在专研玛德琳·薇欧奈（Madeleine Vionnet）的斜裁。温莎公爵夫人穿上夏帕瑞丽的龙虾裙亮相公众，轰动时尚界，向薇当时为了一个人犹豫不决，她看到这段新闻后很受影响，后来私奔去巴黎，穿着龙虾裙和他结婚，她以为爱情会被成全……”

我想起了梦境中那个优雅的女子，记忆忽然清晰了起来，还有一张似曾相识的脸，那是张很年轻、充满朝气和秘密的脸，是她，樊小嘉。

温老太太的声音仿佛飘回了过去，客厅里静悄悄的，只有她缓慢悠长的记忆。

民国·上海

陈媛手上抱着一个纸包，里面是她一针一线裁剪缝制的洋装，她等在沈家大门口。周妈一见是她，上楼去通知了诗慧。正在打电话的诗慧踌躇了一下：“没说什么事？”

“没有，样子看起来很紧张，显然是急事。”周妈回道。

诗慧放下听筒：“周妈，你去备些茶点来，我也正想找她说说话呢。”

陈媛坐在沙发上，心里没底，诗慧看似不拘小节，说到底身份悬殊，要给人当面拒绝了还真是难堪，毕竟她还要在沈家的裁缝铺里继续做事。陈媛从前有所求，总绕着弯子地想办法，这次是为了别人的事求上门，情况又不同。柳妈终日在家一把眼泪，一把鼻涕的，这些是特意做给陈媛看的，好歹分文不收房租地让她白住了三年，真出了什么事，陈媛是推托不得的。

她自己掏钱买了几匹时新布料，依着诗慧的身材裁剪了三件新款洋装。她知道以诗慧的眼界，一般的东西不入眼，她只中意剪裁、款式极致的做工。诗慧感兴趣夏帕瑞丽的设计风格，也喜欢薇欧奈的斜裁，拿了一堆像涂鸦似的图纸要陈媛做出来。

“斜裁？”陈媛问。

“将面料斜过来，使裁剪中心线与布料的经纱成 45° 夹角。你看照片上的衣服，悬垂感多好，我的长裙太呆板了。”

图纸上有英文、法文，与诗慧翻译的蝇头小字挤在一堆。面料的轻轻一斜，改变的是陈媛所学至今的直裁，斜裁不是一种单纯的风格，而是种手法极高的技艺，通过运用面料斜纹中的弹拉力，进行斜向的交叉裁剪。

诗慧看着手上的衣服，笑得很开心，当她还执迷新购置的香奈儿服饰，她在巴黎的朋友们早就穿上夏帕瑞丽惊世骇俗的外套坐在露天咖啡馆聊时髦的文艺话题。两年前闯入巴黎时装界的设计师夏帕瑞丽，凭一件黑白两色的针织套衫，胸前绘有儿童涂鸦式的蝴蝶，一举成名。看到的第一眼，诗慧已四处托人购置，她要穿着这身衣服步入 1930 年的春天。

陈媛自知无法做出薇欧奈的斜裁长裙，与学徒欧立诚商量后，她找了块上好的丝绸，把想法一点点告诉欧立诚去绘制修改。第一件丝绸长裙，式样设计如小黑裙简约，为使剪裁立体、悬垂，她找来娜娜做“人体模型”，反复缠绕、打褶、别布和裁剪。第二件黑白两色的针织套衫，欧立诚在胸前绘上蝴蝶图案。第三件是件竹布长衫，从中式男装汲取灵感，收腰线、放出裙摆波纹，兼顾中性的极简与女性身姿的柔和、曼妙。

这三件衣服虽不及诗慧衣橱里的华贵，却让她感到十分新奇、别致。她拿了衣服就去换，站在镜子前审视，每处细节处理得极为精致细密。

诗慧道：“这衣服不错，多少工钱？我加倍给。”陈媛笑道：“沈小姐要能喜欢，就很抬举我了。”

诗慧手上擎着水晶杯，每走一步便顾影自怜地回头审视，说：“我一直想开个时装公司，我在法国时见过不少女子自己设计衣服，开服装店的也不少，像 Coco Chanel，我在她店里买过一顶帽子。我出设计草图，但要我动手做件衣服，就算了。这事我跟父亲说过，他觉得裁缝铺生意不错，不用这么着急。我也是这个意思，上次找的小学徒做事怎么样？”

陈媛不置可否，沈家的人只可半信半疑，诗慧很忌讳别人跟她穿一模一样的。时装公司一旦开张，陈媛做的新式衣服难免在诗慧的朋友圈里随处可见，对诗慧而言简直不可饶恕。她望着诗慧，说：“我只求沈小姐能帮个忙，救一个人。”

诗慧怔了怔，转过身看她，说：“什么事？”

要救人，即便是丑事也只能说出去了。社交界里没有永远的秘密，尤其是男女之事，最招人嚼舌头。

韦仕应惹上的不是小麻烦，他是让王静婳的父亲叫人给抓进巡捕房去的。一个戏子与一个富家千金的老皇历、老戏码，这故事上演多少遍都有人作兴看，诗慧听得也很有兴致，尤其这女主角还是她一直都知道的那一个。

她问陈媛说："你那位韦大哥长得很俊吧？"陈媛脸上一红："还好。"诗慧笑了笑，又问："怎么你没看上他？"陈媛满脸通红："我只是他家的房客，哪里会去想这些事。"

诗慧当然不信，哪有房客帮房东的忙做到这一步的？"既然他只是你的房东，你不必这么上心的。"见陈媛不说话，道，"要是他们为难你,你就重新找房子住,店铺里现在忙,你可以住在店铺里。"

陈媛听着沉默地笑了笑，却不高兴让人当场拆穿她是个过河拆桥的小人，因说："救人是一回事，另找住所是一回事。柳妈早年守寡，单剩下这个儿子，他这一被抓，在里面不知要吃多少苦头。沈小姐，你是有办法的人，能恳请你帮这个忙吗？"

诗慧笑了，看着陈媛的眼神仿佛想从她脸上寻找出什么蛛丝马迹："你知道梁先生和王家小姐的事吗？"诗慧不会无缘无故问出这句话，一个在戏班做事的女孩，能听到的流言蜚语自然比普通人多，女人之间没有太长久的秘密。

"听到过一些，这些坊间传闻，做不得准。"陈媛见识到了诗慧的伶俐，也不好一味装傻充昧，索性把问题推回去。

“王老板指使人抓韦仕应，是为了给秦老头子交代，现在你知道厉害了吗？”诗慧口中的秦老头子，莫非是秦泽霖的父亲？

“是一位军爷？”陈媛问。

“他有两个儿子，大儿媳据说是死了，其实是跟人跑了，小儿子姘上个过了气的戏子。王家小姐原与秦二公子订有婚约，这样一来，全乱了。”诗慧的话里透着股寒气，既有不屑，又有恼怒。

陈媛极力想理清其中的头绪，双手交互地握着。诗慧招来周妈去换茶，摸着手上的衣服，从镜中看了看陈媛，说：“这事能不能成，要看运气。”陈媛看出她对衣服爱不释手，道：“沈小姐，以后我就住在店铺里，早晚做事也方便，这些天我琢磨了些新式样，改天拿来给你过目吧。”

正轻抚着腰间针脚的诗慧，手上缓了缓，笑道：“吃过中午饭，你跟我去个地方。”

一身长衫的黄老板由下人来告知沈家小姐登门拜访，忙从躺椅上起身，放下水烟袋便一路奔出相迎。见沈家小姐身旁还跟着一个眼熟的女子，先愣了愣，堆笑道：“沈小姐大驾，真是失礼，失礼了。”

沈诗慧笑道：“看这势头，现在若想得张黄老板的戏票，真是一票难求啊！”黄定生的表情掠过一丝尴尬，随即笑道：“沈小姐这是哪里的话，只要府上一句话，立即打发人送去，何须见外？”诗慧坐在花梨木的太师椅上，向陈媛招招手，示意她坐在身边，道：“看，我这一来，就是来讨嫌的了。”

黄老板双手连摆，脸上仍旧是笑，笑得皱纹异常深：“别、别，沈小姐是爱说笑的人，这我可太冤枉了。”岔开话道，“我瞅着这位姑娘很眼熟，姑娘也是唱戏的？”

陈媛正待说，诗慧先道：“这位姑娘姓陈，她有位姓韦的朋友倒是唱戏的，不知黄老板识不识得？”黄老板讶然地“哦”了很长一声，道：“想起来，有记性，姑娘是韦老板戏班里的，有过一面之缘。”黄定生心里分明得很，从诗慧一踏进戏班大门他就知道，心里十分纳闷这姓陈的女子竟有能耐请得动诗慧做说客。

“恳请黄老板跟王老板多说几句好话放了韦大哥，以后黄老板有吩咐的事，还请千万别客气。”陈媛说，她心里明白黄定生无非是想拉拢仕应，但何至于使出如此阴损的方法？要是在里面出了差池，黄定生也是竹篮打水一场空。转念一想，王家、秦家都是大有来头的人，恐怕事情并不这么简单。

那晚到家后，当着柳妈的面，陈媛只说事情或许有了转机，夜里躺在亭子间的小床上，一点点地抽丝剥茧，暗暗心惊问题可能出在诗慧身上。沈家小姐精明过人，凡事经过她手，能有简单的吗？只为了让陈媛替她做事很牵强，陈媛虽不轻易做忘恩负义之人，若当真紧要关头，她自然是为自己着想的，诗慧要拉拢她何须如此？

这夜，天色渐渐泛白她也未有困意，楼下已响起了窸窸窣窣的声音，柳妈兴许又是一宿未眠。

戏班子里一众人，自打仕应出事后，个个无精打采。娄敏和文烨虽是晚辈后生，反倒常常在练功时说些鼓舞的话。生意一落千丈自不必说，陈媛日日两头听唉声叹气，沈小姐那边一直没给个准信儿，柳妈皱纹细密的一张圆脸被手绢子揉得浮肿不堪，日夜悲愁地望着陈媛叹息。

姑母从老家写信来说，淑灵小姐在上海出了事，问陈媛是不是清楚。陈媛原本就有怀疑，这下心里更是疑虑重重，这对母女能闹出什么事？以前她们母女俩也时有争执不休，莫非现在闹到决裂的地步？

文烨一路陪着陈媛回家，他一个年轻轻的男子，却生得一肚子的柔情似水。这些天，他常在陈媛身边安慰，戏班子里闹拆伙，他信誓旦旦地告诉陈媛说无论发生什么事，他是绝不离开戏班的。娄敏行踪神秘，白天晃几下便不见了。陈媛向文烨询问，他面露为难神色，道：“他是绝不会离开戏班的人。”后半截话似被硬生生吞了回去，文烨忍住没说出口，脸涨得通红。

快到家门口，一辆小汽车鸣了几下喇叭，陈媛回头看了眼，见车上坐着的是诗慧。她对身旁的文烨说：“小文，你去和柳妈说一声，我去去就回。”文烨似看出了端倪，心领神会地走了。

诗慧向陈媛招手，又轻拍了下身旁的座位。一上车，诗慧对司机说：“先去巡捕房。”闻言，陈媛一惊：“是仕应出事了？”诗慧摆摆手：“不是，你们先见个面，有些话要当面说，还有另外几个人，不用担心。”

或许有头有脸的人经历的事多了，做起事来的派头便是不欢喜将事情说清，乍听真真急死人。

下了车，等在门口的还有彦伟，头发有些乱，着了件白色的衬衫，见了诗慧立即迎了上来。陈媛别过脸去，又想起了浩伟，每次看到穿军装的男子在车上一晃而过，她忍不住要多张望几下，姑母也说没有他的音讯，谁都没见过他。

陈媛独自坐在巡捕房的长椅上等回话，诗慧和彦伟进去已有一会儿了。彦伟先走了出来，满口袋的找打火机，忽而又在她身旁坐下，凑过脸来端详起陈媛。她不由向后退了退，道："做什么？"

梁彦伟点上烟，却不答话，吞云吐雾地显出一股子聪明劲儿。陈媛因说："我见到俊伟了。"

"哦，他还没启程吗？"彦伟连眼皮都没抬一下。

"我不知道，只是匆匆看了一眼，你是不是该去劝劝他？"陈媛想探探他的口气，分家以后，昔日梁家屋下的人都作兴装不认识。

彦伟突然笑了："他和那个女人在一起？"

"嗯。"陈媛一怔，原来他是知道的。

"他原本一个大好青年，就这么栽了。"彦伟掐灭了烟头，站起身来。

"他到底是你二哥，眼下只有你能劝劝他了。"陈媛还想问他是不是有浩伟的消息。

彦伟别有用意地睃了眼陈媛："他只听大哥的话。"顿了顿，又道，"你是不是答应过沈小姐什么事？"

“她让我搬去裁缝铺，以后不回韦家了。”彦伟虽是随意一问，陈媛觉着他语气中另有深意。

正厅的门开了，走出来黄老板和另一个中年男子，派头十足，除了诗慧，身旁的几人都对他毕恭毕敬。中年男子是王静婳的父亲，圆圆胖胖的短脸上架着副黑框眼镜，眼神精明得近乎刻薄，他现在已是商会副会长了。

巡捕房队长一路送他出去，王副会长向彦伟匆匆扫了眼，见一旁还有个年轻女子，又瞥了一眼，嘴角含着股不易察觉的似笑非笑。

陈媛悄悄说了句风凉话：“难怪你喜欢和沈小姐相处了。”彦伟不动声色，说：“怎么不说是为了看到你呢？”

她沉下脸来，像被什么刺了一记。诗慧走来的时候，彦伟正对着窗口接二连三地抽烟，目送王副会长的车绝尘而去。诗慧向着陈媛说：“你先去见见你的朋友吧，出去前还要办些手续，有什么需要你同我说。”

陈媛道了谢转身走开，她知道她欠了诗慧一个很大的人情，以诗慧的性格，这份人情不是轻易能还上的。

柳妈一听儿子要回来了，起一大早去菜场排队，见着陈媛热络得才发觉她还住在韦家屋檐下，一张圆脸堆着笑地同陈媛说各种琐碎之事，连日来爱答不理的硌硬一扫而空。

亭子间楼下的小贩们络绎不绝地摆出了摊，清晨还下着牛毛细雨，过道里行人的发丝上似乎蒙了层薄灰，黏腻在一块儿，像是很久没洗头。

诗慧让人送了封信给陈媛，店铺里替她收拾出一间阁楼，她随时能搬过去住，裁缝铺成了她往后的住处。

店铺即便再好，也是落脚。陈媛倒了杯凉水站在窗口喝，楼下的人渐渐多了，还价的、争执的、闲聊的姑婆都出来了。太阳还没开尽，早饭的摊铺便已撤下，住在这里的人都过不惯晚起的生活，更看不惯晚起的人。

仕应比起陈媛那天见到他的样子精神了些，神情间仍透着股遭此变故后的萎靡颓丧，他母亲一边说话，一边抹眼泪，都是劝说的话。柳妈知道她儿子的心思，想着拿陈媛当作一个转机，王家小姐是何等样的人，柳妈听戏班里的人说起过，她不贪图什么，这辈子只求娘儿俩健康平安。

陈媛知道柳妈的心思，也见识了在梁家大屋之外，女人们隐忍、朴实的外表下，为了儿子、家财，世俗而争取是贯通的道理，再普通的女人，也藏着惊人的魄力。没有父母疼惜的陈媛，看得心惊又酸楚，柳妈再同她热络、嘴上关心，一旦有事，柳妈不仅不会顾惜她，还会因为陈媛不主动相帮作陪而心怀怨愤，要是陈媛能替仕应进巡捕房，柳妈一定不含糊。她觉得心寒，在为仕应的事奔波时，她打定主意早些搬离，舍不得的唯有堆放杂物的亭子间和清晨的弄堂小巷。

吃过晚饭，陈媛将几件她亲手缝制的新衣服送到柳妈房间里，她正静静地坐在昏暗小屋的一角，怔怔地出神。陈媛刚放下衣服，听见柳妈说："你是要走了吗？"

陈媛怔了怔，既然柳妈开门见山地说了，她也不做辩解："是，我收拾完就走。"

柳妈没问她去哪儿，只是说："像你这样的姑娘家，自己最要紧。韦家的屋子小，留不住你。"

前半句她听得有些动容，后半截话不知怎么听来很是刺耳，转眼见柳妈仍然静默地坐在小屋的角落里，俨然一个小老太婆，虔诚，惶恐。

翌日，仕应一路送她，两人都有些无话可说。他的事，和王家有关的事至今是哑谜，辩驳几句是给人家抹黑，只有三缄其口。陈媛要他别送，柳妈还等着他回去，经过这次有惊无险，柳妈顾虑重重，上了年纪的人多胆小怕事，一度闹着要仕应出去避避风头。

依照有权势人家的作风，这事就这么了结，不太让人放心，没准哪天想起来报复。仕应不肯答应他母亲，到底是为了王静婳还是放不下戏班子，没人知道他心里的想法。

路口有车夫在等，见到拎着箱子的两人，主动迎了上来，说："是沈小姐让来接的，请。"车夫接过仕应手上的箱子放在车上，陈媛同他挥手道别，他没有就走的意思，低声说："我心里知道，你都是因为我。家里总归留着这间亭子间，你随时回来，随时都是你的。"

陈媛不善说什么离别伤感的话，总感觉那是旧戏文里的痴男怨女应时应景的矫情。她知道，自己是没有容身之处的，好坏都不能往回走。

坐在黄包车上的她，向着仕应微微一笑便别过头去，他一直看着车夫拐出街口，直至消失。

当天夜里，陈媛在沈家暂住，诗慧见了她很高兴，说店铺这两天要装修，方便她住进去，她一个单身女子住在店里大可安心。

陈媛睡在周妈安排的隔间，中间隔了块木板，地方很小，容她放下行李，就只能坐在床上，真是下人的房间。

周妈忙进忙出，额头上的汗渍顺着她胖圆脸流下来，见了陈媛直说：“来，帮帮忙。”不由分说，拉了她膀子去厨房，一路走一路说，“晚上沈小姐请客，刚走了几个佣人，你过来搭个手。”穿过客厅时，已有几个早到的客人坐在沙发上聊天，不知谁忽然道：“咦，沈公馆何时新来了个丫头？”

“样样事体要跟你汇报呀？”一女客娇嗔道，说话的男子只是笑。诗慧正和几个女伴说笑逗趣，不甚在意。

厨房里只有一个洗菜的下人，周妈一进来便呼哧呼哧地大喘气，道：“动作这么慢，怎么做事的，你怎么做事的？！沈小姐的客人都快到场了，拿什么出去招呼客人？！”那下人也是憋着气，没敢回嘴。

在沈家的厨房里，周妈是唯一可以发号施令的人，洗菜的下人是刚来不久的小丫头阿荷，陈媛是今天刚来的，周妈的资格无疑最老。撞上今天这情形，周妈照理是要横竖挑剔表明资格的，一边数落阿荷笨手笨脚，一边盯牢陈媛是否在偷懒，别仗着能在沈小姐面前说上几句话就可以蒙混过关。

客厅里放起了唱片，一对对摩登男女翩翩起舞，女子的长裙蹁跹穿梭其间。彦伟揽着诗慧的纤腰，在她耳边低语着俏皮话，惹得她咯咯直笑。诗慧的一个好友舞到她身旁，悄声道："另有一位梁先生来了。"说时，对着彦伟一笑。

"谁啊？"彦伟不禁问。

诗慧笑道："你回过头去看看。"

三年没见，差一点认不出了。彦伟定定地看着一身军装的男子从大门进来，那人摘下帽子，从前文弱阴郁的外形消失无踪，身形变得魁梧挺拔，整个人粗犷、威严，坚毅的轮廓。

"三弟，"浩伟笑了笑，"好久不见。"

彦伟回过神，笑道："大哥！你这是……这是当兵了？"

诗慧笑靥如花地款款走来，向着彦伟道："以前我就说，好像在哪儿见过你，原来你是梁浩伟的三弟。"

"沈小姐，又见面了。"浩伟微微一笑，伸手向她邀舞。

彦伟脸上礼貌地笑着，心里转过无数个念头，忽而想起一件事，大嫂嫁进梁家之前姓沈，是庶出的富家小姐，生来体弱多病，是浩伟在上海念书时结识的。仔细看诗慧的长相，与他大嫂倒有几分相似，过去他可从未想到过。诗慧恐怕早就知道，她与浩伟这么熟，彦伟越想越觉得不可思议，暗暗心惊诗慧的城府。王静婳与戏子的事，现在众说纷纭，他并不相信姓韦的有这胆子，从他听说的传闻，静婳与诗慧私交甚好，难说这次的事不是她们联手的结果。谁晓得这些富家千金在筹划些什么，如今局势不一般，现在的女子个个比男子还务实、精明、果敢。

彦伟举着酒杯，遥遥地与诗慧致意，眼神对上的那一刻，彼此心里都清楚。他只是笑着，三年多了，不算浪费。倒是他突然出现的大哥，料想不到会有什么事。

厨房里热火朝天地忙碌着，周妈俨然成了黑面煞神，动辄扯着嗓子地吼，反正客厅里听不到耳。阿荷被周妈骂得眼泪往肚里吞，陈媛则默然无言。周妈见她一声不响，反倒有些顾忌，只拿冷眼瞧她："进了沈家，除了主人，就是下人的命。想偷懒，是想也不要想的。"

刚备上的一盘点心，周妈赶着陈媛送出去。一见客厅里来了这么多人，陈媛乱了手脚，唱片机里放着悠扬的舞曲，舞池里的一对对年轻男女正跳着狐步舞，旗袍的开衩恰好地勾显出一双双白嫩嫩的大腿。一群西式派头的少爷、小姐们。

阿荷端上盘子时，不知被谁在臀上摸了一把，她惊得险些将手上的盘子打翻。一旁的陈媛低着头，装作未见，另有几个年轻小姐向她丢来冷冷的目光，几个男青年趁机在她身旁蹭来蹭去地占便宜。陈媛一放下盘子便向厨房走去，被面前的男子拦个正着，说："这里女伴不够，你也来跳上一支吧！"说完拉了她手就走，除了梁家大屋下的男人，她只跟戏班里几个人相熟些，当众拉拉扯扯是从没有过的。

周妈在里面正忙得焦头烂额，两个丫头一个都不见进来帮忙，脸色更黑，站在厨房门口瞪眼珠子，一眼看见陈媛被缠着说话，周妈满脸鄙薄之色。阿荷被人偷摸了几下，神情委屈地躲回厨房。周妈一把揪住她耳朵，喊道："作死啊！这个时候还想偷懒看闲眼，你就没这命，当下人还没个样子。"

阿荷哭得披头夹面，周妈一股脑地骂，憋了一大的怨气。偏是今晚宴会，偏是今早几个佣人合伙闹，宴会不到深夜向来不散，光收拾残局弄不好又是一个通宵。第二天中午老爷太太从京城回家，信上还说这段时间总惦记周妈烧的菜，她天不亮就得去菜场挑选准备，样样事都要经她手，半点不得闲，累死她这把老骨头。

陈媛被那男子的舞步带得头晕目眩，一晃眼看到一身军装的男子从她身旁舞过，身姿飒爽，换成平日，她忍不住是要多看几眼的。拉着陈媛的男子是洋行里做事的太子爷商希淮，他和诗慧是留法的同学，他和彦伟也认识，平时一班游手好闲的公子哥赌钱、喝酒、揽舞女。

商希淮借酒欲轻薄陈媛，缠着她不放，陈媛急得叫又不是，打也不能。

"商先生，幸会。"一个男子的声音对着商希淮道。

商希淮斜了眼，认出是梁浩伟，他在北方边防军司令手下身居要职，是许多人极力想结交、手握重权的大人物，老帅去世后，梁浩伟跟随在少帅麾下。

"是梁先生，幸会幸会。"商希淮不情愿地放开陈媛的手。

陈媛一听那人的声音心已怦怦乱跳，商希淮挡住了她视线，好不容易他松了手，她看到的是一脸威严肃穆的梁大少。她吃了一惊，只以为认错了人，穿着军装的男子每个都像他。昔日的熟稔不见半分，浩伟的目光对她一扫而过，转身与人应酬去了。

诗慧换了身竹布长衫，她让陈媛又修改几处地方，在衣服上画了夸张艳丽的图案。陈媛提议画上海棠花，对诗慧说欧立诚擅画花草植物，她藏了自己的私心，谁想诗慧第一次穿上这身衣服，是在浩伟面前。

诗慧款款动人步下台阶，浩伟目不转睛地望向她，走上前去不知说了句什么，诗慧羞涩地垂着眼睑，她挽住他的臂膀。

唱片机里换上了新曲子，舞池里的人跳起了查尔斯顿舞，一种源于美国的摇摆舞，诗慧和浩伟的配合默契引来一阵阵惊艳赞叹。

陈媛惊讶地看着他们惊世骇俗的舞步，看得心里直跳。

“沈小姐是法国留学回来，人是很活泼开朗的。”一人轻佻地说。

“这位梁先生是哪一位？”

“听说留学西点军校，后来半途休学了，秦少帅很器重他。”

几个窃窃私语的女子目光眨也不眨地盯着梁浩伟，细声细气地彼此咬着耳朵。

陈媛抱着盘子，三年来她无时无刻不在期待与他的重逢。小公馆一别后，她有很多话要找他说，她识的字、会背的诗、会写的字都是浩伟手把手教的。那时，他新婚燕尔，她只是个小小女童，躲在姑母身后等着梁家人点头收留她。

彼时，此刻，她依然等着，等他转过头看看她。她意识到这里不是梁家祖屋，他不再是文弱书生的大少爷。三年来，她忙顾着生活；三年里，谁知他经历了多少事。过去她就知道，浩伟的心里藏着巨大、抵消不了的悲伤，为了梁家？为了他心爱的妻子？陈媛明白了，他是为了他自己，必将到来的今天，浩伟本来如此。他留学美国学医，转去西点军校又离开，他早晚会追随命中注定的路。

陈媛离了众人，去厨房时不由得想着，人到底是无法避免成全自己的。她懂得，她也是。

彦伟将这一幕尽收眼底，酒一杯接着一杯下肚，嘴角冷冷一笑。

店铺装修完后，陈媛搬了过去，地方还算宽敞，从前堆放杂物的小阁楼，木床、书桌和两张椅子，楼下的巷子开了许多小饭馆，各式各样的小吃。店里白天有欧立诚帮忙，晚上她一个人睡在店里，她跟诗慧说过几次想把娜娜接过来，诗慧同意了，说到当学徒的事，陈媛央求诗慧让娜娜进学堂念书。

陈媛时常想到那天聚会上的时髦男女，随口一串洋文，她自己勉强识点字，她不忍心娜娜跟她一样，做一辈子的小裁缝。

“沈小姐，娜娜的学费以后从我工钱里扣，店里的事她能帮上很多忙，不影响的。”陈媛道。

诗慧翻着几页设计图纸，笑着说：“这件事我跟父母亲商量下看看，你知道家里佣人多，怠慢了谁都不好。”

“这是当然。”

“有件事，圣诞节我在法国时每年都过的，我请了几个特别重要的朋友过来庆祝。我打算穿你上次做的丝绸长裙，有几个地方要再改改。这次聚会温家的人会来，你让娜娜过来吧，他们有两个女儿，跟娜娜差不多年纪，一起热闹。”

温家与沈家是世交，常年生活在国外，这次回来长住，沈家早就想借助温家的影响力拉拢一些重要人物。

“我很快能修改完。”陈媛道。

诗慧满意地点点头，忽而幽幽地说：“聚会时，你和娜娜找件漂亮点的衣服，布料这些你只管从店铺账上预支就是。”

陈媛点头答应。

从百货公司拿回诗慧订购的胭脂水粉后，陈媛绕到香粉弄去找娜娜，小女孩常去店里帮忙，这两年长个儿更长机灵，学什么都快。陈媛跟她说的事，她瞒得很好，没人知道她偷跑去了哪儿，还偷偷存了些钱，说将来回乡下给父母亲。陈媛跟人打听过娜娜说的乡下地址，那地方早已满目疮痍。娜娜聪明懂事，和家人生活在一起是支撑她的信念。陈媛感同身受，在娜娜身上她看到了自己的影子。她几次写信给姑母，要她来上海团聚，以后她们三个女人相依为命。姑母推说有事走不了，也许不想拖累陈媛，也许年纪大了，离不开生活惯了的地方。

宜香书寓的招牌下，几个睡眼惺忪的女子对着陈媛瞅了瞅，交头接耳地笑着。娜娜似乎不在，正要离开时，楼上传来一阵争吵声，男人的呵斥，女人隐隐的哭声。陈媛退后几步，伸长了脖子也看不到黑洞洞的小窗后的情形。

门口一个女人向陈媛问：“你找谁啊？”

“我找娜娜，她在吗？”陈媛并不知和俊伟在一起的女子叫什么。

“是小桃妹带在身边的那个吧，在楼上呢。”那女人一指窗口，脸上不怀好意地笑，盯着陈媛打量，不知那三个和这一个究竟怎么个关系。

走近门口，听见里面正有人嚷着话：“我是不知道你是什么心，前面才赌咒说不离开我和娜娜，才多少工夫，你又要一门心思去英国念书了……不要碰我，不要来这套！”

陈媛犹疑起来，这个时候敲门进去，势必要被人嫌鄙，就转身走了。下楼才走出去几步，楼上有人在喊她的名字，回头一看是娜娜，她那双清澈的眼睛周围有瘀青，嘴角也肿了。经娜娜一顿喊，屋里面的俊伟探头出来，小桃妹一见娜娜喊的是个年轻女子，满脸鄙薄之色。

娜娜噔噔几步冲下来，激动地拉着陈媛的手，说：“媛姐姐你来了，怎么一声不响又要走？”陈媛望了望楼上，说：“我只当是不方便。”娜娜见着她，像溺水者揪住的稻草，这女孩要被逼上绝路了。

娜娜抓住陈媛的衣袖不放开，楼上的小桃妹正喊她，语气不耐烦，俊伟拉了她一下被她甩开，自觉没趣，便回进屋里去了，他不太想在这里看到熟人。

陈媛想劝娜娜几句，却见她眼眶渐渐涌上层水汽，大颗大颗的泪珠掉下来，陈媛心里一揪，堵得慌，立时明白小女孩要说的话。她说：“不哭啦，我带你走，要想个办法。”

“我能偷偷跑出来的，这两天他们晚上都有事要出去，看过电影回来就更晚了。”娜娜小声地说着。

窗口上的小桃妹叫了她几声，见没有回应，脚步声从楼上奔下来。俊伟要拉住小桃妹的手，没拉着，只好跟下楼，他现在这样子，像被人逮个正着，过道里还昏暗得看不清脸面，要是小桃妹不依不饶，势必要跟陈媛面对面。

陈媛趁机塞了些零钱给娜娜，嘱咐她路上要当心，说了个地方碰头，到时陈媛去接她。

小桃妹奔下楼时，陈媛已转身走了，她抓着娜娜就是一巴掌，戳到她脸上骂：“作死啦！叫你半天不晓得回话，又想溜出去闲逛，给我回去！”一边骂，一边拧着娜娜的胳膊，女孩“啊呀”叫了几声，忍住泪没淌下来。

冬至后，沈家上下张罗着筹备圣诞节。诗慧巨细靡遗地做各种安排，她现在不高兴去应酬那群朋友了，追求她的年轻男子们很少进出沈家大门，彦伟也不露面了。

赶在节日前，陈媛替自己做了套黑色长裙，娜娜逃跑出来跟她，只穿着身上一件破棉袄，裤子露出脚脖子，鞋底也破了。陈媛修改了几件现成的冬衣给娜娜应急，欧立诚帮着做了个床架子在小阁楼里，以后她俩睡一屋。

“你要去上学，多学点东西。”陈媛说。

“我想跟你学做衣服。”娜娜眨着眼睛说，脸上、身上的几处瘀青尚未退去，她没对任何人说过一句，这孩子很要强，陈媛也不问她。

“学门手艺当然好，多念点书才有大出息。”

“将来自己开间店铺？”娜娜瞪大眼睛道。

“为了照顾好自己，和你自己的家。”

陈媛为娜娜做了件蛋糕裙，层层叠叠的花边，要她走慢点，有教养人家的女孩不能走起来总像有人在背后追打她。

穿上新衣服的娜娜在花园里东奔西跑，她从没像现在这么开心过，新皮鞋穿在脚上很磨脚，她一点也不在乎。去沈家前一天晚上，陈媛把皮鞋盒给她，她激动地问:“给我的吗？我明天能穿上新鞋子、新衣服去做客吗？”她从没有过任何新的东西，每年过年她都看着别人吃团圆饭穿新衣，小桃妹只有心情特别顺时才会拣几块做衣服剩下的边角料扔给她，她偷偷积攒着以后做衣服用，现在都没了。

“当然。你要机灵些，客人里有两个和你差不多年纪的女孩儿。”陈媛对她笑了笑。

娜娜不用教，是个小人精，别人使个眼色，她就心里有数了。离开香粉弄后，她像只活蹦乱跳的小猴，夜里梦见小桃妹，伤心地哭醒。陈媛想起床安慰她，见她转身蒙在被子里擦眼泪，很快止住，便不忍心说穿了。

梁浩伟拿着一台从美国购得产于1923年的伊士曼柯达相机，陈媛在花园见他给三个小女孩合照，她回到客厅坐下。

温家夫妇与浩伟聊了几句，约了改天拜访的时间。温太太看出诗慧与浩伟交情匪浅，开着玩笑说：“这位梁先生气宇不凡，比听说的还好看。”

温太太是续弦的妻子，温先生在外头跟人生下女儿温霏岚，妻子没多久生下二女儿温向薇。相隔不到半年的两个女儿，对外只说是双胞胎，长得也确凿很像，知道的人当面从不点破，背后没人不知道。女儿将来嫁出去后温家有继承人，温先生和去世的原配夫人有一个儿子，不跟他们住。

“梁先生是秦泽霖少帅的部下，人很风趣的，说起来，他还是我半个姐夫。”诗慧道。

温太太轻轻地一点头，她知道这件事，诗慧的姐姐沈茵是沈先生跟一个来路不明的女人生下的，从小养在沈家，跟诗慧的地位自然不同。沈茵大学念到一半便嫁给了她的同学梁浩伟，嫁做人妇后，沈茵与沈家的关系变得形同陌路。温太太心想，要不是梁浩伟在秦少帅手下做事，以沈家的眼界，是羞于跟人提到这门姻亲的。温太太弄不懂诗慧是个什么打算，跟姐夫献殷勤，还是纯粹拉拢？沈家夫妇很开明，早就放出话来，只要找到合适的女婿人选，婚礼嫁妆一概费用由沈家承担。诗慧是沈家的独生女，父母的掌上明珠，社交圈内但凡有些背景、家底的未婚男青年，愿意入赘的大有人在。以沈家的财大气粗，从此就平步青云了。

花园里，三个女孩你追我赶，一向沉默、郁郁寡欢的向薇难得地左一声娜姐姐、右一声娜姐姐跟在后面，霏岚与娜娜交头接耳说悄悄话，向薇马上挤过头去听，要好得形影不离。

温太太看在眼里，眼窝笑出浅浅的皱纹，两个女孩在国外时除了彼此没有别的朋友，没想到她们还有这么活泼好动的时候，于是说："这女孩是沈家的哪位亲戚？"

"是、是啊，远亲，来我们这里住段时间。"诗慧想着怎么圆这个事，她除了知道女孩叫娜娜，别的一概不知。

周妈看见陈媛时，她穿着一身上好的新裙子，正呆呆地出神想心事，便没好脸色地说："没小姐的命，净整天享小姐的福。"闻言，陈媛像被刺了一下，她从花园躲开浩伟，又从客厅躲到厨房门口，冷不防周妈要出这口气，"学人家少爷、小姐跳舞，攀高枝也不看看自己身份。"

指桑骂槐了一通，稍稍平了一口气，见陈媛闷着脸，既没有羞愤欲绝，也未惊慌失措，周妈心里不解恨，哼哼唧唧地又丢几句闲话出来。阿荷一看这情形，悄声问："她是在骂我？"

陈媛冷冷一笑，不作声。阿荷忽然开窍了，说："上次宴会后她倒腾说了好几天，见今天这情形又不顺心了。"说完，两人相视一笑。

客厅里，温太太开门见山地跟诗慧说："娜娜去我们家住上几天吧，两个女孩刚回来，怕生得很，学校也不肯去，天天闹，天天哭。"

“这还不是小事一桩嘛。”诗慧笑着答应，转眼去找陈媛，向她招了招手。浩伟放下手上的相机走过来，坐在诗慧身旁的沙发上，两人互相望了眼对方，温太太笑着转开了视线，陈媛低着头，看裙子的线头。

“娜娜要去和温家两位小姐做伴，你觉得怎么样？”诗慧转向陈媛说，她不是在跟陈媛拿主意，话里的意思是通知她一声，还特意当着浩伟的面。就算陈媛穿着做工、款式、面料都十分体面的礼服，仍然是在沈家寄人篱下，她要陈媛记住。

“蛮好的。”陈媛笑着点点头。

温太太忽然看着陈媛，大约才看清她这么一个人，不无惊讶地说：“这身衣服不错，陈小姐就是那位裁缝师？”

陈媛感到诗慧目光锐利地瞥了一眼，面不改色地点头。

“改天替我做几件。1929 年就要过去了，1930 年的大年初一开始，要去赴的宴实在太多了，我带回来的衣服都快过时了。”说完，自己先笑了起来。诗慧立时客气地说，做衣服的事只管说，她藏着好些衣服的图样。

“温太太是衣架子，有一大橱的漂亮时装呢。”诗慧笑着说。

温太太笑而不语，有意无意瞥了眼陈媛。

诗慧找出几本最近的时装杂志给温太太，两人专心致志地讨论了起来。陈媛抬眼看了看，发觉浩伟正看向她，他刚才到底是不是给她拍了张照片？直接问他不大可能，只有装不知道了。陈媛别过头去看窗外三个女孩嬉戏玩闹。

娜娜的名字樊小嘉是陈媛取的，她去学堂念书的事总算铁板钉钉了，和温家姐妹俩上同一所法国人创办的教会学校，为此陈媛还找来艾琳娜给娜娜补习洋文。教会学校的第一语言是英文，法语、中文作为第二、第三门语言。陈媛也想学点东西，艾琳娜隔几天来店铺里教课。

学校开学后，娜娜要住到学校去，两人同住的时间不长，感情甚深，娜娜喊她媛姐姐，像亲姐姐一样。娄敏、文烨偶尔来店铺探望，其实是仕应不好意思自己来。

娜娜很容易跟人相熟，过不了多久就开始缠着文烨、娄敏去戏班看戏。陈媛看到会讲几句，她精得很，辩解说：“是那对姐妹俩想去，还有欧大哥陪着，不会有事的。”

自从娜娜去寄宿学校后，店里的事她不用做了，沈家没想到有这笔额外开销，还顺带认了远亲，学费的事温家提出由他们承担，毕竟是他们建议娜娜去陪伴女儿们的。沈家自然不同意，面子上的事不能输了排场，不仅支付了学费，还添置了一些时髦的高档货，娜娜从学校回来也住在沈家，方便温家来接。

诗慧不大高兴陈媛再踏进沈家了，需要什么款式，打发人过来说，限定时间来取。因此，陈媛许久不见浩伟，两人就是见上一面，也是无话可说。

直到有一天，陈媛去完绸缎庄回店铺，店门口停着辆军用车，她心里一震，走近些看，门口站着一身军装的浩伟。他忽然一转身看到了陈媛，大步走向她。

“我有事跟你说。”他皱着眉，压在帽檐下的脸冷峻、肃然。

她紧张地看着阴影下的他，不便会错意，只说：“好。”

店铺里到处是裁剪下的碎布料、纸样，欧立诚做事认真、卖力，但不擅打扫收拾，从前有娜娜帮忙料理。两人站的地方随便挪一脚就踩上一团布或线，她局促地笑着：“委屈你了，这阵子空不出手收拾。”

又是一年过去，有钱的太太、小姐订了一堆单子。

浩伟默然地站在一处衣架前，犹豫再三，说：“你想去香港吗？”

“这是……”

“你愿不愿意？”

陈媛不解地说：“发生什么事了？”

“我希望你去。”说时，他目不转睛地看着她。

他这是以为她还在梁家大屋下做佣人，他随便一句话她就要听从？

“我这里走不开，店铺的事太多，还有娜娜她……”

“她能照顾好自己。”他说话时眼神中闪过一丝会心笑意，他从娜娜的身上看见了过去的陈媛，“俊伟在香港受伤了，你不想去看望他？”

“他在香港？”

“你不知道？”

一时，针锋相对。早晚，是要有这一天的。陈媛没想到俊伟去了香港，他离开了香粉弄，还有那个叫小桃妹的女子。浩伟忽然走近她站着，她不由得后退了一步，谁知他一手握住她膀子，低声问：“你怎么还没嫁？”

“你有你的仗要打，我也有我的。”陈媛轻声说。

浩伟握着她膀子的手绕到她颈子后，像是怕她突然跑了似的，另一只手捋着她鬓边的碎发，仿佛年幼时她在开满海棠花的院子里跌一大跤，他抱起她安慰。在陈媛心里的某个地方，浩伟像个哥哥，严肃、不苟言笑，她不敢亲近他。浩伟的手指修长有力，一手握着她纤细的颈子，将她头上的发卡一个个拿下来，长发披散在肩上，浩伟看着她，她静静垂下眼睑，慢慢地靠向他。

“你总算来了。”她轻声说。

他一度厌恶她，讨厌至极，不想再见她。她精明世故、韧性十足，也许就因为如此，她才能独自在一个新地方生活下去。

“我以为你和俊伟……”他没说下去，低下头在她头发上吻了吻，“在沈家见到你以前，我以为你嫁人了。”

“彦伟说的？”

浩伟捧着她的脸仔细地端详，不觉加重了手上的力道。陈媛蹙了下眉，要挣脱开他的双手，他松开了手。冷不防，陈媛在他粗壮的脖子上亲了亲，他全身一颤，像被人咬了一口，不觉得疼，反而奇痒无比。他深深吸了口气，在她耳边柔声道：“沈家的背景很复杂，你要小心。”

“我听说沈小姐和秦少帅的事，不知宛瑢怎么样了，还有淑灵，她参加游行被打伤后，一直没再听到她的消息。”

“淑灵和她母亲离开秦家后，她们住进了从前的小公馆，我跟几房姨娘说了，她们大约顾忌她跟过少帅，没人反对，小公馆现在宛瑢的名下，秦家给的钱。”

“他还很有心。”陈媛很少当面说含讥带讽的话，说的还是浩伟的顶头上司。

浩伟并不在意，说：“她知道秦家不少事，也认识了些有头有脸的朋友，给她们母女俩买下小公馆后，他要跟沈小姐成婚了。”

“王静婳当初的事是空穴来风？”

他勉强点了下头，说：“沈家财大气粗，只她一个女儿，秦、沈两家结亲，是势在必行。”

陈媛靠在他胸前，他抱紧了她，不时低下头亲吻她的额头。她说：“沈家真是不简单。”

“连累了你一个朋友。”

想起仕应，陈媛连带想到柳妈每次看她的眼神，从陈媛踏进韦家第一天起，柳妈的那双眼睛就在心里掂量她是不是个本分女子，她离开韦家，柳妈其实是松了口气。

浩伟忽然低下头与她接吻，长长的一个吻，她抓着他上衣，把脸埋进他怀中。他不得不拨开她的头发，更用力地亲吻她。他变得粗野、急躁，她伸手捂住他嘴。他亲吻她的手、衣服、耳朵，他抓过她的手腕，挺直的鼻子贴着她颈项，说：“怎么了？”

“我有事要说。”她摸到他的鼻子。

“说吧。”他埋进她的长发里，重重呼了口气。

“不要丢下我一个人。”她细声细气地说，她从不直接开口央求别人，善于察言观色的她早就明白，人是不会无条件答应别人任何事的。

“好。”浩伟闻着她的体香，说，“你也要答应我一件事。”

“你说。”她的脸滚烫，他也没好到哪儿去。

“离沈家远点，去香港找俊伟。”

陈媛气得推开他，被他一把抱回怀中，说：“让他想办法安排你出去，你喜欢做衣服，可以去巴黎，我有几个朋友在那儿，能有照应。”

“为什么？”

“听我的。”他深深地亲吻她，好一会儿舍不得移开，说，“现在局势紧张，哪儿都在打仗，沈家背后的动作不小，这些事你知道得越少越好，他们随时找人做垫背。韦仕应的事你见识到了，王静婳被家人送出去避风头。沈小姐的机会来了，我听说她新近认识了一群人，她打算把你介绍给他们，这些人……”浩伟眉头紧皱，露出深深的嫌恶鄙夷，说：“我知道你精明世故，这些人双手沾血，无论如何你不能惹上这些人。”

“那你呢，我去香港以后，就见不到你了。”

“我现在不能走，但你一定要先过去，这样我就没有后顾之忧了。”

“可店铺……娜娜怎么办？”

“温家对她确实不错，还跟人说要送三个女孩去美国念书，沈家不敢为难娜娜，她很聪明，跟你一样。”

也不知是不是在笑她，陈媛白了他一眼，又不舍地抚着他脸颊，说："你来找我是要我去找俊伟，还是要我避开去香港？"

"都是。"他吻着她手掌说。

"我不关心俊伟或彦伟，"陈媛直视着他的双眼，说，"我只想跟他们打听你的消息，你消失了三年。"

"我回来了。"

"现在你又要我走。"

"迫不得已，我也舍不得。"

"是的，舍不得。"她深深地看着他，他牵起了她的手，吊灯下的两条人影向小阁楼的楼梯移去。

"我该早些来找你。"

"是的。"

陈媛向诗慧提出辞呈，说回乡下照顾姑母。诗慧淡然一笑，显然不为所动。陈媛说店铺的事交由欧立诚打理，他现在已青出于蓝，太太、小姐们专程找他做衣服比找陈媛还多。诗慧修着指甲，说："蛮好的，是蛮好的。"

客厅里一阵尴尬的静默。

浩伟即将跟随部队离开上海，他每天晚上去店里找她，第二天早上离开。有次欧立诚来得早，撞见正从楼梯上下来的浩伟，小学徒老实地低着头自顾做事。这件事难保传到了诗慧耳朵里，看看又不像，诗慧要真知道了，不至于这么沉得住气。或许，诗慧眼下是秦泽霖的未婚妻，实在不必因为陈年干醋而节外生枝，何况浩伟还是她半个姐夫。

周妈走来说有两位客人在外头等，诗慧放下指甲油，吹着气，转过头来对陈媛忽然一笑，说：“你也该嫁人了吧？”

陈媛脸上一红，笑了笑没有接话。

“要是乡下安排了婚事，是该早点回去的。我一直想继续念书，留学时的外国同学都这样，结婚也很自由。我父母亲担心我难找婆家，我不在乎。但是，缘分来了，谁也说不准。”诗慧笑着起身，准备出去迎客人。

“我来这儿四年多了，姑母年事已高，想回去照顾她。”

“你再考虑考虑，过两天我跟你说。”诗慧头也不回地走了。

夜里，陈媛躺在浩伟的怀中，全身抖个不停，他抱着她一遍遍问出了什么事。她心里老是惴惴不安，白天神思恍惚，现在她心里有了个要担心的人，想起来就担心。缱绻悱恻的小阁楼里，每句耳边的悄悄话，听着却更像心碎声，她心里堵得慌。这样的日子感觉是偷来的，日后非得要还上，代价也许是他们难以承受的。

直至两人筋疲力尽，陈媛依然毫无睡意，想起身下床，浩伟抱过她，温柔地问：“告诉我。”

“我觉得快要失去你了。”说着，她眼眶一热，眼泪掉下来，“我一个人惯了，现在每天满脑子都是你，我不喜欢患得患失，我不想一个人去香港，每天担惊受怕你会发生什么事。”

浩伟紧紧地从身后禁锢住她，像要揉碎她瘦削的身躯，他问：

“我是真实的吗？”

“好像是的。”她破涕为笑。

“我也不想放你走。”他放松了手上的力道，把玩着她的手指，一双手纤长，上面有做衣服留下的茧子，还有几条隐隐约约的伤疤，有些他知道，有些是后来添的，他说，“等我来找你。”

陈媛忧伤了起来，他翻身压在她身上，说：“别去想，这次听我的。”

“好。”

不管怎么说，沈家答应了陈媛的辞呈，娜娜哭着说要给她送行。欧立诚低着头裁剪布料，他有话要说，却只是木讷地望几眼陈媛，她在收拾行李，楼上楼下地跑，明明没什么行李，总是忘东忘西。欧立诚张着嘴翕动了几下，还是不预备讲。

“什么事？”陈媛笑着问他。

“你一个人去？”他嗫嚅了半天，只想到这句。

“嗯。”她心想，他是不是在问浩伟。

“能带上我吗？我是说，我不会给你添麻烦。”

“留在这里照料店铺，你一个人打理，不好吗？”

“我想跟你多学点东西，我……”

陈媛走到他身旁，轻声道：“担心应付不了沈家？”

欧立诚立即点点头，一脸忧心忡忡，踌躇了一会儿，说：“温家的人也常来店里，有时就娜娜和她们姐妹俩，有几次戏班的人也在，沈小姐有次也在。”

“我不明白。”

“我说不清。”欧立诚平日里老实寡言，表情懊恼地摇着头表示他嘴笨，傻笑地耷拉着肩膀。陈媛感觉到有什么事在发生，她平时要去太太、小姐们府上讨论衣服款式，待在店里的时间不长，加上浩伟的事，她无暇分心。店里经常只有欧立诚一个人照料，兴许他是看到了什么事。

陈媛提醒过娜娜没事别经常把温家姐妹带来店里，尤其擅自带去戏班玩耍，传到温家人耳朵里不知要闹出什么事来，娜娜自个儿要去自是无妨。陈媛不常在店里，难说娜娜不把她的话当耳旁风。

“娜娜最近怎么样，你见过她吗？”她问。

欧立诚瑟缩了一下，想了一会儿说：“见过，她来得不多。”

陈媛听他闪烁其词，他抿着嘴抱歉地笑了笑，她说：“我到时候给你写信，你要有什么事就告诉我。”顿了顿又说，“凡事谨慎些，别太顺着娜娜，这丫头鬼精得很。”

他一笑，跟着点头说：“那位……韦老板他，他是不是因为和一位王小姐的事被……”

“你知道什么？”陈媛打断道，不悦地看向他。

“我……我听到娜娜在说，是我听错了。”他越说声音越低。

欧立诚做衣服的手艺必然会青出于蓝，娜娜为人处世的精明已是胜于蓝。陈媛对娜娜提过几句沈家可能不会答应辞呈，她立即便说她去说说看。陈媛只当她小孩心思，没过两天诗慧便告诉她，要离开裁缝铺随时都行，转手给了她一个信封，一个月的工钱，多一分也没有。四年多的时间，这算是两清了。

拿到船票的前一天，陈媛收到姑母从乡下寄来的信，信上说了不少乡下的琐事，姑母和几个上了年纪的老太太给人做针线活赚些钱，粗茶淡饭，日子无忧。老人家不想来上海，更不想去香港，叮嘱她以后不用寄钱了，末尾附上：往后你的路长，别想着往回走。

这是永别了？

夜晚，浩伟怎么哄她，她也止不住地哭，一边是姑母，一边是她舍不得的他。

第二天一早，浩伟拎着她的小皮箱，和她当年住进韦家时一样，还是这点随身物，这次心里还住着一个人。浩伟塞给她一封钱，要她路上小心，他穿着她新做的长衫，仿佛还是昔日梁家大屋下的大少爷，握住书册的手上，现在握着枪。

陈媛没有哭，透过泪水恐怕看不仔细他的脸，他轻抚她的脸颊、嘴唇，要不是码头人多，他会亲吻她。

“如果你不来，我就跟俊伟生十个八个孩子气死你。”她小声嘀咕道。

浩伟咧开嘴笑了起来，说：“就算一息尚存，我也把你找回来。”

在最深的拥抱里，两人依依挥别。

三年后。

俊伟的伤势差不多痊愈了，在病床上躺了一年多，两年的恢复治疗，他已能自行走动，不用拐杖。

餐厅里，服务生端来两杯咖啡，陈媛浅啜一口，笑道："还是不太习惯。"

俊伟脸上的伤痕渐渐看不出了，治疗的这段时间，他整个人苍白孱弱，一双手白白嫩嫩，无力地撑在椅子扶手上。

"彦伟过几天来这儿，他有大哥的消息。"

陈媛缓缓地点了下头，现在她能平静地等着任何关于浩伟的消息，坏消息越晚知道反倒越好，好消息不能专心等，只有快被人忘记时才有可能会来。

"你怎么不告诉大哥，你有了他的孩子？"他放下咖啡杯问，俊伟始终没弄明白女人的心思，连小桃妹这样什么事都写在脸上的女人，他也没弄懂过。

来香港没多久，陈媛发觉自己有了身孕，她不想在信上告诉浩伟，等哪天见面时，要他吃一大惊。她生下儿子没多久，乡下来信说她姑母去世了，睡梦中去的。老人家这两年时常心口痛，大约知道这病治不好，怎么也不肯拖累陈媛。姑母的后事由几个梁家老佣人相帮的，陈媛托在上海的彦伟帮忙，恰逢他要回祖屋一趟，带点钱给老佣人作为答谢。那段时间，她常抱了儿子小声地哭，若不是顾念着孩子，她真怕自己这次承受不住。

儿子长得像浩伟，喜欢皱眉头，一张小脸常严肃地看她。白天她要赶工做衣服，浩伟给她的钱，她替儿子留着，作为日后的用度。

俊伟处理完一些事后，预备带他们母子俩去巴黎，他说："别担心我大哥，他会去找你的。”浩伟很少来信，很多事由俊伟代为转达。她心想这样也好，不用次次都心如刀割，有儿子转移她的心思。

欧立诚时常来信，提到娜娜和温家姐妹的事，缠夹些莫名其妙的话：温家对娜娜这么好，大概很开明的吧，韦老板人也不错。

看到这封信时，陈媛刚在报上读到阮玲玉自尽的消息，她叹了声气，出神地想着和浩伟去看完电影《野草闲花》回去的路上，她说金焰人样子真好，浩伟说：“我长得比他好。”她笑他爱美又虚荣，他在街上吻她。

彦伟到香港后，带来了很多消息，浩伟跟着秦少帅南征北战，九一八事变后饱受各界舆论的狂轰滥炸，一·二八事变后一度失去浩伟的音讯。彦伟绘声绘色地说着各种小道消息，陈媛沉默地听着，经历过五卅惨案的俊伟听得面如死灰，昔日的残酷历历在目，他痛苦地闭上眼睛。彦伟住口不说了，轻声问了句：“几时启程去巴黎？”

“越快越好。”俊伟道。

“这样的，淑灵她们已经过去了，她们把小公馆卖了。”

俊伟点点头，便默不作声了。陈媛看了眼彦伟，觉得他还有话要说，他干咳了一声，说：“大哥受了点伤，不碍事，另有一件事……”

“什么？”俊伟和陈媛异口同声问。

“沈诗慧不知惹上什么事了，听说秦泽霖要她搬出秦家。”彦伟不自觉地笑了笑，说，“你让我照顾樊小嘉，她哪里需要人照顾。”

陈媛置若罔闻，她提醒过娜娜说话要谨慎，她担心这丫头总有一天惹来事端，连累旁人。

一个月后，三个大人和一个小孩登上去英国的轮船，彦伟有事要赶去英国，大概是在上海认识的某位小姐，两人约了在英国见面。俊伟他们也无异议，最兴奋的是抱在手上的孩子，瞪大了眼睛看周遭一切。

“还没给孩子取名？”俊伟问。

“想让浩伟取。”陈媛说。

在英国住了半年后，俊伟陪着陈媛启程去巴黎，彦伟结了婚，他在上海做投机生意，赚了不少钱，他母亲不肯出来，有自己的麻将圈，他准备结婚后回上海住。

诸事安排妥当后，俊伟告辞陈媛母子回香港去了。从此，她又要在人生地不熟的地方重新开始。她带着儿子去看香奈儿时装店，诗慧口中的巴黎设计师。回去的路上，她对已经会说话的儿子道：“以后我们一家三口，会有一间自己的店。”

男孩腼腆地笑着，抱着母亲的脖子。她不知浩伟人在何处，她坚信他一定会来。

三年五载，一晃而过。某天，彦伟来信说有朋友来看她，她心惊肉跳，一大早起床收拾，左右照着镜子审视自己，长辫子剪了，一头卷曲的短发，下巴尖尖。

听见有人敲门时，她跳起来冲过去开门，门外站着的，竟然是韦仕应，他身旁的女子看着有几分眼熟。

“好久不见。”仕应局促地笑着，女子客气而矜持。

“好久不见。”陈媛笑着迎他们进屋。

“媛姐姐，我是温向薇，你不认识我了吗？”女子脸上泛起一阵红。

“啊，真是一眼没想起来。”陈媛与她握着手，彼此笑着，她明白了欧立诚那些令人费解的话，这小学徒看似木讷、迟钝，心里早就看得分明。

从前瘦弱、风吹就倒的向薇出落得清秀脱俗，喜静孤僻的她从第一眼看见仕应便情愫暗生，娜娜去店铺、戏班，她回回都跟去。仕应经过王静婳那件事后，心有余悸，一直对向薇避而不见，向薇借学校举办义演，请来仕应的戏班子去登台演出，处处想法子接近他。

柳妈常催问儿子的婚事，让人说媒了好多待嫁的闺女由他挑，他一概不同意，柳妈以为他还想着王静婳，又猜是陈媛，气急了骂：“你本本分分不好啊，怎么总想那些个不得的，你要是再出了事，找谁来帮你啊！”仕应听不进，人非草木，他对向薇何尝没有心动。

谁知，向薇的秘密突然在社交圈里被传得风言风语。她大哥回到上海后，一直说要给妹妹找门好亲事，门当户对。事情准备妥当，就等着向薇坐上花轿时，温家知道了这件秘密。她胆战心惊那会儿，听到在裁缝铺做事的欧立诚突然失踪不知去向，姐姐霏岚人不在上海，知道内情的只有娜娜，向薇从未跟人说过。一问之下，她听出是娜娜无意中说漏了嘴，她大哥听到她常去裁缝铺，欧立诚又长得模样俊秀，男孩未长成时的瘦高个，过两年会更好看。以向薇对她大哥的了解，此事不可能善罢甘休，抓不到欧立诚还好，抓来一问，接下来遭殃的铁定是仕应。

她与仕应商量最终，决定立即收拾逃跑，等事情平静后再回来谢罪，那时，温家也自无话可说。

陈媛静静地听他们说完，仕应说得缠夹不清时，向薇立即补充上去。陈媛微微而笑地看着这对恋人，又喜又悲，想到情深不寿，一行泪落下来。还好，夜色已晚，谁也看不见。

这以后，仕应和向薇在陈媛的楼上租下阁楼，暂时有了安身之处，三个人一起打理她的小裁缝铺，通常接些附近住户的缝补活。现在她忙完手上的事，能做几件样衣吸引来客了，渐渐地，有人来店里询问做衣服的事。

“你们能来真好，我……”陈媛凄然一笑，说，“一个人太累了。”

“你心里想着他，是心累。”向薇柔声说，“别难过，现在我们互相照顾彼此，你还有儿子，这么可爱的男孩。”

向薇与仕应结婚时，陈媛赶着做完了龙虾裙，她听向薇提到过温莎公爵夫人，还给她看过报纸图片。向薇穿上裙子，潸然泪下。婚礼很简单，淑灵和宛瑢也来了，在这里都是人生地不熟，不分过去，不分彼此，有点开心的事也乐于分享。五个大人和一个小男孩，围着一桌吃饭，中间摆着蛋糕，比过年还热闹，说好以后逢年过节要多走动。

清苦、平静的日子，若不是揪心地想着谁，倒也能安心地过下去，儿子一天天长大，问陈媛：“我爹爹呢？”

她给儿子取名念浩，父子俩一个表情，说话前喜欢扯动下嘴角。

她说：“他就快找到我们了。”

仕应偶尔会在饭桌上聊几句国内的形势，向薇拿眼睛瞪他。欧洲局势也不稳定，战争一触即发，全世界都在打仗，听说可可·香奈儿关闭了时装店。没多久，仕应和向薇准备动身回上海，他母亲病倒了，戏班子早已人去楼空，报纸上对他和千金小姐向薇私奔的事极尽渲染造势。他深感母亲一人生活艰辛，夜里常辗转不眠，郁郁寡欢，离开他熟悉的生活，他只能困在这个小阁楼里做些琐碎的事。向薇放弃温小姐的身份，跟着他过清苦日子，他一个人的自私，却连累这么多人。向薇没有半句怨言，说：“这样的日子像是借来的。”

陈媛听得心慌，忙转去想别的事上。

归期定了下来，仕应带着向薇回上海，事情不会因为他们的缺席而顺利解决，世界有打不完的仗，他们也有自己的仗要打。

陈媛带着儿子一起在码头上跟他们送别，带着满心的祝福和信念，这两年互相照顾的生活，使他们深感珍贵。她说：“你们来了真好，谢谢你们来找我。”向薇哭成泪人，不知是因为离别，还是预感到了什么不好的事，抱了抱陈媛的肩膀，捂着嘴哽咽。仕应脸上没有悲戚之色，一开口，喉咙堵得慌，说不了几个字便走到边上去了。

1939年，二战爆发，香奈儿、薇欧奈的时装沙龙前后关闭。淑灵神通广大，不知从哪儿弄来尼龙袜，她说一个朋友从美国带给她的。尼龙袜在美国掀起狂潮，商店的门槛几乎被挤破。战争爆发，各种物资极度匮乏，女人们不得不在腿上涂上类似丝袜的颜料，并在腿肚子上画上一条逼真的线缝。

淑灵旁敲侧击地问过陈媛，想过回上海吗，她说：“我在这里等他。”淑灵会意地点头，她也有要等的人。

某个周末，陈媛在清晨醒来，看着巴黎早上的街道，决定带着儿子去散步。忽然前方一个人影奔近，奔得上气不接下气，一边拼命挥手。

她抓着窗框，脸色煞白地看着人影：“淑灵？”

“有事，出了大事了……”她跑得喘不上气来，还像个小女孩一样有点事老远就嚷嚷。

“怎么了？”一问出口，她心里像在打鼓，一下下敲在心脏上。

“韦大哥……他死了。”说着，淑灵哭了出来。

第三个故事

最长的暗恋是半个世纪——Christian Dior的『New Look』（1940s）

2014年夏·上海

心碎的声音像破冰，起先是一道裂缝，裂纹一点点四散、瓦解，成为万千道小裂缝，骤然破开最柔软的心脏，若能救活，也成了活死人。

我打开左荟发来的链接，网站上有我身穿海棠裙的图片，乔祺拍了一堆照片，我像个陌生人似的看着，好像第一次看清自己长什么样，想象着陈媛穿上这条裙子终于嫁给了自己深爱的男人。

爱情是不是值得等，在等到之前谁知道是不是值得，一等10年，比很多人的婚姻还长。那么，爱情与婚姻只有这样才能保存新鲜吗？她一个人在异乡带着孩子生活，坚韧又精明世故的她，还好她是这样的，转身就能把让人窒息的悲伤抛诸身后，去考虑更实际的问题。悲伤藏在心底的人不比苦难写在脸上的人承受得少，生活如此，要改变的是自己。

离开温老太太家后的几天，我消沉得对一切失去信心，我问店主婆，韦仕应到底发生了什么事，是谁杀了他？一向刻薄、毒舌的店主婆少有地叹着气，沉默了很久，她说："了解事情的欧立诚过世了，恐怕没人能知道。温霏岚一直认定是我，我因为这件事和温家不往来了。向薇去世时，我想过要去送送她，想想还是算了，她这辈子过得太辛苦，后来……精神上出了问题。"

"你和温老太太和解了？"我相信温老太太同意出让裙子，多亏了这位"老朋友"。

店主婆哼哼一笑，转开话题，说："她很意外，过了这么多年我去拜访了她，我也没想到会去。因为向薇的去世，我和她当年把丑话都说尽了。"

得有多丑的话，能让两个 90 多岁的老太太拉不下脸去和解，这架吵得有半个多世纪了吧？

"温向薇当时也不知道吗？"我问。

店主婆喟叹，说："要是知道，我会告诉你的。这次任务完成得不错，这里有张单子，拿去看。"

又是个新任务，我拿在手上看了眼，收进背包放好，小声说："幸好，陈媛等到了他。"

店主婆点点头，眼角带着笑纹，眼神柔和地看着裙子，说："太平洋战争前后，梁浩伟负伤在香港休养，他……伤得不轻。"

时间的间隙里，任何人都可能转瞬之间灰飞烟灭，只有能挨过时间的无情，才是旧时光里的无可取代。也许我喜欢店主婆说的这些事，也许我喜欢上了古董衣本身，但我决定打破砂锅问到底。

“很严重？”我问。

“因祸得福，他后来调离了前线，做些文书工作，当了两年随军记者，离开了部队。”

“他去找陈媛了？”

店主婆笑着点头，说：“他被自己的儿子吓了一跳，他的两个弟弟都瞒着没说，他还以为是……”她笑着住口。

“以为陈媛嫁给别人了，就像他们分别时，陈媛威胁他的。”

店主婆笑了起来，眼神变得很柔和，说：“陈媛气他狠心，十年音讯不通，她咬定说不知道儿子是彦伟还是俊伟的，浩伟气得不行，但他很聪明，就问孩子今年几岁，生日是哪天，这下陈媛才抵赖不了。”

我比听到什么消息都开心，只差没鼓掌了，说：“是该气气他。”

店主婆看了我一眼，笑而不语。

左荟对海棠裙赞不绝口，问我店里转手的价位是多少。我踌躇着怎么和她解释情况，任务单上的裙子是店主婆的私人收藏，裙子拿去店里做完清洁、保养工作后，我从未在店铺的衣架上见过。店主婆与陈媛的关系像姐妹，也像母女，裙子是她独有的记忆。

衣服做得再好、手工再精湛，对大多数人而言仅仅是件衣服，由从低到高的价格区分，古董衣的价值不以价格作为单一的衡量标准，没有时间的界线与流行的困惑，价格可能远高于新品同款。

下午店主婆出去后，我带左荟去储藏室看裙子，提醒她一定要戴上手套，面料用的是陈媛为沈诗慧做的丝绸长裙同一匹。店主婆告诉我说，陈媛可能早就打算好了，当时为诗慧做裙子用来练手，她把最好的留给了自己。

左荟用戴着手套的手捧着海棠裙仔细端详各处细节，赞叹道：“看照片我已经觉得很不可思议，没想到实物比照片更完美，裙子正面‘天衣无缝’，随便提起一角，其余部分垂落。看得出来，裁缝师喜欢身材修长的女子，那时西方女性抛弃了紧身胸衣，这裙子使得女人的体形毫无遮拦。我对花里胡哨的设计风格实在无感，总感觉是为求存在感的偏执狂。看到这条裙子，还有你上次穿的小黑裙，我重新发现了衣服与身体本应有的关系，穿上它，忘了它，它是身体的皮肤，就是这么舒适又自在。”

我笑着，不知作何回答。她专心致志地看裙子，又说：“海棠花明艳动人，一件纯白的丝绸长裙上画上一树海棠花，真是触目惊心。你看这些手缝的针法，你的小黑裙也是用这种假缝的手缝针法，精细的手缝能使假缝在正面的线迹难以发觉，要是用缝纫机缝合，对面料的折损较大，而且，你的裙子修改后，与原来的针脚如出一辙，是这家店铺的老板完成的？”

左荟眼睛眨也不眨地看着我，我点头承认。

“我想采访她，你觉得怎么样？”她问。

“我、我去探探她口风。”我不确定地说。

左荟多待一分钟，就有随时撞上店主婆的危机感，谁晓得她这次去会哪个老朋友。终于，左荟看完一圈饰品后，入手了几个胸饰准备要走，临了，神秘兮兮地说：“你又有新任务了？”

“有是有，不过这次……我觉得很渺茫。”

“为什么？”

“一套迪奥的‘Bar’套裙，来自1940年‘新形象’（New Look）。”

“花冠系列时装在1947年推出，二战刚结束，这款系列的衣服用料非常奢侈。”她翻到手机上一张照片，说，“看到了吧，就像这种，最经典的Bar套装是整个系列的蓝本，乳白色的山东绸束腰上衣，宽阔的小裙摆（peplum）配合细圆的肩膀，下身黑色绉褶裙子像花冠一样丰硕，当时的巴黎淑女去酒吧喝鸡尾酒就这么穿。”

我将店主婆与左荟的照片对比，她看了看说：“二战时女性的装束偏男装风，很多设计灵感直接来自军装，花冠系列是为女性着装风格的回归。你看照片上的模特，柔软的肩膀、纤细的腰，上装用天然丝绸做成，没有垫肩，腰部收紧，臀部的位置一圈衬垫让衣摆撑开，上身像沙漏。下身装是带裙撑的阔摆打褶裙，长度到小腿，搭配黑色长手套，穿细高跟鞋。你觉得怎么样？”

“很优雅，名媛淑女的端庄。”

“迪奥的新形象曾因为面料用度过于奢华，在当时备受指责，新一代的设计大师以铺张的用料砸开了时尚界的大门，那之后，几乎每年他会推出一个新形象示人。Bar套裙是系列中的经典之作。”

“你有没有可能知道，”我顿了顿，说，“有谁会收藏一套Bar套裙，同时还收藏了1940年风格的旗袍？”

左荟好笑地看着我，我厚着脸皮等她告诉我。

“这个难度不是一般的高啊，不过，我会去打听一下。网站上连续刊登了复古时尚的报道后，我确实收到不少信息反馈，反响比预期的好太多了，所以……”她眨了眨眼，我耐心地等着，她说，“采访的事就看你的了。”

“好啦。”我笑道。

这次的任务，店主婆没有给我任何信息，大概是看我之前的任务完成得太轻松，提高难度让我头痛。自从答应收古董衣那天起，我的头痛就没停止过。

我考虑过去收件二手 Bar 套裙充数，至于旗袍再另想办法，可我没把握店主婆是否会发觉。旗袍并不全是绣着“LC”，还有另一个裁缝师的作品。店主婆没直接说，我猜到是欧立诚的旗袍。

根本是死路一条，而且，我估摸着店主婆没告诉我的信息很可能她自己也不知道，她明知道我不可能比她更清楚，这些衣服出现连我爸妈还没来到这个世界呢。

去找柯维兹帮忙眼下行不通，那天在街上吵完架后，我和他不联系了。最近也没去关心琳琳的主页，没准又在秀她和柯维兹的照片，眼不见为净。

父亲对我每天忙忙碌碌的生活感到奇怪，问：“你没惹上什么麻烦吧？”

“当然没有！”好像我除了当个拖油瓶，就只是个惹上火烧屁股的闯祸精。我还想多辩解几句，他拎着公事包已出门了。

我在手机地图上查找一会儿要走的路线，佳雯忽然打来电话，我以为她跟我划清界限了。

“你在忙吗？”她开门见山道。

“一会儿就忙起来，什么事？”我喝了口橙汁，希望她会提到些柯维兹的事。

“哦。”她放慢了声音，说，“你在杂志网站上的照片不错，谁给你拍的？”

“一个摄影师，你要拍艺术照？”

“有这个打算。一个朋友问我，说衣服很好看，想问问你是借的还是哪儿买的？”

“是件……古董衣，我没买。”

“这样啊……”佳雯似乎很为难的声调，问，“我在餐厅里，你要不要过来一起吃点东西？”

“好。”

毫无疑问我会去，我能听出佳雯在电话里欲言又止的神秘劲儿。

她说的地址，我没去过，但知道是家高级餐厅。我一走进大厅，立刻有服务生上来询问，我说了名字，对方走在前面引路。

席上除了琳琳、佳雯，还有名风姿绰约的妇人。她身着浅色套装，配上几件精致的首饰，头发打理得一丝不苟，保养得很好。嘴角含着几分笑意，眼神平和，职业化的表情。

我忽然想起她是谁了，琳琳有个完美到几乎苛刻的母亲，喜欢挑剌她，琳琳只提过一次，我印象很深。或许因为家庭的缘故，我格外敏感当别人提到这个话题时的感受。琳琳谨慎地避开，她是有难言之处的。

“你是娄依凝吧，我听琳琳常提到你。”琳琳母亲眼角弯了弯，琳琳很像她，不笑、冷眼看人的时候最像。

我笑着客气了几句，琳琳母亲说：“我看到你在杂志网站上的照片，没想到你是琳琳的同学。嗯，是这样的，裙子非常漂亮，你知道转让的价位吗？”

果然啊，琳琳像她母亲，对喜欢的事物简单直接。我正犹豫时，服务生走来问点餐。琳琳母亲对服务生一招手，一双手很白皙，养尊处优的优雅手势，戴着珠宝玉石的低调雍容。

“我推荐这里的牛排，非常不错，琳琳每次来必点。”琳琳母亲转首看了看她女儿，说，“是吧？”

“是的。”琳琳安静地说。

“我点这个。”我说。忽然有种骑虎难下之势，一顿西餐价格不菲，要是我告诉她裙子是私人收藏，她还会挥着戴了宝石戒指的手招来服务生吩咐几分熟吗？

琳琳母亲很善于调动气氛，转来转去问我们三人在学校的事，不时夸赞两句。一向积极活泼的琳琳显得很安静，佳雯每说几句话便不自觉地笑着配合。我说了些古董衣店的事，关于衣服和零碎的任务，我知道店主婆不会乐于把古董衣的故事告诉别人。

“只要良辰古董衣店有你说的一半好，我就必须去见识一下了。真没想到，还有这样一间小店，这么特立独行。”琳琳母亲点了几份饮料，又问，“喜欢喝红酒吗？女孩子喝点红酒很不错。”

佳雯轻轻点了头，琳琳安静无声，我说好。

琳琳母亲从事公关行业，过着空中飞人的生活，她曾学过服装设计，结婚后放弃。公关公司的工作是应朋友之邀，从琳琳刚念小学起，每逢周末、她的生日，她母亲都在忙碌。说到这些事，琳琳皱着眉无所适从，握了几次酒杯又放下，佳雯对付着刀叉，不时抬头附和地应上几句。

我从未见过琳琳这样，犹豫着是否适时地打断，将话题引到裙子上，还是继续看这难得的一幕。

这时，一个人走了过来，笑着打招呼："欧阿姨，真巧你们也在这里用餐。"

琳琳母亲优雅地转了下颈项，嘴角漾起笑意，说："是柯维兹呀，你怎么在这儿？"说时，目光看了看他座位的方向，神情依然。

"我家来了几个亲戚，爸妈坚持要来这里吃饭。"他答得温文尔雅，看向琳琳说，"晚上看电影你去吗？"

琳琳眼神一亮，很快点头，放下刀叉的佳雯转头看向柯维兹。他挑了挑眉，说："你去吗？"

"当然。"佳雯继续对付刀叉。

"裙子的事我能想想办法。"我对琳琳母亲说，现在她是唯一的救命稻草，我得转移注意力。我没看柯维兹是什么表情，也不想看。

琳琳母亲静静地看着这一幕，她眼底掠过一抹笑意，声音柔和地说："好，随时打给我。"她写下号码递给我，显然她完全清楚这里发生了什么事。

去店铺的路上，我忽然很佩服琳琳母亲，深藏不露不是因为她的世故，而是她懂得适时的沉默能减少尴尬的场面。

离开店铺时，店主婆问我："你今天怎么了？"

"没怎么。"

她似乎叹了口气，说："你难得不挖空心思绕着我问以前的事，你的魂飞哪儿去了？"

"没飞，一直都在。"

"你晚上怎么不去看电影？"

哪壶不开提哪壶，我觉得这老太婆是故意的，我说："这里的工作还没做完。"

"到我这个年纪才想起错过了哪场电影，也太晚了点。"

这绝对是故意酸我，一想到柯维兹和她们晚上的安排，我却在这里听老太婆笑我，真是够了。

我背上包回家，发觉自行车轮胎没气了，人倒霉时喝水都呛。我只好推着自行车，想给父亲打电话，还真应了他说的，我惹上麻烦了。手机响时，我期待是左荟，这段时间只有她一个朋友，虽然不是那种凑在一起聊哪个笨蛋男孩的闺蜜，可她对我的帮忙比任何一个朋友都多。琳琳虽然清高，喜欢摆架子，她会选择性地帮些忙，她不感兴趣聆听，她只感兴趣自己的事，就因为这样，大家才喜欢她。

很多人心里渴望成为另一个人，除了他们自己。琳琳是那个假想的榜样，她热衷扮演这个角色。我问过她："你对她们说这些话，真的了解她们吗？"

“我不需要了解她们，我只要知道在什么情况下，她们希望听什么就行。”她说。

我羡慕她的情商，她也许无法成为一个贴心的朋友，但她是个对大多数人都适宜的普通朋友，提醒你保持距离的安全，和对人对事所应有的冷静、理智。一旦你自暴自弃、公主病脾气，她只会冷眼看你，然后离你远远的。

要是柯维兹喜欢的就是这样的女孩，也是情理之中。我不会成为琳琳或任何人，任何别人都已经有人了，我只能成为我自己。

当我意识到这些时，不知不觉中我比从前乐观了些。今天的事就算发生在半个月前，就够我难受好几天了。他问了她们两个，唯独绕过我，我出于自尊心把头扭了过去与琳琳母亲笑着聊古董衣。

走着走着，已经快到家了。手机响了一下就没声音了，我不打算看，肯定又是什么垃圾广告。夏天的夜晚，一个人走也不错，两个人很浪漫、很难忘，浪漫与否取决个人，难忘的多半超乎寻常，譬如吵架后的难堪。

路灯下站着一个人影，父亲有时会站在室外抽根烟，我受不了一点点烟味。

“你终于回家了。”人影从阴影处转过脸，柯维兹表情冷冷地瞅了我一眼。

我将自行车推到墙角停好，疑惑地看他，他是来继续上次的吵架，还是白天的戏剧转折？我忍不住问：“你看的电影门票售空了吗，怎么在这儿？”

他狡黠地一笑，说："没有，看完了。"

"哦。"声音闷得我自己听着都很无聊。

"你怎么这么晚，姨婆说你早就走了。"

"不早啊，所有事情做完才走。"

"两小时！你从店铺离开到家，自行车骑了两小时，你迷路了？"

"没有。"没想到这么晚了，快10点了。

"我打了你手机，你关机了？"

"没。"我拿出来一看，手机没电了，难怪刚才只响了一下，问，"你找我？"

"我在散步。"柯维兹皱着眉说。

我和他说不到几句话就恨不得咬牙切齿甩话噎死对方，能相安无事四年，真亏了琳琳"作梗"。我不喜欢自己这样，我会把喜欢的男生都赶跑。为什么他对我就不能像对琳琳那样，白天他走来餐桌边问她晚上的约会，当着这么多人的面，阳光帅气得每个母亲都愿意女儿与这样的男生交往。琳琳母亲在场，他胆子真大。

现在，他的脸色不怎么好看，我也差不多。

"你散步的距离有点远。"我说。

"是啊，肚子饿死了，你呢？"他忽然一笑。

我和他相隔些距离，一路上偶尔说上几句，他似乎有正在想着的事，我则不时看向夜晚深蓝的天空，过不了多久，我和他会有各自的白天和黑夜。

"你的照片拍得很好。"

“谢谢。”他也看到了，我有些沾沾自喜，考虑是否找乔祺拍套艺术照。佳雯肯定会，眼下正四处借行头。

“就是上次那个摄影师拍的？”

“嗯，他是摄影记者。”

他耸了耸肩，说：“姨婆跟我说了你的新任务。我想问你，你真的打算照她说的都完成？”

“有什么不妥吗？”我不解道。

“你为什么想坚持？从一开始，你就不想去。”

我一怔，他问了个非常奇怪的问题，好一会儿我无从回答，只说：“现在我有坚持下去的理由，不是第一天决定的，是仍然在决定要不要坚持下去。只有在我完成任务时，我才会更加确定是什么让我坚持下去。”

“为什么？”

“我以前总是放弃，觉得这个、那个我都不行，我悲观、消极，对一切没有信心。我甚至觉得一个人简单、直接才是纯洁，现在我才明白，这是种可悲的纯洁，人要勇敢坚韧地走下去，不变初心，才称得上纯洁，其他都不是。”

柯维兹停下脚步，表情有些诧异，说：“你居然会这么说。”

“你觉得我不会？”

“不。我觉得你会藏起来不说，准备带进棺材。”

这话分明刺耳，但他是对的。让我意外的是，他似乎很了解我。

“你怎么知道？”我问。

他的眼神在笑，说："这不难，每次无论什么事，你总是怯于表达自己的意见而乐于附和，然后按部就班地完成。你看起来积极，只因为你并不真的赞同，你只是不想去细究。"

我心里一沉，问："琳琳告诉你的？"

"不用她说。"

"我表现得那么明显？"

柯维兹沉默地看了看我，良久，说："你越是回避，别人就越可能看出你的弱点。"

管他为什么会突然出现，柯维兹至少说了一个很有用的消息。琳琳的母亲姓欧，在餐厅时我就注意到了，没去多想这样的巧合。然而，琳琳对龙虾裙表示出的关注，似乎不无道理。

我有琳琳母亲的联系方式，直接问她，我完全相信想问的结果一句没问到，还会把我知道的那些悉数抖搂出去。

"琳琳说过她外公以前是裁缝，后来转行做了别的。"我说。

"转行并不代表不再做裁缝，只是生意少，知道的人都是些老顾客。"柯维兹拿了两杯饮料坐下。

"你知道她外公叫什么？"

"让她告诉你。"

我叹了口气，不是直接问她母亲，就是问她本人，要真是我猜想的那样，欧立诚已经去世，线索还是断了。难道她家还会留着几十年前的衣服？我不太相信琳琳母亲的衣服会穿两次以上，她感兴趣杂志网站上的古董衣，谁知道是为了什么。

柯维兹口气神秘，仿佛他知道很多我不知道的事。他们的关系这么明确，还是其实他们一直亲密无间，是我傻得从未看出来？

我低着头拨弄吸管，感觉有点尴尬，他们已经在交往了，琳琳看到我和他晚上在一起喝饮料会作何感想？碍于面子，她表面上什么也不会说，但接下来，她的整个朋友圈都将视我为敌，我相信她在这方面有惊人的天赋和表演欲。

“你在想什么？”柯维兹问。

“不用陪她？”

他放下饮料，奇怪地看着我，说：“陪谁？”

要么他演技真的太好，要么我问得太委婉，说：“你晚上和琳琳约会完来找我，她知道吗？”

“她不是我妈。”他冷道，表情沉了下来。

柯维兹皱着眉头一言不发。我尴尬地看向别处。

“姨婆没说这次任务的信息，所以你不用去找。”他打破沉默说。

他继续道：“姨婆觉得有些事你暂时不知道的好，她知道得也很少，当时误会很深，琳琳外公……”

“他被错当成温向薇的恋人，差点出了事？”我干脆道。

他缓缓点头默认，说：“不止这些，一说到这件事她就发火，她跟你说过她曾嫁给梁彦伟吗？”

我摇头，诧异又好奇，说：“梁彦伟结婚了……不止一次？”

“他和外籍老婆并没结婚，我听说的是这个版本。”他笑了起来，气氛变得缓和了，道，“他之后娶的老婆去世了，是在香港旅行时发生了意外，他又回到了上海。姨婆离开温家后一个人出来做事，她一直想找机会跟琳琳外公解释清楚当年的事，可不知怎么，误会更深了，她嫁给梁彦伟没几年，还是分开了。”

我不知说什么好，这些祖辈们之间的事，让我一个毫不相干的外人周旋其间去收古董衣，更让人纳闷的是，我居然还没被人赶出来。祖辈们的那些事，后辈们大多不愿提起，不一定是有什么不可告人，当揭开时间的面纱，看清真相或假象，发觉原来人都是这么一步步变得乏味、冷漠、面目可憎……欧立诚年轻时是个俊秀又勤奋的小裁缝，太太、小姐们喜欢找他做衣服，爱慕之心也是有的，麻烦随之而来。

“温向薇和韦仕应后来的事，你知道多少？”

“不清楚。姨婆说过，沈家后来搬离了上海。沈诗慧，她离婚后去了欧洲，没人再听到过她的消息。”

“那天在温老太太家，我想问她，是不是她哥哥……找了人，我实在问不出口。”

“温家姐妹的哥哥人脉很广，有些是帮会中人，很难说。”

“温家气愤是一回事，可温向薇已经结婚了，不至于吧……我怀疑是不是另有原因。”

“温家后来才知道事情真相，姨婆认为是有人从中作梗。”

“沈家的人？”

柯维兹耸了下肩膀，说：“沈诗慧成了谜，很多事又和她不无关系，可她当时很可能并不在上海。”

“我猜，琳琳母亲或许知道些事。”

他忽然笑了笑，缓缓道：“总之，你别想置身事外。”

“为什么？”我脱口而出。

他起身示意往外走，时间已很晚，说：“过去是曲折的，谁也不知道哪天会绕了多大的一圈又绕了回来。”

我决定先找佳雯问一下，她最近常打听裙子的事，表现得异常热衷，像在刻意提醒我，她从事的公关职业与琳琳母亲有种关联，一个是下属，一个是老板。

“衣服的事怎么样了？”佳雯在电话里问。

“还在进行中。”我不动声色地说，“琳琳母亲穿高级时装，会在乎这些古董衣？”

“怎么不会？我在她家见过好多类似的古董衣，旗袍也很多。她保存了很久，我一开始还不大相信。衣服保存这么久还能穿吗，就算能穿，也不敢穿吧？”

“有多久？”

“好像……”佳雯想了想，说，“琳琳外公留下来的，为了这些衣服，他们家还闹过不小的家庭矛盾。”

“为了谁更合适穿古董衣？”我开玩笑地说。

佳雯犹豫起来，她显然知道原因，但她得保密。

于是，我说：“这些她不会轻易告诉别人的，算了。”

“衣服是她母亲收着的，她家有个大衣橱专门放古董衣，我有次去正好看到。衣橱里的旗袍是她外公做的，还有些别的衣服，时间都非常久。”佳雯停顿了一会儿，又补充了一句，“别说是我告诉你的。”

“几件古董衣而已，要这么神秘？”

佳雯沉默不语，我见激将法不管用，说：“我改天去问琳琳母亲，反正她看中的裙子也快有消息了。”

“你别去问，”佳雯紧张道，“她会知道是我说出去的。”

“可我要告诉她海棠裙的事呀。”

佳雯急了，说：“衣橱的事只有我知道，我跟琳琳保证过谁也不说，在他们家不许提古董衣的事。”

“事情是这样的，”我灵机一动，胡诌道，“我跟店主婆提过之后，她提出交换，但不出让。海棠裙虽然只有一件，裙子本身的价值毫不逊色一橱衣服。要不你跟欧阿姨说说看，既然你担心我弄巧成拙，你去说。店主婆的意思是除非有价值相当的衣服作为交换，不考虑其他条件。”

“一件换一橱？”佳雯惊道，她郑重地重复一遍。

“价值不与数量成正比，你去跟欧阿姨说说看，她会明白的。”

说完，我挂上电话，心里直打鼓。

趁热打铁，我骑上自行车去找柯维兹，我知道他经常打球的地方，电话上说不清楚，我得当面跟他说。

找了三个地方终于发现他，他和一群光膀子的男生在篮板下休息，我在铁丝网另一边朝他挥手，起先他没看见，他身旁的同伴开始起哄。类似这样的场景，男生喜欢在兄弟们面前争面子，尤其是队友在场。

他回过头看了眼，手上的球扔给队友，拿了毛巾搭在肩上走过来，面无表情地说："什么事？"

他并不惊奇我是怎么找到他的，在学校里时经常有女生围观他打球，太阳底下无新鲜事，他习以为常了。

"找你帮个忙。"我眯着眼睛看太阳光下的他，太耀眼，我感到阵阵头晕目眩，说，"事情有点眉目了，还需要你去说服店主婆一件事。"

"晚点聊，嗯？"

我看不清他的脸，脑袋变得越来越沉重，抓着铁丝网，眼前无数块碎片落下，骤然一片漆黑，我摔在地上，听到有人在喊我名字……

醒来时，我躺在休息室的长椅上，门外有走来走去学生模样的人，学校已经放假，还有一些勤奋想节省路费的学生住校。我感到脸上有块地方很疼，手、膝盖上擦破了皮，四肢乏力得只能慢慢坐起，努力回想着发生了什么事。

休息室的门被推开了，几个人走进来，站在最边上的是柯维兹，另外几人脸上一笑，很快转身出去。柯维兹瞪了他们一眼，转过头来说："你怎么样？"

"还好，我刚才摔了一跤……"我想是摔到头了。

"你中暑了。"他坐在边上的椅子上。

“我怎么到这儿来的？”

他抬眼看了看我，说：“你要我帮什么忙？”

我一定是来错了，先是不请自来，又在球场外招呼男生过来说话，这显然是女朋友才有的特权，我“犯规”了。他沉着脸，不耐烦地等着。我话到嘴边，却开不了口。

“什么忙？”他重复一遍，随时准备起身离开，门外有人在等他。

来的时机不对，怎能怪别人呢？我说：“你有办法说服店主婆吗？我想到办法了。”我把和佳雯说的告诉他。

他沉默地看着空间某处，似乎有无数念头飞过，说：“你知道上次的裙子对姨婆有多重要吗？”

“我知道这次的任务有多重要，更知道对双方而言是多重要的私人收藏。”我知道这个主意太擅作主张，不说会带来什么后果，一想到两家的渊源，已足够让知道详情的人唏嘘半天。

休息室的门被推了几下，又关上，像随时有人走进来，唯独不见人影，像是在告诉里面的人，有人在看着。既是恶作剧，又带着一种不全是玩笑的揣测。

柯维兹转过头不理会，低着头想了一会儿，问：“你确定要这么做？”

“要是双方能见上一面，也许当年的误会也能说清楚。你看，几十年不相往来的两个老太太，会为了一条裙子和解，登门拜访。裁缝师去世了，误会也该过去了。”

“琳琳那边怎么办？”

“佳雯先去说，”我试着笑了笑，见他无动于衷，又说，“这件事她很积极。”

他刚想说什么，冲进来几个他的队友，大呼小叫地喊他名字，忽然回头看了看我，嬉皮笑脸的表情，其中一个说：“球不打了？还有下半场啊。”

我讨厌他们几个，在学校时总喜欢找一群女生在球场外充啦啦队，无论大小比赛，他们一个个勾三搭四，仿佛不趁着年轻尽情折腾，就对不起这个年纪。柯维兹和他们非常铁，还组了乐队到处参加音乐节，颇有一群小粉丝。

他们离开后，对我的提议，他既不点头也没回绝，再多说什么都像是我在求他。我向门口走去，他忽然挡住门，说：“你骑自行车就穿这么短的裙子？”

我又惊又羞，说：“关你什么事！”

“你突然跑到球场找我，说了几句就晕过去，我不知道该怎么跟别人解释这种情况。”

他一定是吃错药了！我听得脸红耳燥，反击道：“你平时都给人什么印象，才会让人这么想？！”

“嘿！”他不屑地撇撇嘴，说，“现在你是话题人物，那群浑蛋都在打听你的电话，你要不去外面转一圈，看看哪几个顺眼的多留几个电话，以后会很忙的。”

“好啊，你去叫他们进来，我一个个问过去，保证不错过一个。”

“哈，你还要我帮你什么忙？”他眼神充满挑衅。他是故意的，一旦有什么事让他不满意，他会先激怒对方以减轻自己的心理负担。

我气得掉头就走，他一把抓住我手腕，说：“话还没说完。”

“有什么好说的！”

“噢，对了，我没照顾到你脆弱的内心感受，现在让你深感失望，你委屈得掉头跑开，事情就算解决了？你一有事发生，就清高地避开。别人都灰头土脸时，你隔岸观火，很有满足感！”

“胡说八道！你根本不了解我，只会刻薄别人！心里一有不满意的事，你就从别人身上找存在感。女孩子围着你，把你当成假想的对象，你从不跟她们挑明任何事，你喜欢若即若离不受拘束。因为连你自己都知道你只会让人失望，你根本不是你表现出来的那样。你是个假象，适合被不了解你的人接近，一旦熟悉，你只能用善变掩饰你的不自信。”

这次吵架的后果，我不仅在社交网站上看到几个人在议论，还有柯维兹抱着我去休息室的照片。我完全不记得还有这件事，甚至有人拍了十几秒钟的视频上传，在好友圈里转发。

佳雯一天两次电话问我事情进展，表面上在问裙子，实则打听我和柯维兹的事。她现在不站在任何人一边，她要取悦于人，顺利完成她的任务，谁也不得罪是必要的。

“琳琳和柯维兹最近常在一起，以前一群人看电影、吃饭，现在是他们两个单独出去。”

“我没看她的主页。”

"她没更新，别人看到的。他们现在很低调，我昨天去找琳琳母亲说工作上的事，看见柯维兹也在。"

我只想扔了手机倒头大喊大叫，可店铺里还有几个顾客，为了不被当怪物看，我咬牙忍住。

"蛮好的。"我说。

"他们明天去游泳，另有几个人一起去，你去不去？"佳雯不死心地问。

"都是一对对的？"

"男生是关上一扇门，转身推开另一扇门。我找了个朋友一起去。"她说得轻声细语。

"我晚点告诉你，店里很忙。"

"生活太有戏剧性了，不过也可能就这段时间，等以后一切都尘埃落定，一定乏味得想吐。还有一件事，琳琳母亲同意了，她原本说考虑几天，刚才打电话问我裙子什么时候能交换？"

"我……"我头皮发麻，柯维兹还记得这个忙吗？他现在还有空管别人水深火热吗？我嗫嚅道，"我晚些告诉你结果。"

挂断后一个多小时里，我踌躇着怎么跟店主婆说，她在柜台后看记账单。

"旗袍和 Bar 套裙有消息了……"我试探地说。

"我知道了。"店主婆斜了我一眼，说，"你去安排时间，我要亲眼看看衣服才能决定。"

我如释重负，不管怎样，柯维兹还算是个守信用的浑蛋。

佳雯收到消息后很快回复我，她听上去比我还激动，说：“明天下午，在琳琳家见面。她母亲在，我去接你们，裙子一起带来吧。”

“好的。”

第二天中午，佳雯比约定的时间早了半小时，我拿着裙子一路走在前面，店主婆缓缓走出店门，对着佳雯看了又看，神情有些奇怪。我问：“怎么了？”

“走吧。”店主婆坐上车道。

我和佳雯面面相觑，老人的脾气比孩子还多变。

琳琳母亲在客厅摆了茶，一见店主婆便笑着迎上来，热络地说：“樊阿婆，咱们又见面了。”

店主婆也笑了起来，拍了拍她搀扶过来的手，说：“上一次见你，你还是个小姑娘。”

佳雯对我做了个惊讶的表情，我摊手。人到一定年纪，既有让人乏味得想逃跑的平庸与无望，更有让人惊叹的面目尘封在时间的雾霾之后。

客厅另一头，一阵轮子滚动的声响，琳琳推着衣架过来，眼神在我脸上一扫而过，对佳雯点了下头。她母亲转过脸看了眼衣服，说：“去把我放在柜子下的盒子拿过来，直接拿过来。”

琳琳走开一会儿，门铃响了，佳雯立刻站起身去开门，声音提高了些，说：“是你呀。”她回到客厅，来人走在身后。我抬头一看，偏巧与柯维兹的目光相遇，赶紧转开视线。

店主婆与琳琳母亲坐在一处沙发上叙旧，佳雯翻着手机，也许在琢磨怎么更新好友圈。琳琳在见到柯维兹后，微微一笑与他坐在一起，笑靥明媚。我想起他们今天要去游泳，佳雯也会去，一会儿就剩下我和店主婆、琳琳母亲，太令人沮丧。我的生活被困在了不属于我的时空里，别人有新的、变化的生活，我却在寻找逝去的、不复存在的往故，就像我对柯维兹，也是过去四年留下的残余，我舍不得迈过去，怕一无所有。

佳雯似乎同情地看了我一眼，我生着闷气，闪现在眼角的是那对恋人旁若无人的窃窃私语，琳琳斜靠在他的胳膊上，柯维兹低着头与她说话，别人听不见。

“还有个摄影师会过来，”我清了清喉咙说，“他是摄影记者，杂志网站上的照片都是他拍的。”

乔祺问我能否拍几张照片时，我犹豫再三没有答复他，刚才发了个信息，在没有征得琳琳母亲同意之前擅作主张答复了他。

琳琳母亲点头一笑，面色温和，说：“只要这几件？”

“嗯。”我心虚地点头，唯恐这点小伎俩被她看穿。

店主婆表情难辨，专注地看着衣架上的衣服。佳雯很开心，说：“这位摄影师太难约了，我的照片要排到下周。”

我试着插科打诨转移乔祺的日程安排，忽见柯维兹绷着下巴看我，我转向佳雯说：“他提前了几个工作安排腾出时间给你拍照，原本今天约了去游泳。”

瞬时，客厅里的气氛变得怪异，优雅从容的琳琳母亲瞥了我一眼，继续与店主婆聊天，两人手上拿着一叠信封和一些纸片，破旧、泛黄，皱成一团的纸上写着密密麻麻的字。

“我们现在就去吧，他们应该快到了。游泳结束后，他们决定去周边小镇住一晚，你觉得怎么样？”琳琳眼神专注地望着他。她母亲听了皱了皱眉，想要说什么，拿起另一封信与店主婆继续着话题。

“不急，听听这件事。”柯维兹低声道。

“现在我要说一件事，”琳琳母亲站在客厅中间说话时，先对着柯维兹微微一笑，继续道，“佳雯，你也会想知道的。衣架上的这些旗袍是我父亲生前亲手做的，这件迪奥的 Bar 套裙来自他一个朋友的赠送，我父亲和这位特殊的朋友之间的关系一直是我们父母之间的隔阂，这也不算什么秘密。他是个性情古怪的裁缝师，退休后还继续在裁缝铺里做事，我母亲与他不睦，从我懂事起就这样，琳琳从小跟着外婆。”她手上拿着一封信，细细读了几段，眼神沉静地看着她女儿，又看向店主婆，店主婆鼓励地笑着。

“我直到父亲去世后，才知道事情的前因后果，今天跟樊阿婆聊了后，种种误会才明白过来。我父亲或许喜欢过别人，或许他一直没忘记过，我不相信我母亲和别人口中形容他的寡情孤僻，没相同经历的人，不会理解他，连我母亲也不能。”声音低了下去，大约是想到了感慨之事，琳琳目不转睛地看着她母亲，她从未见过她苛求完美的母亲也会失态。

“那时二战刚爆发……”琳琳母亲轻声说。

“梁浩伟在淞沪战役中身受重伤，太平洋战争爆发前，他离开上海去巴黎找陈媛。”店主婆缓缓道。

民国・上海

艾琳娜沿着苏州河一路跑，她穿着一身粗布外套，卷曲的头发被风吹得张牙舞爪，刚进入 11 月的上海湿冷阴霾，她眼眶通红。她跑得气喘吁吁，一路上不少行人看着这个外国女子，她一刻不停地跑着，一直跑到外白渡桥才渐渐停了下来。她祖父是英国人，年轻时来到刚开埠不久的上海，清政府为办洋务及外交事务设立了总理衙门，海关属于总理衙门管辖范围，她祖父在伦敦办事处报名参加考试并顺利录取，成为清政府的海关雇员。当时担任清政府第二任海关总税务司的是英国人罗伯特・赫德，在任长达 48 年之久。1865 年之前，艾琳娜的祖父在上海生活了三年，又在北京待了两年，之后回英国娶妻生子，此生未再重返。五年多的生活，拍下了近百张珍贵的照片，在她的记忆中，上海是个有很多河流船运和长辫子百姓的城市，没想到有一天她会追随她祖父的脚步，与一个中国男子来到这里。

宁静的苏州河变得拥挤、嘈杂、繁忙，南北货、洋货从上海入港，沿吴淞江运河入长江，水运四通八达。

她和这座陌生城市结缘不仅仅是几张照片，或某个人，有一天，这里还成了她的避难之地。

欧立诚逃出裁缝店走投无路找到艾琳娜帮忙，他家有母亲和一妹一弟，温家的人去他家找不到他，没怎么为难他家孤儿寡母，他母亲要他逃命要紧，知道温向薇去向还好，他确凿一无所知，难免一顿皮肉之苦。温向薇性情冷漠孤傲，未满20岁的欧立诚，还是一派文弱俊秀少年的模样，去给女客量身裁衣常惹得一些嘴碎的老妈子以为他是面首。温家除他以外，没有合适人选可以疑心，不久便被人传得沸沸扬扬，温家姐妹俩与小裁缝间的亲密，常有人看到他们三人在一起。温家怒不可遏，一个小裁缝竟有这么深的城府，事情的细枝末节被描绘得污浊不堪，真假不重要了，找到人势必要出口恶气。温霏岚事发前后人不在上海，大哥温争鸣年轻气盛，放出话来要打断欧立诚的腿。

艾琳娜白天要去医院帮忙，回到家时筋疲力尽，有几次她看到樊小嘉也在医院里，隔着不断被抬进抬出的伤员担架，一转眼，她就不见了。日军空袭后，十里洋场烧成一片火海，闸北区烧成人间炼狱，到处是尸首残骸，单就外滩华懋饭店和汇中饭店这一段短短的路，1600多名平民被炸伤亡。沪杭甬铁路上海南站被炸得片瓦无存，当时在车站候车的200多名旅客当场被炸身亡。

每一天，都有触目惊心的伤亡数字，她身处在这座城市，日夜记挂着身在法国的家人，以及嫁去奥地利的妹妹一家。

“法国也不安全吗？”欧立诚不知从哪儿弄了粗厚的碎布料，预备拼凑着做件外套，布料质地极其厚实，能熬过这个冬天。

“我们家是犹太人，妹妹两年前嫁给了一个住在维也纳的犹太青年。”

欧立诚放下手上的剪刀，不明所以地看着她，她擦了擦眼角，说："纳粹德国不喜欢犹太人。"她寻找着用最言简意赅的词汇来表达，说，"必须要逃跑，我父亲很担心，我母亲生病了，妹妹有了孩子。"

"你想把他们接过来吗？"他问。

艾琳娜哀伤地闭上眼，欧立诚握着她的手，她笑了笑。他说："这里不安全，还能躲进租界去。"他想到了位于法租界的温家、沈家，不禁一颤。艾琳娜沉默地对这个男孩般的男子一笑，他像个弟弟，有时半天不说一句话，有时很聪明地能明白别人的处境。

她租住的屋子除有一间狭小的卧室，只有靠着阳台的过道，夜里欧立诚便在过道里打地铺。附近的居民常拿怪异的眼神看他们，见她一个外国女人，不便多问，再看欧立诚长得漂亮，客套几句便来打听。欧立诚知道温家的厉害，他十分小心不想连累别人，住了两天，他便四处另寻落脚之地。

艾琳娜劝他："不急，白天你来医院帮些忙，住处的事会有办法。"

欧立诚自己存了些钱，他梦想有天开间自己的裁缝店，楼下做生意，楼上他和母亲、弟妹一起住，一家人和和美美。

1937 年 8 月，淞沪会战打响。战事爆发以后，市内的交通、工商业几近瘫痪，只有两大租界尚且保持暂时的稳定与和平，大部分工厂开始在租界内恢复生产。经过 3 个月的拉锯战后，最后一批国民革命军撤离上海，公共租界苏州河以南区域和法租界成为被日伪势力包围的"孤岛"。城市中心为公共租界中区、西区（时因公共租界北区、东区工部局已无力管辖，但不算作沦陷区）和法租界，日军尚未能进入，因而形成四周都为沦陷区所包围，故称孤岛。

孤岛时期，轻工纺织业恢复最快，往来欧美的定期航班也相继恢复，原先受战争影响的水路交通已基本恢复。

欧立诚租了间小店，对着街，晚上打地铺睡在店里，后门对着一排石库门和九曲十八弯的弄堂房子，是个喧杂也安稳的地方。隔壁住的是当过教师的方先生，因为学校被炸而成为自由撰稿人；两名舞女住着一套两室户，白天睡觉，晚上妖娆地出行，从她们身上总能看到最新流行的款式，她们是这附近的话题人物，欧立诚打理店铺预备开张时，她们便来照顾他做了第一笔生意，出手阔气；一个做小手艺的赵师傅，曾混过帮派，后来出了事，断了两截指头；另有对中年夫妻，带着两个孩子，中年女人每天的工作是打听别人家的闲事，十分能说会道，见过艾琳娜几次后，常来店里问东问西，嘴上说笑话，一张脸笑得比小姑娘还红润，找欧立诚做两件汗衫、一件长袍，布料用度算得精准。

1938 年 3 月，德国吞并欧洲第三大犹太人聚居地奥地利，纳粹欲将当地犹太人赶尽杀绝，规定集中营的犹太人要能离开奥地利就可释放，赶不走的则在集中营里成批屠杀。

艾琳娜惊闻远在奥地利的妹妹被抓去集中营，妹夫跑了各国大使馆，得到的只有失望。她到处打听消息，同时预备先接她父母过来，孤岛时期的上海不需要签证、不需要经济担保、不需要工作证明即可进入，身在集中营的妹妹要先获得签证才被允许离开奥地利。她父母终于平安抵达上海后，她一直不忍心告诉他们实情。

从外白渡桥往回走的路上，欧立诚一路骑自行车追上她，老远就向她招手，车飞快踩到她面前，高兴地说："房东答应将空余的房间保留着，暂时不会租给别人。"

艾琳娜的住所在空袭中毁于一旦，欧立诚给他们一家在虹口区找到一处落脚地，离他店铺不远，房东还有一间空屋，艾琳娜预备留给妹妹一家居住。

欧立诚见她神情悲凄，敛住笑容，关心地问："这里很冷，你怎么了？"

"我妹妹可能出事了。"她哽咽着把事情经过告诉他听，欧立诚听了一阵沉默，两人沿着苏州河一步步往家走，这时，他问了声："去中国大使馆试过吗？"

艾琳娜一怔。他继续道："我听几个经常来店里做衣服的太太说起过一件事，驻维也纳的大使叫何凤山，他惹恼了德国人，被没收了大使馆的房子。"

艾琳娜立刻笑了起来，一双眼睛笑得特别亮，她抱着欧立诚亲了下，说："太好了，太好了。"

一个多月后，风尘仆仆的一家四口抵达上海，艾琳娜一见妹妹安娜忍不住先哭了，安娜一边笑着安慰她，一边跟她介绍一双儿女，安娜的丈夫拿着行李静静地注视她们姐妹俩，刚会说话的孩子好奇地瞪大眼睛。

逃离奥地利的安娜一家人已一贫如洗，曾是工程师的安娜丈夫做起了小买卖，卖毯子、肥皂、皮鞋、削刀，磨剪刀，生活很清苦，欧立诚经常去看望他们，给他们带些生活用品。

太平洋战争爆发后，日本正式向美国宣战，日军随即进驻租界苏州河以南区域，至此上海全部沦陷，孤岛时期就此结束。

欧立诚接到陈媛的来信，她与梁浩伟已共结连理，巴黎遭德军攻陷，法国向德国投降，双方签订停战协议，她对国内的局势忧心忡忡。

陈媛问他是否考虑来巴黎做事，她怀有身孕，店铺现在由淑灵帮忙打理。淑灵也结婚了，嫁了个生意人。浩伟帮忙管账，他身上的伤留有后遗症，有时一连几天卧病在床。挺着肚子的陈媛忙不过来。宛瑢年纪渐渐大了，虽说不至于人老珠黄，越来越顾忌出门见人，让人看到她衰老的模样，美女迟暮，格外凄凉。

欧立诚与他母亲开玩笑说出去做事，他母亲的脸立刻塌下来，惊惶地问："你又惹上什么事了，韦仕应的事还不够你教训的？"

一说起这事，他心里也是一震，好好的一个人就这么没了，温家知道前因后果，继续反对效果不大，撵出去，两人走得也很痛快。温争鸣咽不下这口气，他是留美的学生，不知怎么总沾着股匪气，仔细瞧也没几分斯文相。他回到上海后，与一群帮会里的人混得很熟，社交圈里都知道温大少不好惹。

温向薇与韦仕应自己租房子住，柳妈闹别扭不肯一道住，十分恼怒儿子一声不响一走两年多，一班跟着吃饭的戏班兄弟起先只当他过些时候就回来，大家互相鼓励支持，怎晓得是这样，戏班早已一拍两散，个个都是心灰意冷，有怨气。

柳妈不肯同住，还因为富家小姐不好相处，儿子肯为了她丢下老母私奔，以后住在一起也是要受气的。她摆足做婆婆的架子，心里还有点顾念陈媛，仕应说她已结婚生子，柳妈有些不甘心地补上两句："当初就知道她不简单。"还想再说些什么，想想仕应也没娶个让她满意的儿媳，便住口不说了，生起闷气来。

欧立诚听说他们回来的消息时，曾想过找机会去拜访一下，可店里总是有事走不开，家里又一堆事，每天忙到后半夜，就他一个人顶着。考虑雇个学徒，弟弟妹妹还都在念书，欧母在店里帮着收拾整理，去年摔过一跤后，腿脚不大方便了，一到阴雨天气只能靠着休息。

经常照顾店里生意的那对舞女，热衷各式各样的旗袍。战时上海与外界隔绝，兴起本地的服装，尤其旗袍，长度缩短至小腿中部，高时到膝盖处。炎夏季节多是无袖，领高降低，省去种种烦琐的装饰，设计简便、适体。

中年女人叫珠兰，常拿些旧衣服要欧立诚修改拼凑成一件新的给孩子穿，她自己穿土布、毛蓝布做的旗袍，式样简单。挽着她丈夫晚上去看电影时见欧立诚还在店里，笑吟吟地说："欧师傅，还在忙呀，钞票都让你一个人赚光了。"她知道欧立诚有母亲和年幼的弟妹要照顾，话里听着带着羡慕，还泛着一股酸味。珠兰的丈夫原本是个小开，染上赌瘾后，家里能变卖的都进了当铺，现在帮人做账目，一个月赚的刚够开销。夫妻俩吵起来，她扯着嗓子眼地骂：

“我是瞎掉才会跟你！”门摔得砰砰响，从没见她赌气回过娘家。

为了跟舶来品对抗，时兴穿国货，几个看着像跑单帮的女子来欧立诚店里做衣服，对面料很挑剔，看不上人造丝、人造羊毛。欧立诚的柜子里有陈媛先后寄来的面料，纱、绘、绸、缎、花呢、棉布，一块阴丹士林蓝布被三人同时看上，争得差点脸红。

孟紫桐笑着替她们解围，说：“让人看笑话了。”她年纪最多二十，秋水剪瞳般的一双眼睛，说话声音轻柔。她来店里时，身边伴着几个少妇，时间久了，她说起自己原先在北平念书，家里逼婚就跑出来投奔亲戚，本准备去香港念书，一打仗，就耽搁下来了。

她和她的同伴不太一样，衣着打扮还是个女学生，一身棉布旗袍外罩绒线衫，围巾、手套，齐耳短发服帖地用发卡固定，露出一对好看的珍珠耳环。她侧过脸去看样衣时，欧立诚有意无意地瞥了眼她轮廓精致的脸，化了妆的，很淡。第一天来店里时，紫桐素面朝天，戴了对银手镯。

同伴之一试了衣服后，还有几处要改，约了过些天再来，走出店门忽然“呀”了一声，说：“那天我走不开，事情怎么这么不凑巧。”其余人，只有紫桐有空，她空出的时间既不去喝咖啡也不听爵士乐约会，她们对着她笑，她一脸笑吟吟的不在意，说：“我替你来取衣服。”走时，转头对着欧立诚看了一眼，他听见了。

她们前脚刚走，珠兰后脚进店，一脸笑着说：“又来照顾你生意啦？”她们来店里的第一天起，她就在疑心这些衣着时髦的女子是特意来找小裁缝调情的，自从那对舞女搬来后，她丈夫天天守时回家，为了赶在她们出门前隔着窗多看几眼。夫妻多年，陈年老醋吃不香，干脆尖起嗓子骂他败光家产，让那对舞女听听。

“衣服要改。”他说，心里想着紫桐走时的眼神，沉着脸不让珠兰看出来。

珠兰侧过来、侧过去看他手上的布，说：“这面料长远不看见，她们倒有本事买到。”

华贵艳丽的面料，包括一些镂空和透明的化纤、丝织品，在贵太太们间很流行，旗袍里面穿精美蕾丝衬裙或西式内衣，经济能力不够的女子作兴缝假花边在袍里，充作蕾丝衬裙。年轻点的女子欢喜素色和条格棉布。

欧立诚听她说话久了，晓得她疑心她们几个路数不正，随口说了声：“是啊。”

傍晚，吃过晚饭，欧立诚想带了弟妹去看电影，他母亲不允许两个小的去，不上进念书，姐弟俩跑出去在外面逛了一天。欧立诚想替弟妹说几句好话，欧母板着脸怎么都不肯。

一会儿，天又飘起雨，他离开家，门背后还能听到妹妹哭得抽抽噎噎，弟弟干哭几声站在边上发愣。

电影院在放《马路天使》，他看过的，忍不住又看了一遍，不单单为了周璇的歌，不只女演员漂亮，是整个故事也这么美。

欧母托人介绍过几家姑娘给他认识，以前是真的忙着做事，他一心想多攒点钱，一家四口过安心舒坦日子，一旦成家，负担只有更重。私下里，他考虑过陈媛的提议，她寄来服装图样，新式得难以想象，是他不惯做的款式。以前有陈媛盯着，做过不少洋装，他自己喜欢中式的服装。

紫桐喜欢跟人谈论香港带过来的新品，她自身衣着简单素雅，对潮流十分敏锐，难怪能发现欧立诚的裁缝店，一眼看出他手艺好。白天她来店里取衣服，当时店里没人，头一回两个年轻的单身男女同处一室，店门外人来人往，随便张一眼就看得清清楚楚，不至于有什么不可告人。她大概也没想到，今天店里只有裁缝师一个人，平时除了她和同伴，总有附近邻居进进出出。她对他笑了笑，大约还防着这时有人忽然走进来看到，心里生出误会，尤其珠兰这样的，势必藏着个秘密似的笑给紫桐看。

本来嘛，年龄、相貌看着也般配，可自从上回欧母来店里时，珠兰正好也在，拉家常地一路从带孩子说到欧立诚身上，欧母起先没怎么在意，珠兰开起玩笑地夸欧母有福气，说他儿子年纪轻轻自己做老板，不单附近的老邻居过来照顾生意，有些太太小姐们也专门跑来请他做衣服，特地补充道：“经常来。”

欧母面上笑笑什么也没说，一下子就想到仕应的事上去，到了晚上，饭桌前剩下她和儿子二人，她郑重地说：“你年纪不小了，娶媳妇算是替我着想，有人相帮你做事，我还能有几年清福好享。你看你娘现在，三天两头为了腿上的病走不了路，你弟弟妹妹还小。”

欧立诚沉默地听着，他父亲在他 12 岁那年突然倒下，肺病，熬了一年多去了。他母亲打听到陈媛店里招学徒，赶紧托人送去做事，家里算是少了份支出。他不敢忤逆母亲，只有不作声。

走出电影院，他想着这几年的变化，陈嫒离开上海时把藏着的布料送给他，反正也带不了很多行李。她像是很有预见，物资匮乏时期，他用这些布料做了几套精美的服装卖出去，赚了笔钱，足够他支付几个月的房租。条件允许，陈嫒偶尔还会寄些东西过来，他知道她大概也想回来继续开店做衣服，加上她这些年在国外的熏陶，款式新潮气派，一边是国货兴盛，另一边舶来品仍然吃香。

“欧师傅，这么巧呀？”一个女子声音轻柔地说。

白天在店里取衣服，说不了几句，她匆匆走了，夜里电影散了碰见，欧立诚没想到她会打招呼，笑着回：“真巧，你也来看电影？”他不由得看了看她身后，没瞧见紫桐的同伴。

“本来约了人的，临时变卦，一下子又找不到别人，只好占着两个位子看了。”她自嘲地笑了笑，白天的发卡不见了，碎发遮着轮廓，一张脸又小又清秀，看着很朦胧，一双眼睛尤其清澈。

欧立诚看着心里一阵悸动，她是有身份人家的女儿，他从一个小裁缝成了裁缝师，悬殊还是在的，一想到这儿，他犹豫地笑了笑。两人算是打过招呼了。

紫桐走在他身旁，并肩而行，两人默契地沉默，像白天在店里时的沉默。深夜的街上，人还未散尽。她低垂着头，肩膀瘦削单薄，鼻尖冻得红了一小块。他说：“我找辆黄包车，你别冻着。”

她不在意地“嗯”了声，想着心事，忽然说：“没有人到你店里问过什么事儿？”

欧立诚听出她的京片子，他起初以为她是南方人，问：“哪些事？”

“跟你打听各种事，做衣服反倒不上心。”

欧立诚心想她问的话没头没尾，珠兰说过在乡下不肯裹小脚的女孩子经常偷跑出来做事，紫桐不像，可能还有别的原因。

嘴碎的珠兰到处跟人说裁缝店的生意好多亏了她，见了欧母的面，一定拉着说话，热络、笑呵呵的，像个远房亲戚。店里的碎布料送给她一些，能清静一阵子，过些天照例再来，还撺掇着要给欧立诚说媒。欧母面上应付得滴水不漏，没有外人时，对儿子说：“她介绍过来的人，我不考虑的。”

“为什么？”他感到惊奇，整天念叨着抱孙子，几时又变卦了？

“不是人家闺女有什么不好，我是不相信她，要是把她哪家亲戚介绍给你，以后你还有清静日子？”

欧立诚不禁失笑，他母亲在关键事情上绝不含糊。

这会儿，他不由得想着，母亲会喜欢紫桐吗？

“在想什么？”她看向他，裹了这么厚的围巾，瘦瘦小小的一条人影，站在欧立诚身旁尤其如此。她和女伴们来店里时，她们几个闹闹嚷嚷挑东拣西，对着欧立诚开玩笑，紫桐常常静静地站在边上。

“你跟白天不一样。”他缓缓道。

“怎么不一样？”她笑道。

“你和她们不一样。她们一看便知是新派的女学生作风，涂脂抹粉，月份牌上的摩登女子，不易亲近。”

“你和别人也不一样。”

“我只是个小裁缝。”他没料到她会这么说，像在故意逗他，还是她猜到了什么？

她怔了怔，说：“我是没书念的穷学生，整天凑在一群人里装样子。”

“你是怎么找到店里的？”他笑着问。

“听……珠兰说的。”紫桐抬头笑着看他，“她衣服给人钩坏了，在街上抓着人要赔，说这衣服有多么贵、多么费手工，我看了会儿他们讨价还价，就跟过来看看。”

“真巧。”他笑道。

“是巧。”

街口停着辆黄包车，欧立诚正要打手势，紫桐道：“你在店里留心点。”

他以为是说珠兰，随口道：“怎么了？”

紫桐咬了咬嘴唇，红了一片，脸冻得雪白，他看不清她的表情，只觉她一个姑娘家这么晚归不好，不在意地继续招呼车夫。这时，她轻轻扯了扯他衣袖，轻声说：“同来的女伴是特务军官的人，我……”

车夫把黄包车停在两人旁边，等着。有人在，紫桐不便多讲，笑着说：“过几天有周璇的新电影上映，到时候再说。”

紫桐很久不来店里了，她的女伴也不见有人来。

珠兰中午路过店门口，探头张望了下："今天不忙吧？"欧立诚正收拾布料，是时候收学徒了，欧母不大来店里相帮，店里乱得快没处下脚了。他说："不忙。"

珠兰一张圆润的胖脸，笑出眼角褶皱，说："是该清闲点了。"她知道他听得懂，有紫桐她们在，他经常自己收拾，现在无精打采起来，年轻人面上否认，旁人看得一清二楚。珠兰替他说媒了一个女孩，17岁，长得白白净净，没念过几年书，会认字，气质或许比不上那些时髦的女学生，人很贤惠，男人娶媳妇看重这些。这对母子倒好，打起太极了。珠兰跟女家是拍胸保证男方条件好，长相也好，女方家里不便直接来催问，却是十分上心的。尤其那姑娘鲁筱，看过欧立诚的照片后一声不响，只说："听父母安排。"

傍晚时分，他见没什么人会来，打算早点收拾回家。忽而，店门口站着一个怯生生的姑娘，两条长辫子，眼睛生得秀丽，她看了看店里，有些避开与欧立诚的目光相遇，只说："是欧师傅吗？"

"是的，姑娘定做衣服吗？"他问。

她点着头，手上拿着一块阴丹士林蓝布，轻声说："我要做件旗袍。"说时，拿出张皱巴巴的图纸给他。前几年非常流行的款式，腰身收小，开衩到臀，领子一路由低到高，又重新来过，旗袍的下摆衣边扫地，上缀三粒纽，很显脸型。如今物资短缺，到处有人疾呼节俭，报纸上时有各类减价的舶来品，手上有闲钱的人也朴素了起来，来他裁缝店的女客多是这样。

阴丹士林蓝布深受女学生、职员和大家闺秀的喜爱，做成过于性感的款式，显然突兀。

“要再修改一下吗？”他说。

姑娘一怔，紧张地问：“不好？”

“稍微改下，更好些。”他笑着说。

她似乎松了口气，说：“我随便画的，一堆乱涂。”她不好意思地笑了笑，脸上泛红。

陈媛剪裁时，常让樊小嘉做“人体模型”，反复琢磨面料的特点，以求得衣服的最佳效果，等她准确地掌握人体草图，再放大尺寸用顾客的昂贵面料做衣服。欧立诚不能在女客身上直接试立体效果，顾客们多有自己的衣服尺寸。他妹妹很感兴趣店里的事，但欧母不让，平时也不许妹妹来，大概是不喜欢店里进进出出的人。欧母见过几次那对舞女，每次都要提醒他几句，担心他被勾去魂。

欧立诚将图上的衣服增减了几笔，改为低领、无袖、下摆长度到小腿。看她的年纪，衣着朴素淡雅正合适。

姑娘看了看，脸上掠过一丝失望，说：“这样好看吗？”

“胡蝶就这么穿，不用任何装饰。”

姑娘脸红地笑了起来，随即想到影后1937年后与丈夫潘有声去了香港，到重庆后不久，有传闻说胡蝶被军统抓去。跟大明星穿一样的款式自然是好看，这命运实在是折磨人。

欧立诚一边在单子上做记录，一边问：“姑娘下周来试衣？”

她点头，绞着手上的帕子。

“名字写谁？”他看向她问。

“鲁筱。”

欧立诚毕竟是年轻，转过头便忘了这件事，他心里想着几时能再见紫桐。那晚两人一同散步的情形，真像男女朋友约会看电影，结果是不约而同地看了同一场电影。他怎么没在进场前多四处望几眼，或许能先看到她了。

鲁筱找他做衣服这件事，他没跟母亲说，老人家既然说不好，他也没在意。吃过晚饭，弟弟妹妹去隔壁间做功课，他帮忙收拾饭桌。欧母拿过他手上的碗筷，一手浸在水池里，看也不看，转过头问他：“你有事要跟我讲？”

“没事。”

“店里今天没什么事？”

他猜她又是在问那对时髦舞女的事，珠兰只要看见过一趟，肯定要去告诉。附近看不惯舞女的邻里不少，男人喜欢瞪着眼睛瞧，女人关起门来骂：“出去做舞女，没见过这么招摇的，不晓得的还当是少奶奶。”欧立诚喜欢她们来店里，不单她们漂亮、出手阔气，她们聊的事更是天南地北，还有不少社交圈的秘事。每次说完她们都要他保证不说出去，他乐意指天发誓地保证，惹得她们一阵笑，所有顾客中，他和她们最有话可说。

“没事啊。”他答得一脸茫然。

欧母皱着眉，发觉他撒谎似的沉下脸，说：“真没有？”

他不敢顶撞母亲，又着恼被这么没来由地盘问，说：“能有什么事？”

“早些时候，我在街上碰到珠兰，她跟我说鲁筱在你店里定做了一件旗袍。我是不知道，你几时答应人家的？”

“就为这？我不知道她会来，没答应过什么。”一想，这话说得有点绝情，尤其听在他母亲耳里，多半认定人家姑娘主动送上门，传出去不好听。他当作普通生意接待，到她们这里，意思全变了。

欧母听了一时没话，拿眼睛打量他，过了一会儿，叹声气地说：“你要是喜欢，我也不至于一定反对。”

“不是这么说的。”他不擅言辞，又不忍心平白无故让人家姑娘受中伤。他母亲这么郑重地问，他疑惑道：“妈，怎么回事？”

“鲁筱这姑娘我本来觉得还可以，她是珠兰的侄女，这都罢了，珠兰就是嘴碎，人还是挺热心的。但我听说，鲁筱以前的一些事，不是很好。”

欧立诚一怔。女人说话就因为太知道轻重，话中有话，分寸很考究，尤其事关名声清白。他摆了摆手，向门外一指，说：“我出去走走。”

他很想去看望陈媛，专研做衣服学手艺的学徒日子，身边没几个钱，每天过得很踏实，陈媛很照顾他，教得耐心且细致。他当时心里暗暗羡慕那个常来店里找陈媛的军官，可他只是个迫于生计被母亲送来店里的傻小子，不懂异性，不懂喜欢，三天两头看到伶牙俐齿的樊小嘉，让他望而生畏。遇见紫桐那天起，他有种如愿以偿的欣慰，她是大家闺秀，尽管她嘴上否认，他看得出来，来他店里的女客，他心里有数。

紫桐对他说，她的女伴是特务的人，他并不特别惊讶，紫桐不是她们一路的人，却与她们交情甚好。那晚她问的话，越想越不是随口问的，他没告诉母亲，欧母因为温家小姐和仕应的事，总疑心儿子也犯糊涂。

今晚上映的是前些年的老片《渔光曲》，樊小嘉和温家姐妹当时看完回来，天天哼着电影里的曲子。那阵子天气闷热漫长，报纸上说是60年难遇的酷暑，他选了郑正秋执导的《姊妹花》。她们三人因看了《新闻报》上用两个版面刊登了《渔光曲》介绍，一致决定去看这部。等到黄昏时稍微凉快些，穿上在永安百货新买的裙子，在电影院门口笑着和他挥别。后来，《姊妹花》连映60天，被蔡楚生执导的《渔光曲》连映84天的纪录打破，蔡楚生是郑正秋的徒弟。

他记得王人美在《渔光曲》里的曲子，他偶尔会想，要是陈媛还在沈家的裁缝店做事，他是否会安于现状地过下去?

幸好没有如果，他到底也走了这一路曲折，提心吊胆地以为大祸临头，却发生在仕应身上。世上的因，哪里有什么果?现世安稳尚不可苛求，能有个什么造化，谁能知道呢?幸好，如此。

一个身穿大翻领呢子风衣的人影站在街对面，外套颇有军装的硬朗、简约，压低的帽檐遮住大半张脸。欧立诚看出对方是个女子，不只身材瘦小，姿态也像，他又看了眼，继续走向前去拦黄包车。

神秘女子在对面走了起来，几次侧过头看他，他忽然想到了是谁，心里一阵悸动，是她？

女子消失在一条巷子入口，他追上几步穿过街跟上前去。

“紫桐？”他小声呼了声，黑咕隆咚一片，没有一点亮光，或许是他认错了人。自从在电影院门口巧遇过一次，他一直期待着下一次。

“这里。”女子轻声道，头上的帽子拿下来，一道月光盈盈如水，一张脸白得泛蓝。有那么一会儿，两人静静地看着对方，不知从何说起。

“好久不见。”他说。

厚重的外套，更衬托出她清瘦的轮廓，美得惊人心魄。她看着他，浅浅一笑，说：“你总是一个人来看电影？”

欧立诚点点头，明明她就站在面前，他踌躇得不敢靠近她，冬夜，冷得刺骨，问：“你冷吗，要不去附近馆子里坐会儿？”

她在笑，一双眼睛像新月，嘴唇被冷风吹得鲜红。他在图纸上画出她的脸，一笔笔添上衣服图样，每张纸上的模特都是她，没准哪天她真的成了他的模特，他的缪斯，以后不用对着硬纸板做成的人体模型想象穿在她身上的效果。

她摇头，缓缓道：“我得尽快回去，想来看看你，不知几时能再见你一面。”

“你要去哪儿？”他一惊，像被一脚踢进冰窟，心里一阵空。

“去香港，我家人在那边等我过去。”

挽留她，以什么身份，朋友？他们只见过几次面，不至于难分难舍。他知道的紫桐，在北平念了两年书，一个人跑来上海。她的身世、经历必不简单，她身边的朋友也没有简单的，离他很遥远的香港生活圈，衣着鲜亮的名媛们，穿上他做的衣服，不爱喝茶，爱咖啡。但他和他们不是一类人，规矩是有的。

“你会来送我吗？”她问。

他伸手碰了下她肩膀，她没有退开，静静地看着他，他捋过她鬓边的碎发，无论或长或短在她都好看。他舍不得，要么干脆抱住她说别走了，学仕应和向薇，在一起两年也好，看看他们的结局，欧立诚犹豫了，放下了手。

“还回来吗？”他说。

“也许……”她看着他颓然放下的手，他的手指在她额头轻轻擦过时，温热有力的手掌，她以为他会贴着她的脸，挽留她，她说，“和我一起去吧。”

欧立诚一怔，以为听错了。她向他靠近些，温柔地：“好吗？”

“我……”他不忍心拒绝，他早就想出去闯闯，可家里不能放手不管，带着一起去也不成，他们现在习惯了稳定平静的生活，因为他的一意孤行让他们跟着打回原形过有上顿没下顿的日子，还要紫桐帮忙，说什么他也不肯。

仕应被外人指责贪图温家的权势，一堆人挤着、抢着煽风点火，他被枪杀在码头上时，据说是不幸卷入帮派纠纷。那一阵，还有说他根本加入了帮会，凭他的武生架势，做保镖、打手都是足够的。

总之，人死了，什么样的传闻都有，人微言轻，以前认识他的人唯恐引火上身，没人为他说一句话。黄定生仗着是仕应生前的老朋友，添油加醋地到处跟人说，偶尔有人质疑事情的可信度，一群人帮着辩驳："黄老板和韦老板认识多少年，会记错？"从前戏班子里的人不出声，黄定生说的版本流传最广。

"我不能……连累你，你知道温家小姐的事就明白……"

紫桐转过头向巷子口看了看，担心有人偷听似的，她凑近他，轻声说："韦老板的事是有人在幕后下的黑手，我听她们说的，一个姓沈，一个姓王……"

"沈诗慧，王静婳？"他惊道。

紫桐赶紧打手势要他噤声，压低声音道："我们往那边走，边走边说。"

欧立诚跟着她往巷子的岔路走去，两人挨得很近，他闻到她身上幽幽的清香，她目光闪烁地微微一笑。

沈诗慧嫁入秦家没多久，发觉秦泽霖和王静婳从没断过，静婳咽不下这口气，当初被摆了一道，一直想法子要讨还。

诗慧多心高气傲的人，岂肯善罢甘休，她找人去中伤静婳，樊小嘉撺掇着帮了不少忙。王家是社会名流，自然受不了这类闲言碎语，因为静婳与仕应之前的事仍然是社交圈里的笑话，现在又传出静婳做了人家的妾，住在小公馆里跟人姘居，更气自从仕应的事以后，静婳没一件事被小报记者逮着是好的。静婳避到香港去，泽霖追了过去，诗慧当时有了身孕，气得孩子没保住。秦家见惯了秦家少爷的风流倜傥，谁也没帮诗慧说一句话，反怪她丢了祖宗香火。

泽霖当时30多岁的人了，一个儿子也没有，他是要上战场的人，几时回得来回不来，谁能知道。诗慧失去的胎儿据说是男孩，泽霖回来上海后也很懊悔，发誓要补偿她，她干脆将静婳与仕应的事添枝加叶地说给丈夫听，顺便提到了梁彦伟。静婳与仕应的事，泽霖心里半信半疑，但她与彦伟确凿属实，泽霖不止一次在静婳家中见到过彦伟。仕应当时人不在上海，无法对质，让人把彦伟找来结实地打了一顿，彦伟为求自保，将所有的事情推到了仕应身上，连后来静婳拒绝与泽霖的暧昧关系，也被说成她是去欧洲找仕应。

一开始，泽霖并不相信，派人打听了之后，发觉仕应确实人在法国，当时他无暇顾及此事，心里十分恼火这件事，社交圈里众所周知这段桃色秘闻。

日后，仕应、向薇返回上海，温家坚决否认这门亲事，夫妻俩住在外面，仕应跑码头讨生活，知道消息的人越来越多后，有人为了巴结秦家、温家，无端去挑事。仕应的死，据当时在场的人说是个意外，一伙人围住他挑衅要揍他，难说不是温争鸣找来的人，仕应被十几个人拖到板条箱上狠狠打了一顿，又放他回去。

向薇性格外柔内刚，丈夫好几次回家脸上、身上有伤，以仕应的身架子，普通人不是他的对手。她登报声明和温家脱离关系后，以为事情就此结束，但另有人不放过仕应，码头上一些被抢了生意的人，早看不惯仕应的出现，其中有几个他从前戏班里不得志的龙套，多年来的积怨、事发时的袖手旁观。向薇托人买了把枪，一定要他带在身上防身，再这么被围攻，早晚要出事。仕应不忍她担心，带了枪去跑码头。

枪支走火，是巡捕房的说法，真实的情况是当时有人趁机开了一枪。

事情发生后，沈家、温家和秦家动用关系施加压力，对外不许公布真相，温家得到消息后，只等向薇乖乖回家。沈家松了口气，静婳与仕应真真假假的事，死无对证，放口风说仕应惹上不该惹的王家。秦泽霖不在乎死的是谁，事过不久，他获悉了诗慧与彦伟、浩伟的剪不断理还乱之事，他和诗慧的婚姻算是名存实亡了。

诗慧认真爱过的人只有她姐夫，梁浩伟。自从知道他去法国是为了找陈媛后，她惊讶发觉原来两人早已暗度陈仓，还是在她眼皮底下，她只有找欧立诚晦气。温家放过他，她去跟温争鸣挑拨离间说向薇和仕应走到一起，是小裁缝欧立诚在牵线，为的是攀上温家这样的权贵。她恨，店铺明明是她出的钱，却没一个人向着她。樊小嘉当时已离开温家，从向薇跟人私奔到仕应去世，小嘉窝着气被温家、沈家的冷眼冷语逼了出去。

诗慧生平最难容忍遭人骗，被人算计，她一心嫁给泽霖是为了天天见到浩伟，她并不在乎做秦家少奶奶。

泽霖意识到他与诗慧缘分已尽，两人离了婚，那时，浩伟早已去了法国。早在淞沪会战以前，泽霖一度疑心过妻子与部下的种种暧昧，他当时身边有了静婳，又因局势焦头烂额，还有下落不明的宛瑢母女，他全然无暇他顾。

路快走到尽头，紫桐冷得瑟瑟发抖，她挽着他，他低下头想去亲一亲她，这时，她把头侧过去，说：“你不去香港做衣服，不许亲我。”

欧立诚静静地看着她，想到了很多悲伤的事，有别人的故事，有他自己的，有许多解不开的混沌和仓皇，是他过去的样子。他觉得很温暖，生平头一回因为离别，感到悲伤不已。他确定地想着，他有了要记挂的人，直到他记不清她的样子，到他垂垂老矣，他仍然会记挂她。

夜半三更，黄包车不见踪影，他轻声说：“我送你。”

她擦了擦脸，别过头去，仿佛在闹不开心。他站着不动，固执地等她回答，等她情绪平静下来。

“紫桐，”他温柔地叫她名字，她忍不住转过头看他，他说，“你走之前，再来店里一次好吗，我有东西给你。”

“我不要。”

“答应我，我想再看看你，晚上看不清。”

她心软了，点头应允，说：“你以后会来看我吗？”

“会。”他笑了笑，“等一切都安定了，我来看你。要是你嫁给别人，还会愿意见我？”

“我不要听这种话。”她生气了，瞪了他一眼。

“告诉我。”他笑了笑，轻声问。

“恐怕不能。”

是不能说，还是不能见面？

欧立诚没有追问，她冻得通红的手握着他的手掌，他俯下身将她拥入怀中，她安静得像只小猫。他会为了她一个吻，答应她所有的要求；她会为了一句话，不顾一切留在他身边。他知道紫桐来历不简单，她找到他的裁缝店，不是偶然发生的。她不说，他也不问。

鲁筱出现在店里时，欧立诚有些意外，上回试完衣服她很满意，穿着新衣说去照相馆，今天忽然跑来，莫非是衣服出了问题？

再过一时半刻，他打算收拾关门，紫桐该过来了，以往这个时间店里也没客人，连随时能看见的珠兰也不会进来。她要回家做饭，伺候一对小祖宗，还得留心那对舞女是不是已经出门，免得她丈夫又直勾勾地瞪着人家，掉了魂似的丢人现眼，晚上在家又是一顿吵骂。

近来也怪，一向足不出户的方先生，有天跟欧立诚问那对舞女姐妹在哪家舞厅跳舞。他说不清楚，实则听她们提到过，有没有变过不得而知。这类问题，还是不回答好。

“她们是姐妹俩？”欧立诚问，邻里蜚短流长的是她们搭什么样的车回来，具体情况没人清楚。

“是表姐妹，从南面逃过来，家里人都没了，她们相依为命。”方先生叹了口气，不知是为她们可惜，还是为他自己的遭遇，说，“我跟她们说，想以她们为主角写个小说。”

欧立诚看了眼镜片后一脸哀愁的方先生，转而忙手上的事。晚些时候，做小手艺的赵师傅拿了两个木头雕刻的盒子来店里，问：“曹荷姐妹俩出去了吗？”

他一怔，怎么来问他？他甚至不知她们的全名，平时只用曹小姐、周小姐，邻里之间，不用记得名字。

“不清楚。”他说。

“我有事赶着出去，她们过会儿应该要来的，麻烦你把两个盒子给她们。”赵师傅说完，一脸抱歉帮个忙的表情走了。

到店铺快打烊，他也没见表姐妹俩来，更不见赵师傅回来，代人转交东西的事，他并不十分在意，明天还可以来拿。

鲁筱一进来便对着两个木盒子看了又看，欧立诚心想着要怎么解释，觉得麻烦，继续忙着手上的事。

“欧大哥，这盒子真好看呀，你在哪儿看到的？”她笑着问。

他抬头一看，她正试着打开盒子一看，道：“这是别人的。”

鲁筱笑了笑，把木盒放了回去，一副随时要走的样子。

欧母腿上的老毛病，经过珠兰的帮忙介绍，找了个医术高明的赤脚大夫，情况颇有好转。现在欧母非但不反对鲁筱，反帮着鲁筱在他面前说好话。“外头传的话，不能信。”珠兰每次碰到欧母，三句不离地夸侄女贤惠会持家。欧母心里很明白，听得耳根子软，跟欧立诚说起过请鲁筱来家里吃饭。

怠慢了鲁筱要传到珠兰耳里不知添油加醋出什么事来，欧母也要替鲁筱抱不平。开口要鲁筱留下来又不成，他已经约了紫桐，这是她离开前最后一次见面，她随时会走进店里，要是看见眼前这一幕，保不准发生什么事。

鲁筱一甩长辫子，往店门口走去，被正巧进来的珠兰一把拦住，问："傻丫头，匆匆忙忙去哪儿？"一张圆脸笑得别有深意，珠兰没进来前先把店里的情形看得一清二楚。侄女像她，小聪明，但毕竟还是闺女家，一股子脾气又犟又傻气，还没学会精明做人。

"哟，欧师傅在忙呀。"珠兰拽着鲁筱的手回进店里。

欧立诚一听她声音就知道事情麻烦，这下可好。

"我跟你说，鲁筱这丫头冒冒失失的，欧师傅可别往心里去啊。"说着，珠兰笑着先抱歉起来，瞅着那对精美木盒，说，"她心眼是很好的，就是嘴笨、性格太直，姑娘家的傻气。欧师傅这么忙，还来给你添麻烦，回去我说说她。"

欧立诚听不下去了，放下手上的剪子，温和地笑着说："珠兰嫂，没有的事。"多余的话，他不便说，下巴绷着，心里着急。

珠兰走到木盒旁，拿在手上看了看，赞叹说："做工真好，这附近没见过这样的。"珠兰翻来覆去看，找不到打开盒子的窍门，越如此她越想知道里面藏了什么。

欧立诚担心被她弄坏，说："是赵师傅放在这里的，待会儿有人过来取。"这时，他方想到曹荷她们也要过来，冤家聚头，人都凑齐了，越想越觉得今天这时机实在不好。

"赵师傅这人做事很好的，替我家修过家具，工钱很公道。这个人的缺点就是做事太认真，你看，还来麻烦你帮忙。"珠兰的眼神似笑非笑。

欧立诚权当没听见。

鲁筱觉得委屈起来，拉着珠兰要走，珠兰瞪侄女一眼，无声地言传身教，笑着将木盒子推到边上，眼睛一瞄，看到欧立诚将一个纸包塞进柜子深处，不让人看到。她眉开眼笑地说：“是送给筱筱的礼物呀……”话未说完，立即捂住嘴，骂道，“瞧我这张嘴，真是，真是笨，你们年轻人的事要我来说呀，我真是嘴笨。”说着，一个人自嘲地先笑了。

鲁筱一双眼睛望着他，神情带着期待。

欧立诚看向门口，他听到了脚步声，暗暗想着可别是紫桐来了。

一个女人转头对着外面的人唤了一声，说：“快点快点，快来不及了。”女人一进门，怔了怔，店里的三人转向她们，珠兰从喉咙里冷哼了声，鲁筱惊讶地看着衣着光鲜的两个女人，以往在街巷里碰到她都别过脸去，只当没看见，家里有女儿的，老早就教育过了。欧立诚见是她们，稍稍松了口气。

曹荷一见珠兰在，也是不客气地冷着脸，表妹周小姐看到这番情形，犹豫着待会儿再过来。曹荷一拉表妹的手腕，转向欧立诚笑着走过去，说：“欧师傅，我来拿盒子了。”

欧立诚转手将一对木盒给她，幸好没打开过，不然要解释不清了。

珠兰满脸严肃正经的妇道人家样子，一丝不苟地盯着那对舞女，防着她们跟人勾三搭四，连老实本分的裁缝师傅也不放过。鲁筱带着明显的敌意打量她们，又十分好奇地拿自己做比较。

周小姐谢过欧立诚，拉着表姐直往外走，曹荷瞥见珠兰气呼呼地撇嘴，心里暗自好笑，这妇人没事就说邻里的蜚短流长，为了促成侄女的婚事，见谁都说“啊呀，要姑娘家自己愿意的，我们做长辈的不好强求”。

谁不知她为了给侄女攀上好点的夫家，只差没把侄女直接卖了。鲁筱虽是侄女，婚姻大事不由父母做主。珠兰接济过他们家，侄女若是嫁不好，不仅还钱没指望，还拖了门穷亲戚。因此，珠兰随时留心着欧立诚店里进进出出的女性，第一嫌疑是曹荷表姐妹，其次是有段时间不来店里的女客，不来就好，省心。

珠兰看不惯地冷冷哼出声，曹荷对着表妹耳语了几句，引得周小姐一声嗤笑，珠兰立即跳起来，戳着脊梁骨骂：“你们笑谁？你们还有脸笑别人啊？！”

曹荷立刻骂回去，几次甩开表妹的阻拦，不是两边有人拉着，吵架的两人肯定要动手。珠兰力气大，鲁筱被她推了两次，险些摔在地上。

店里吵得不可开交，欧立诚哪边也劝不下，心急如焚。

这时，两个穿着呢子大衣的男子走进店里，一看情形，两张刻板严肃的脸上怔了怔，疑是走错，见欧立诚脖子上挂着卷尺，问：“你是这家店的老板？”

“是的。”他抬头一看，来店里做衣服的男客不太多，逢年过节好些，男子服装不作兴三日两头翻时髦，男装讲究面料，设计以实用、极简为主，这会儿一来两个，很稀罕。

一个国字脸的男人仔细打量了下欧立诚，声音怪里怪气的，说：“生意不错啊。”

珠兰她们四个起先没正眼看来人，这会儿吵骂声暂时平息了，女人天生有种直觉，察觉出了气氛不对。

另一个瘦猴脸的男人瞥了一眼曹荷，又看向周小姐，对着鲁筱问：“你们是一起的？”

珠兰差点一口“呸”了出来，赶紧咬住舌头，以她的阅历、眼力，心里很清楚哪些人能惹，哪些人要绕开走。这两个陌生男人身上充斥着一股肃杀气，眼神残酷而冷峻，他们拿眼睛看人，对人问话的口气如同审讯，一旦回答惹来不满，很可能要吃枪子儿。

“不是。”曹荷笑着说，表情不太自然，表妹赶紧补上，“是邻居。”

“你们这是在……”瘦猴脸阴阳怪气地笑了，他看出他们明白了什么，同时见过他和国字脸的人，脸上会陡然乍现惊恐之色。

“欧师傅的衣服做得好，我们抢了起来。”鲁筱道，说完浅浅地对他们笑了笑，他们五人中，她看起来最自然些，一只胳膊挽着欧立诚。

国字脸找了张椅子坐下，大衣下有意无意露出枪套，他自信每个人都看得一清二楚。看到他们的表情，他满意地一笑，说：“是这样的，我们来这里找一个朋友，听说她常来这里做衣服，你们有谁见过？”

鲁筱想说，被珠兰轻轻捏了捏手掌，她住口了。

国字脸看向她，问："你想起什么？"

"叫什么？"鲁筱强作镇定，她心里明白事情不对头。

欧立诚猜到他们要找的是谁，怎么偏偏是今天？万一紫桐这会儿进来，岂不是害了她？

"她从北平的家里出来，可能改了名字，家里老人很担心，托我们帮忙打听。她姓孟，年纪和你差不多，是个学生，在这里认识了些朋友，有人说她喜欢来这儿做衣服。"国字脸阴气沉沉地来回观察着他们每个人的神情。

珠兰一听，知道是谁，讲一口京片子的女客很少，她不知对方叫什么，十之八九是这个人。她转眼一看那对舞女，店门被瘦猴脸堵住了，今天问不出结果，必然是谁也不放过。

曹荷笑了笑，说："我和表妹住在这里，不认识别人。"说完，对着珠兰回了一记白眼，周小姐帮腔说："邻里关系蛮和睦……不讲话的。"

珠兰破口大骂："要不是你们这两只狐狸精，谁家不想过太平日子啊！骚货，不要脸！"

"你骂谁？！"曹荷冲过去要打她耳光，鲁筱冲在前头，说："你连欧大哥也不放过，天天找他，还要他送你东西！"

"你眼红吗？"周小姐咯咯直笑，曹荷笑得花枝乱颤。珠兰气得面红耳赤，一口一句"骚货""不要脸"挽回局面。

国字脸、瘦猴脸面面相觑，一个喝止，另一个一掌拍在桌上，四个女人一蒙，欧立诚也吃了一惊。

国字脸目光盯向表姐妹俩手上的木盒，问："里面是什么？"

"内衣。"曹荷笑得一脸娇羞看向欧立诚，周小姐脸色绯红，点点头，轻声问："你们要看看吗？"

国字脸一怔，瘦猴脸似笑非笑，没去接她们递过来的木盒。曹荷胜利地冲姑侄俩笑，鲁筱气得直咬嘴唇，珠兰鄙夷地低声骂了句"骚货"。

"娘希匹，你骂谁？！"曹荷一点不输地骂回去，先前还劝架的周小姐，帮着一起骂，珠兰人单势不弱，侄女年纪最小，翻不出花样，翻来覆去一句"不要脸"。

这次，无论国字脸拍多少下桌子也不顶用，四个女人拔尖嗓子的吵骂声盖过附近一圈喧闹声，门口站着越来越多的人看热闹。智慧的结晶在一瞬间凝结成"出口成脏"。欧立诚只觉耳膜上被人重重地击打。那两个满脸怒容的男人，又无可奈何，这时候发威，一来门口人太多，二来已经有人在猜测他们的身份，这件事上头下令要秘密进行，再这么闹下去，要出大事。

欧立诚配合地故作惊惧看着女人们吵架的阵仗，忽然地，他仿佛看到人群中一张熟悉的脸，藏在帽子底下，是她，她来了。他看不清她的脸，但感觉到帽子底下她担忧的神情，他强作镇定，转开了视线，瘦猴脸向他走过来。

"欧老板，辛苦了。"

他苦笑，真是酸涩挖苦的话，女人吵架，男人劝不了的，何况还是为了同一个男人争风吃醋。

瘦猴脸将一帧小照片给他看，问：“见过她？”

一头齐耳短发的孟紫桐，十几岁的少女脆弱，一双怯生生的眼睛，他看了一眼，说：“没有。”

国字脸阴沉地琢磨他话里的可信度，说：“我知道怎么找你。”

“有这么漂亮的女客来店里做衣服，我不会记漏的。”他笑道。

国字脸迟疑了一下，大约是信了，瘦猴脸冷笑一声，忽然指着一个纸包，说：“里面是什么？”

珠兰早对纸包起疑了。他确凿不会藏东西，说：“一件旗袍，面料比较特殊，找了很久才有，昨天才做完，是送人的礼物，没挂出来。”他着手拆纸包，拎起一件蕾丝镂空的紫色旗袍。30年代后，传统的梅、兰、竹、菊等花卉用得越来越少，多选条纹、波纹、凌纹这类显瘦的纹样。欧立诚在丝质的衬裙上找人绣了朵精致的紫色桐花，旗袍上缀了珠片、亮片。他担心衬衣的花卉让他们起疑心。两个男人一看是女人衣服，显然有些失望。

鲁筱一见蕾丝旗袍，立即说：“欧大哥，就是这件给我的吗？”

曹荷不甘示弱，高声呼道：“就凭你这个黄毛丫头，你能穿得起来这身旗袍？”

瘦猴脸原本疑心要检查旗袍，见两个女人又指着对方鼻子骂过来，他赶紧转身让开。这边吵得电闪雷鸣，五雷轰顶；那边两个男人商量一会儿，看了一眼欧立诚，突然走出店铺。

门口的看客散开后，欧立诚四处寻找紫桐的身影，哪儿都没有，她走了。

鲁筱拿着旗袍在镜子前左比右比，珠兰与表姐妹俩沉着脸，互不搭理。

经过刚才的事，真是侥幸，各人心里十分清楚。吵过一架，往日的怨气也吵散了些。

珠兰对侄女一招手，说："太晚了太晚了，我们回家去。"

"这件衣服真好看，我肩膀和胳膊这里太紧，腰身也是，欧大哥你会再改改吗？"鲁筱一脸粲然喜悦，刚才的事已烟消云散。

表姐妹俩耳语了几句，头也不回往外走。欧立诚唤了她们一声，曹荷了然地对他一笑，说："走了，欧师傅。"

欧立诚店铺里这件暗藏玄机的事发生后，外人只知几个女人彪悍地吵了一架，看不惯表姐妹俩的邻里感觉是替自己出了口气。没过多久，邻里又在窃窃私语，舞女俩在吵完架的当天夜里搬走了。

没人关心她们的去向，巷子里的女人们谢天谢地，昔日的安定回来了，她们的丈夫不必再伸长脖子地张望她们在巷子里摇曳生姿的身影，出门买碗小馄饨还穿得像刚从舞厅下班。

欧立诚惊讶的是，做小手艺的赵师傅也不见了，房东带新房客看屋子，他询问了两句，房东回道："赵师傅没有续租，我来收房租才知道，这个人一向很有规律，走得不声不响。"

鲁筱将蕾丝旗袍当作订婚礼物，珠兰三天两头跑去欧家探口风，只待欧母一句话，定下日子就成。

欧立诚因为紫桐的事心烦意乱，母子俩在这件事上商量不出个什么，他想出去一段时间，回来再作打算，欧母说什么也不肯，认定他是要去找那对舞女。

珠兰姑侄从不对外人说起那天在裁缝店吵架的真相，两人私底下也极少提及，知道欧母对儿子有误会，珠兰更是顺水推舟地说："年轻人不懂事，一时迷惑是有的，千万不能误了终身才是要紧啊。"

为了迫欧立诚尽快表态，欧母直言道："我让鲁筱住进家里，你看着办吧。"

珠兰撺掇欧母做这个决定前，问过鲁筱意见，住进欧家就算是欧家的人了，能成不能成，从今而后全看她自己造化。欧母担心儿子一去不返，不是没有道理。鲁筱更担心欧立诚不声不响离开上海。

1943年7月，历时近百年的上海法租界宣告结束，同年8月，收回公共租界。

欧立诚经过苏州河北岸，犹太人聚集区，安娜一家被迫又搬回了这里。艾琳娜与医院结识的男子订婚了，姐妹俩的父母在同一年已先后去世。

"你会去找她吗？"艾琳娜笑着问他，轮廓优雅的脸上有了细细的皱纹。

"我该去吗？"欧立诚手上一封破旧的信笺，信是某天早晨他打开店门，塞在门缝里的。

"你喜欢她，总会想到办法。"艾琳娜哄着刚睡熟的孩子，她妹妹安娜几个月前又生了个男孩。

欧立诚默然不语，屋外一对男孩、女孩在嬉笑奔跑，安娜年长的两个孩子在这里念书受教育。语言障碍、极端的贫困、蔓延的疾病和隔离，难民们在福利机构的支持下，建立了一个生机盎然的社区，开设了学校，出版报纸，在剧院上演戏剧，运动队参加训练和比赛，餐馆中的歌舞表演兴旺了起来。

这一切在珍珠港事件后，富裕的英国籍犹太人被捕入狱，美国慈善基金也停止了，和美国中断联系后，失业和通货膨胀恶化。安娜一家原本已搬出虹口区生活，她丈夫找到了份不错的工作。1943 年 2 月 18 日，日本当局宣布成立“无国籍难民指定区”，要求 1937 年以后抵达上海的无国籍难民在 3 个月内将住所和事业都迁移进虹口区内 1 平方英里的区域，这些难民的护照上都印有“J”字标志，以表明他们的犹太身份。安娜一家四口，加上刚出生的婴儿，只能重新回到原来的住处。安娜的丈夫做回小生意，一家五口挣扎着生活。

为了加强隔离，日本用发放通行证的方式限制犹太人的自由，拿不到通行证，便无法上学、打工、谋生。

1943 年冬天，当人们以为等到一线希望之时，等来的是一个更加严峻的冬天，饥饿相当普遍。安娜的丈夫为谋生沿街设摊叫卖，白天工作完，夜里去霞飞路的咖啡馆、餐厅工作，通常工作到凌晨三四点才结束。

艾琳娜不时去探望，带上食物去妹妹家。她对欧立诚说：“生活就是这样，在集中营里将更可怕。”她的朋友、亲戚被抓进集中营后再也没有消息了。

美国空军空袭上海的日本设施始于1944年。欧立诚去参加完艾琳娜的婚礼回家的路上，防空警报尖叫了起来，所有人都抱着头奔跑。他担心家里，担心母亲和弟弟、妹妹，更担心自己死了他们怎么办。

巨大恐怖的爆炸声爆裂开，他抱着头，意识一片白茫茫，他像是身陷在棉花堆里，一点点沉下去，那一刻，他看见了一个人，她穿着蕾丝旗袍，他唤了声“鲁筱？”女子缓缓转过身对他一笑，“你忘了我吗？”

是她，紫桐。

他在医院醒来时病床前坐着眼睛通红、惊恐地瞪大眼睛的母亲，带着哭腔说：“你要吓死我了！”弟弟瞪着眼睛看他，妹妹握着他的手，静静地靠在他病床边。

“母亲，结婚的事我想好了。”他轻声说。

欧母怔了怔，以为他在说胡话，见他目光坚定地看向她，又看向站在病房门口的鲁筱。

她住进欧家，和欧母住一间小屋，每天照顾一老两小，像个贤惠的新媳妇，对外只说酒席以后补办。也是，时局艰难，谁还在乎这些排场？平平安安地一家人一起过日子也不容易。

“你怎么想的？”欧母问。

“照您的意思。”他看着母亲笑出一道很深的皱纹，她是真的舒了口气，盼着孩子长大、结婚、抱孙子，事情都一样样有了盼头。他继续道："我有个要求。"

"什么？"欧母警惕地问。

"我要去次香港。"他说。

欧母正待发作，鲁筱走上前，平静地问："去多久？"

欧立诚看着鲁筱，他想起艾琳娜的那句话"你喜欢她，总会想到办法"。他不知不觉地笑了笑，四肢欲裂的疼痛，忽然变得无足轻重。

他不能一直亏欠两个人，他的固执伤了身边每一个人。

1945 年 7 月 17 日，上海少有的高温年份，35 摄氏度以上高温天气持续了 35 天。

美国空军轰炸提篮桥一带日军通讯设施，炸弹波及相邻的难民隔离区。房屋大片倒塌，引起火灾。许多居民被埋在瓦砾堆中，附近的居民冲进火场救人，在瓦砾堆中救人，帆布床、垫子、水桶送到以犹太医护人员组成的急救站，犹太难民把仅有的台布、床单撕开送去做绷带，并迅速组成一支护卫队，防止有人趁火打劫。附近的普通居民送去食物和钱，这次空袭中死亡人数 250 人，其中犹太难民死亡 31 人，700 多人无家可归。

艾琳娜在急救站忙得昏天黑地，欧立诚带着鲁筱去送东西，看到站在一处空地上的小男孩，茫然地瞪大眼睛看四周。艾琳娜招呼他们一声走过来，轻声道："男孩今年 7 岁，他有个中国名字，夏明。他父亲来自德国，母亲是上海人，他父母去世了。”

欧立诚一声叹息，鲁筱默然地垂着头，艾琳娜转开了话题，问：“你们几时办酒宴？”

“下个周末。”鲁筱笑着说。

三人随意地聊了几句，艾琳娜很快被叫走，欧立诚跟上几步，鲁筱要拉着他，他轻摇了下头。他走到艾琳娜身旁，说：“我听说一些人参加抵抗运动，组成一个地下网络截获信息，帮助美国飞行员逃走，你知道这件事吗？”

艾琳娜眼神闪烁不定，问：“你怎么知道的？”

“从她消失后，我很留意身边的一些人，我不希望，有天你也会突然消失。”他压低声音说。

艾琳娜眨着眼睛，轻声说：“我不会突然消失。我会把家里的窗户用黑布遮得严严实实，我妹妹一家学会用上海话说‘耐点灯隐脱’（把灯关了）。我们要一起看到战争结束。”说时，她拍了拍他结实的肩膀，“没有人突然消失，只是暂时迫不得已离开。”

同年 9 月 2 日，二战结束，9 月 3 日，隔都正式解放。犹太人开始离开上海，国民政府规定，原则上要求德国、奥地利籍侨民（包括德、奥犹太人）遣送回国，1.4 万余名德国、奥地利籍犹太人不得不离开上海。经历过纳粹暴行的安娜一家，决定不返回自己的国家。

艾琳娜与丈夫收养了夏明，一家人决定返回法国定居，安娜一家决定前往美国。

欧立诚去看望并送别他们时，安娜忽然很认真地问他：“你为什么不和我们一起去美国？”

1945 年，中、美是同盟国，互免签证。

“我去能做什么？”他开玩笑地问。

安娜的丈夫送给欧立诚一件礼物，是南洋兄弟烟草公司的“红双喜”，他勉强会说几句中文，笑着用上海话说：“覅客气（别客气）。”

晚上，欧立诚和鲁筱在艾琳娜、安娜两家共同的家聚餐，他做了两套旗袍和长衫送给他们，作为分别礼物，安娜又想问他去美国的事，艾琳娜笑着抢话：“你要当父亲了吗？”

鲁筱满脸通红，欧立诚笑着回应：“是的，明年春天的时候。”

明年春天，4 月份，正是桐花盛开之季。

孩子们已睡下，大人们围桌闲聊离别情绪。这一次分别，他日能否再见，要看缘分。

2014 年夏・上海

“他是不是去了香港？”我脱口而出。

遭到店主婆一记白眼，说：“你就惦记这件事？”

琳琳母亲微微一笑，沉默不语。涉及家庭成员的事，又是这样一件“节外生枝”的事，无论是作为欧立诚女儿的她，还是任何外人都不该过问。

我羞愧难当的是，这老太婆从不放过当众斥责我的机会，我气得牙痒痒的。柯维兹和牟琳琳已经出去一会儿了，说要去游泳，又变卦忙别的去了。佳雯在沙发上差点睡过去，醒来冲着我问："摄影师来了？"

"快来了，他临时有事耽搁会儿。"我说。

客厅的门打开了，一连串脚步声，琳琳笑着走进来，一面对她母亲说："妈，这是摄影师乔祺。"

摄影师很快开始做拍摄准备，不时问些问题："这件 Bar 套裙是 1947 年的？"

琳琳母亲似乎不太愿意回答，店主婆接上话道："是的，是一个朋友从法国寄给了欧师傅。"

"是叫陈媛的裁缝师吗？"乔祺问。

"不是。"店主婆顿了顿，说，"她叫孟紫桐，喜欢穿洋装套裙，她寄了这件裙子给欧师傅。"

"欧师傅不是只做旗袍吗？"乔祺奇道。

店主婆叹了口气，说："他也做洋装，但很少做，他做的衣服以中式为主，尤其是旗袍。你看这件蕾丝旗袍，是他当年结婚时，他太太穿过的。"

琳琳家的衣服，由琳琳来展示，但不知为什么，店主婆强调由我来穿 Bar 套裙，我和琳琳挤着笑容站在镜头前，一如我们还是朋友。镜头之外，柯维兹沉静地看着，有时他的眼神跟着琳琳的一举一动，有时我会与他目光相触。

我猜想店主婆和琳琳母亲默契地隐瞒了一段故事，我注意到店主婆偶尔打量佳雯时琢磨猜疑的眼神，琳琳母亲目光扫过柯维兹时的微一皱眉。我与琳琳毫无生气地看一眼对方，谁也不打算跟对方说一句话。

我骑着自行车经过一排排红砖墙尖顶拱门的房子，外廊式建筑，英国安妮女王时期的建筑风格。

原来的犹太教堂摩西会馆成了犹太难民纪念馆，附近的老宅破旧、昏暗，住户在狭窄漆黑的木梯上走上走下。太平洋战争后，沦陷区的上海，日本军政府批准犹太人隔都计划，成立“无国籍难民指定区”，1937 年后抵达上海的无国籍难民必须在 3 个月内将住所和工作移到面积为 1 平方英里的区域内，与 10 万虹口居民挤在一起。隔都里的生活条件十分艰苦，一个房间住 10 个人，接近挨饿，卫生状况的不尽如人意，曾经的美犹联合救济委员会（JDC）如今住着普通居民。

一块大理石的外墙上用中文、英文、希伯来文标示这里曾是犹太人纳凉避暑的场所。

这时，一辆缓缓停下的旅游大巴上陆续走下一些外国人，他们也许是曾经避难在此的犹太人后裔，正朝着犹太难民纪念馆走去。

“果然在这儿。”一个男声忽然出现在我身后，柯维兹骑着自行车，戴着墨镜。

“你怎么在这儿？”我一怔。

“你不是想知道欧师傅有没有去香港吗？”他忽然一笑。

“这件事你会知道？”我好奇地看着他。

“琳琳说起过，他们家后来的矛盾都是因为这件事而起。”柯维兹推着自行车与我并行，说，“他去了香港，差点没回上海。”

“见到孟紫桐了？”

他肯定地点头，说：“不止，他们一度打算效仿温向薇和韦仕应，结果是欧师傅的母亲以命要挟他回家。”

“他不能跟他母亲解释清楚吗？”

“没用，他母亲认定鲁筱一个儿媳，又听说紫桐身份复杂，就更惊恐了。”

“紫桐到底什么身份？”

“她因为逃婚来上海，机缘巧合，她认识了几个特务的姨太太，有人找上她去打探情报，曹荷表姐妹、做小手艺的赵师傅都是情报人员，用旗袍和手工制品写密码，再传递出去。紫桐很幸运，她潜伏的时间不长，后来逃去香港。另外三人，当天夜里就被带走枪毙了。”

我倒抽一口气，想起曹荷的那句“走了，欧师傅”，她已经预料到了？

“你怎么知道？”这话问得实在多余，自然是琳琳告诉他的，我还是想听他亲口说。

“我妈以前在欧师傅店里做过不少衣服，他珍藏的那些旗袍连琳琳外婆都没穿过。”

“他是为了……孟紫桐？”我轻声问。

“你知道吗？欧师傅曾打算内战结束后去看望紫桐，可后来的事，一桩接着一桩，为了保护这些衣服，他险些……”他不说了，我知道艰难的岁月，人要守住过去的想念，是件多么危险的事。

我和他穿梭于一排排红房子间，我知道他和琳琳很熟，一直不愿相信他们有多熟。

我不愿相信的，都是真的。

“紫桐后来怎么样？”我问。

“她去了陈媛的店铺，在法国生活了一段时间，她寄套裙给欧师傅时，也以为很快还会再见，谁知一等半个世纪，她终身未嫁。”

“他日能否再见，要看缘分。”

柯维兹看向我，我和他都无话可说，夏天再漫长，也会过去，以后的事，谁知道呢？

第四个故事

相爱相杀——嬉皮士、朋克时代（1960s）

“人们渐渐默认穿衣是一种不用说话就能尽情表达自我的武器。如果女人够美丽是来自上天的眷顾，那么女人够精致一定是因为足够用力爱自己。”左荟在电话里滔滔不绝地说着，我在太阳底下晒得头晕眼花。

“到底是什么事情？你先替我叫救护车，一会儿我不出声，肯定是昏死在街上了。”我说。

“40年代服装潮流的报道，主编很满意，这次的主题是60年代，知道 Twiggy 吗？”

“听说过。”

“时尚不是越现代越潮流，人们越来越注重自己的穿着打扮不是件坏事，懂不懂得搭配，穿得好不好看，完全是另一回事。堆砌名牌是圣诞树式的寻求存在感，时尚是种观念，体现的是内在认同。我这里有些60年代的服装，你要不要来试一试？”

我犹豫了一会儿，问：“大概什么类型的服装？”

“过几分钟打开你的邮箱。”左荟说完挂了电话。

优雅恣意跳舞的爵士女郎，或裁剪独特的长裙，旗袍或西式套裙，各有千秋的时尚典雅。看了网页上的照片后，网站的人气很不错。我发觉优雅淑女的造型不是换身衣服谁穿就适合，再昂贵、精美的服饰穿在一个不合适的人身上只会像借来的。

左荟一边鼓励我多尝试不同风格的类型，另一边她会很认真地对我说："衣架子不是挂在一堆骨瘦如柴的身体上就叫好看，审美不成熟，身材外形再好，穿在身上，只会被一堆面料驱使得无所适从。设计师强调的独特个性，使得一个审美很小众的时尚圈，既让越来越多的人追逐潮流，也让越来越多的人穿错了衣服。"

我审视着自己的衣着，与以往差不多，现在稍微学乖了，与左荟见面，我穿一身黑色，球鞋也是黑色。

"很聪明。"左荟笑了笑。

"这样看起来像嬉皮士吗？"我问。

"像朋克。"左荟笑了笑，反问，"你希望体现在意识上，还是着装上？"

"我喜欢摇滚。"我强调道。

"一会儿我给你些参考，把这些元素结合好，下次拍几张照。"

我见她起身要走，赶紧追问："有提示吗？"

"无论怎样，不再犹豫去追求美丽、追求自己的性格，让自己成为女主角。"

我琢磨着她话里的意思，她走了几步，忽然折回，神秘兮兮地说："那张照片……"

“哪张照片？”我狐疑地问。

“有个男生抱着你的，你穿了短裙靠在他身上……”左荟笑了起来，“找他一起来和你拍照，你们看起来……嗯，还挺像一回事的。”

“完全是两回事，风马牛不相及。”

“好了，不用欲盖弥彰。”左荟挥手打断，不许再打岔，说，“60年代末嬉皮士风，繁复随性，流苏的喇叭裤，破烂的披风，奢华的民族花纹，宽松的曳地长裙，不受拘束是嬉皮士风格的最高原则。为什么人们总觉得穿在别人身上更好看？为什么总感觉自己穿错了衣服？因为既要有眼光，还要挑战陈旧的思维。”

“我不陈旧。”虽说一直围着古董衣打转。

“对对对，”她又笑了，“至少你已经注意到露腿比露胸更性感，下次不要晕过去。”

气死我了，店主婆那么讨厌，左荟说话的口气越来越像个令人发指的穿衣女魔头。我瞪她一眼，她继续说：“所以，嬉皮士风格没准适合你，不知道穿什么，照着 Twiggy 模仿，反正你也没胸，腿还可以露一露。”

我非常确定周围餐桌上的人几乎都听到了，他们正转过头打量我，我却只能羞愧得低头看手机。

参考元素：

1. 收臀的喇叭牛仔裤，配宽腰带。

2. 带流苏的背心或夹克衫。

3. 用拼接方式装饰的服饰。

4. 迷你裙或短裙，通常装饰金属链条，可配皮靴。

5. 脚踝部可佩戴带铃铛的脚链。

6. 皮凉鞋。

7. 有系带的服饰及染色的服饰。

8. 色彩斑斓的头巾或束发带，也可在头巾或发带上装饰一朵花。

9. 金属反战标志的首饰。

10. 木制材料的首饰。

11. 花卉装饰。

12. 民族风格的服饰。

我对着左荟发来的邮件发呆了半天，附件里一张张色彩绚丽的服饰搭配，看得我眼花缭乱。我回复她说，更加不知道重点在哪儿了。她过了一会儿，答复：去找那个拿禄来双反相机的男生，让他告诉你。

一下午，我在店铺里没出去，这两天店主婆没给我指派新任务，大概是看在我即将离开这里，让我过几天轻松日子。

我和柯维兹没再联系，那天我和他骑着自行车在十字街口分别，我朝着自己的方向，有那么一刻，我多想回头看看他，他和琳琳没去旅行，也许有琳琳母亲的阻挠，也许他们另有计划。我总以为还有机会，留下来在这里等着奇迹发生，可除了和他争执，什么都没有。

如果我是他，会为了像我这样的女生而放弃琳琳吗？

真相是丑陋的，我现在不需要知道这么多。

店主婆抬头看了看，缓缓地问：“你要去什么地方？”

“没有啊，你没给我任务。”

“你几时的机票？”

“下周。”

店主婆沉默了，有好一会儿不说话，我试探着说：“有事情要我去办？”

“恐怕你来不及完成。”

我暗自好笑，她老谋深算惯用激将法，我说：“我没半途而废过。”

“你去帮帮柯维兹那个傻小子……”

“他已经有……”我看到店主婆露出嫌恶的表情，立刻改口说，“我打不过琳琳和她的闺蜜团，不过我尽量杀出重围把他带来见你。”

“别油嘴滑舌的！”店主婆忽然笑了，说，“他和他的乐队的事，你去劝劝他，顺便去一个地方，把衣服收回来，这是最后一次任务，从此两清。”

高兴得实在太早，我看着手上几页画纸，底下潦草地写了个地址，有些眼熟，想不起来。纸上的草图，看着分外眼熟，这和左荟给我看的风格如出一辙，我说：“这是60年代的时尚？”

“嗯。”她似乎有点儿意外。

“也是陈媛做的？”

“这些是她关闭店铺前最后的新款。”

“她后来不再做衣服了？”

“嗯。”

“为什么？”

店主婆没有理我，看了看店门外，说：“你去找柯维兹吧，他晚上在酒吧里有个演出，穿得漂亮些去找他。”

我听得尴尬又脸红，她到底在暗示什么？明明他已经有琳琳了，就算以前不确定，那天在琳琳家，谁都看得出来他们是如此般配的一对。

“好啦，你有点出息行不行，下周你就要走了，反倒这时会有奇迹？过去四年没有，你延期启程，也没有，就凭这几天？”店主婆毫不掩饰地耻笑我。

我气得差点跳起来，干脆拿了钥匙甩头就走。

他常去演出的酒吧我听琳琳提过，但从未去过，我从未听说琳琳喜欢摇滚、朋克、嬉皮士文化。左荟一针见血地指出，琳琳颇有古典气质，旗袍穿在她身上自有一种年代的气息，而穿在我身上，就是走错片场的群众演员。

有了店主婆，又有了左荟，我自觉心理承受能力比过去高了很多个段位，有人冷嘲热讽，好过四年的默默无闻。

酒吧外站着一些人，奇装异服，全是泡吧的潮人，以前和琳琳、佳雯来过两次，不到 10 点就撤。我受不了昏天黑地的轰鸣，琳琳不喜欢这类音乐，佳雯觉得可惜，不是她一再挽留，9 点一过就收拾走人。

佳雯发信息问我在哪儿，找我去吃东西，我说了酒吧地址，她立即打来电话。

“去找他？”

“嗯。”

她吸了口气，迟疑了几秒的时间，小心翼翼地问：“你确定？”

“又不是去劫法场，会有什么事？”

“你去劫法场，我就和你一起去了……现在情况差不多吧，我马上过来。”她挂断电话。

我四处寻找停自行车的地方，周围名贵跑车不少。我穿着雪纺无袖衬衣和短裙，拿着手包，衬衣上绘有许多色彩浓烈的图案，黑色短裙又短又紧，店主婆选的搭配。天晓得，她要是年轻几十岁，会是个多前卫的人。

化妆跟左荟学了些，不用浓妆，几笔眼线足够，出门前还和她视频聊了会儿，我的波波头用发蜡服帖地梳到一边，把脸完全露出来。她说：“别老想着把头发弄得像头盔遮脸，除非你丑得无地自容。”

时尚业人士，说话不刻毒，实在太辜负这份职业的优势了。

穿短裙骑自行车很不雅观，搭地铁要走路，穿这么细的高跟鞋，我走不了几步路就像瘸了一样。停完自行车，我站在门口等佳雯，她连发几条信息要我等她一起进去。

门口的年轻人在抽烟，涂满发胶的头发光可鉴人，深色上衣搭配紧身裤、厚底鞋，用眼角打量人。

夏天的夜晚，这条街上的酒吧正开始热闹起来，轰隆隆的音乐，沉闷的鼓点，乐器声盖过歌声的嘶吼咆哮，男女们悠闲地抽烟闲聊，一天之中最好的消磨开始了。

一堆昏暗的身影中，我似乎看到几张眼熟的脸，他们是柯维兹乐队里的成员，一群性格暴躁的“坏男孩”，让女生又爱又恨。每次看到柯维兹和乐队成员在一起，四周会散发出一种生人勿近的气势，男生之间自有种团队精神，女生的靠近，会让他们觉得被冒犯了，尤其还是以女朋友或暗恋者的身份分解他们的“兄弟友谊”。

琳琳也不喜欢这支雄性荷尔蒙乐队，说他们举止粗鲁没礼貌，长得不错，仍然很讨厌。柯维兹和他们是多年的好兄弟，他的生活有没有女孩子一样忙碌纷呈。

佳雯来了，拉着我一脸兴奋地往人丛中挤进去，说：“今晚节目不错，以前你一次也没看过？”

“来一次挺不容易的。”我指的是交通。

她古怪地看了我一眼，说：“衣服不错，你一个人坐在吧台那儿，很快会有人过去搭讪你的。”

“你成功过几次？”

她挑了挑眉毛，说：“你为什么今天会来？”

“你不是知道嘛。”

“琳琳不喜欢这里，你真会找机会。”

“不是那回事。”

佳雯压根儿不信，我也没费劲解释，酒吧里人越来越多，很难看清人的脸，别说找人了。台上有支乐队在表演，一堆喝彩声淹没了说话声，接着是又唱又跳。

等了一个多小时，柯维兹和他的朋克造型伙伴们出现在台上，衣服、鞋子上的金属配饰。梳着莫西干发型的男生大受欢迎，他是主唱，柯维兹站在一排人后面点的位置，一众华丽黑色里沉默的鼓手。

佳雯的熟人很多，进场不到几分钟，她四处跟人打招呼、拥抱，柯维兹在台上对她一点头，她笑着挥手。我努力踮起脚尖让他看见我，被前面的人遮住。

店主婆让我劝他的事，在看了他的表演后我感到犹豫不决，他不顾家里的反对一意孤行，继续他的乐队演出，他对摇滚心驰神往，甚至不惜放弃留学，他这么执着，怎会听我的劝?

“嗨，一个人吗？”一个男子冲着我招呼，眼睛是饮酒过量的迷离，他举止轻佻，一张年轻的脸红得有些狰狞。

“和朋友一起来的。”我大声说，希望他听见后会走开。

“男朋友？”他笑了起来，酒气冲天。

“不是。”我寻找佳雯站的位置，她拿着鸡尾酒和几个男子聊得很投入，听不到我的声音。

男子有些失望地说：“你的朋友丢下你了吗？”

“走散了，人实在太多。”

“你很少来酒吧。”男子摸着下巴，做出沉思的样子，说，“我一眼就看出来，你还是学生？”

“毕业了。”

他看起来比刚才清醒了些，说：“你很漂亮，丢下你的朋友是傻瓜。”

我对他笑了笑。

“喝一杯，怎么样？就一杯。”说着他摊开手邀请，要是在别的场合下，也许我会答应，可我现在不想因为跟个陌生人闲聊喝酒，而把来此的目地耽搁。见柯维兹已经下台，我赶紧挤过去。

忽然，肩膀被一只手掌握住，我回头一看，还是这个男子，他笑着说：“不要拒人于千里之外嘛。”他看出我急于脱身，多半势单力薄。

“我有朋友在这儿。”我掸开他的手，他嘿嘿笑了几声。

“他们忘记你了。”他狡猾地忽闪着一对布满血丝的眼睛，说，“他们有自己的朋友，不需要你。”

我听得心里一沉，不是为了自己，为了眼前这个喝得烂醉的陌生人，他失落而孤独，我看着他的表情大概让他极为恼火，他推了我一把，挤开人群走了。我到处寻找佳雯和柯维兹的身影，他们和乐队的人已经走了，陌生男子的那句话，像是在我脸上轻轻地扇了一个耳光，不疼，但让人清醒。

我沮丧地准备回去，真是傻透了，为什么要来这里？下周我就要去另一个地方开始新的生活，为什么离别在即还把自己推向这么难堪的境地？我是自作自受，明天就跟店主婆说我办不到，这次的任务完成，即刻走人。

酒吧门外换了一拨人，我的自行车停在小巷子里，找了半天发觉钥匙没了，一定是刚才挤丢在酒吧了。巷子深处有人在抽烟，大概感觉我妨碍了他，身影站直了一下。巷子里除了我和那个身影，没有别人。鉴于酒吧里发生的事，我警惕地后退着，随时准备脱下高跟鞋逃跑。

“依凝？”男声疑惑道。

“柯维兹？”我一惊，他渐渐走到光源处，头发一团糟，衬衫的扣子一路解开，身上有股酒精混合香水味的暧昧。

“你还没走？”他漠然地问。

“我钥匙掉了……佳雯告诉你的？”

“她没说什么，我看见你了。”

“什么时候？”我诧异道。

柯维兹表情变得含讥带讽，反问：“你穿成这样很容易分辨，我在台上也没法看不清。”

“你想吵架？”

他喝醉了，情绪低落，扔了手上的烟头，不耐烦地说：“你为什么来找我？”

“不，我来找你兄弟，上次你说给我他们的电话，你食言了。”我气道。

他笑了，笑得很冷，说：“噢对，回去酒吧转一圈，你的裙子已经替你吸引不少眼球了，不用这么麻烦我。”

“怎么穿衣，是我自己喜欢，你不喜欢，走远点。”

“跟刚认识的人动手动脚，要我走远点？”

我气得面红耳赤，他明明看见我了，却认为我在跟别人卖弄风情。他明明知道我来找他，却不打声招呼就走。我骂了句“王八蛋”转身就走，他堵住去路，说：“去哪儿？”

“你管不着。”

“如果你出事了，我睡不着觉的。”

“你还可以喝酒醉死！”我试图推开他，他毫无反应。我知道他醉了，心里有些怕，男人喝醉后像疯了一样，要是他发酒疯，我得赶紧脱了高跟鞋跑。

柯维兹忽然握住我一条胳膊，用力扯向他，我一时没站稳，几乎是扑了过去，他顺势抱住，低着头在我耳边说：“为什么不能是我，你刚才不是对别人很热情吗？”

我伸手朝他脸上拍过去，被他一把抓住手腕，他尽管醉了，反应依然迅速，这是他长年打球练就的身体条件反射。手腕被抓得很疼，我说：“你放开，骨头要断了……”他低头吻我，酒气直冲我嘴里，还有令人作呕的香水味，他放开了我的手腕，双手从我的肩膀一路摸过大腿，把已经很短的裙子往上推。我的心脏怦怦乱跳，扯着他衬衫推开他。他误会了，眼神迷惑地看着我：“在这里？”

“你去死！”我一脚踩在他脚上，总算这双高跟鞋有了用武之地。

还没走到巷子外，我哭了起来，认识这些年，在他眼中我就是这样的人？他会对琳琳这样吗？在他看来，我是穿上短裙随时去勾搭别人的贱人，他尽可以在这么肮脏的巷子里对我举止轻佻。我像个傻瓜一样跑来这里，异想天开地想劝他，还突然上演了一出欲擒故纵的戏码。

“我送你，好吗？”他说，站着没动。

我听得清楚分明，脸上还火辣辣地烫，没有自行车我哪儿也去不了，走去地铁有很长一段路，这个点儿不知还有没有。街道两边的酒吧，到处有人在打车，我得一直走很远才可能拦到车，我受不了他把我看得这么低。

“我走回去。”

“我保证不会发生刚才的事。”

我回头看了他一眼，他举起一只手对着天，另一只手按在心脏的位置，说：“乐队今晚正式解散，我多喝了几杯，你来之前，我心里很烦躁。”

“现在不烦躁了？”我讽刺道。

柯维兹自嘲地一笑，说：“更烦躁了。”

我瞪了他一眼，他缓缓地走上前，说：“走吧，如有必要，我跟你保持一段距离，这样放心了吧？”

街灯照在他脸上，眼神倦怠，嘴角扯起一丝落寞、嘲弄的笑意。

“我会告诉琳琳的。”我说，带有威胁的口气。

“好，一言为定。”他无聊地看两边过往的车辆。

“我会告诉你爸妈。”

“我妈不管这些事，我爸打不过我。”他眨着眼说。

“我要告诉你姨婆！”我提高嗓音说。

他怔了怔，似乎触及到他的神经了，问：“真的？”

“是的。”

“包括细节也说？”

“当然。”我咬着牙继续威胁。

他点点头，说：“你告诉姨婆的时候，我一定要在场，刚才有些细节我记不清了。”

我气得要打他，他闪身躲了过去，他的神情比之前轻松了些。

越到夜深，路两边拦车的人越多，一些轻佻的男子冲着我吹口哨，柯维兹沉着脸瞪回去，我说：“你又要惹事了？”

他斜着眼看了看我，说：“你让我大开眼界了。”

我脸上一红，他指的究竟是什么？

一连几辆出租车被抢先拦走，他失望地摇了摇头。我说：“一直都这么难打车？”

“以往搭朋友的车。”

“今天怎么不？”

“情况有变。”他低头看了看我，接着说，“你还走得动吗？”

“不能。”看他有什么办法。

他忽然停下来，说：“我背你。”

“不，我的裙子太短了。”

“摄影师替你搭配的？”

“你对他有什么不满吗？”

柯维兹耸了耸肩，满脸无所谓的表情，说：“没，我很喜欢。”

“你也想这么穿？”我笑着问。

“不，我在想巷子里的事。”

我看向他，他侧过头示意往前走，下一个十字路口也许会好点儿。有一会儿，我和他沉默地走着，他低头想事，时不时向路中央扫一眼。时间一点一滴流逝，这是离开之前仅有的机会，我不希望最后留给彼此的记忆是一场争吵或深巷里莫名其妙的亲吻。压根儿算不上接吻，只有他冲人的酒精和讨厌的香水味，他有双结实又不老实的手。

“你姨婆很担心你。”我轻声试探着说，见他没什么反应，继续道，“她说你最近不太回家，问题要解决，但不是以极端的方式。”

“我睡觉裸睡，她告诉你了吗？”

我闭嘴。

“你这么关心我，几时跟我回家？”他继续道。

真是活该，我闷不吭声。他嘴角扬起冷酷的笑意，说：“阻碍你的人，都以了解你、为你好之名干涉你。我以为你会明白，你却跟他们一样。先是琳琳，现在又是你！”

“琳琳她劝你……”我讶然。

他不耐烦地挥手打断，抢过话道：“你的选择，别人干涉过你？还是，你不需要自己做选择，只负责听话，你一直都很听话，从来只想做个乖乖女，精神上有洁癖的小女孩？”

“你是烂人！”我气得大叫。

“我怎么烂了？”他不依不饶。

在街上，在一堆堆穿雪纺、丝绸迷你裙和紧身裤的夜店潮人前，我和柯维兹冲着对方大喊大叫，引来众人的拍手、起哄、鼓掌，更有人大叫“亲她，快亲她！”“接吻！”“要做爱，不要作战！”

我可不想跟他一起丢人，已有人在用手机拍照，我脱了鞋子就跑，他迟疑了一下，追了上来，快到十字路口前，他一把抓过我胳膊，追问：“你说，我怎么烂？”

“你……你到处勾搭别人，身上还有难闻的香水味，谁知道你晚上经历了什么？！”

他冷笑，说：“酒吧里喷香水的人多得是，我怎么知道是谁的。今天晚上经历了什么，你不知道？我喝醉了，是不太知道。”

“浑蛋！”我气得大骂。

“我怎么烂了？”

我抬头看着他，他真的生气了，眼神像两把随时扔过来的刀片，我不客气地回敬：“你跟琳琳在一起，又在酒吧里跟人鬼混，这不是烂？”

“第一，我没跟琳琳在一起，你从哪儿得出的结论与我无关。第二，我也许记得一些刚才发生了什么，不是在酒吧里，是在酒吧外的巷子里，你认为这叫鬼混，那我无话可说。”

我拦下一辆刚好经过的出租车就走，不去看车窗外气呼呼的他。

我把昨晚酒吧的事告诉左荟后，她叹了口气，说：“你们还是太年轻，脾气这么暴躁，听你们讲话，随时都在冲对方扔炸弹。刺激是有的，没用对地方。”

我想了想，猜想她暗示的意思，厚着脸皮说：“他跟别人说话不这样，我和他说不了几句，就像吃了炸药。我可不会认为这是好的征兆。”

“你有嬉皮士精神，反叛，但温和，而你喜欢的人，是个彻底的朋克，这么比较明白了吗？”

“他是很粗暴。”

左荟瞅了瞅我，摇头叹息。

下午，我赶去单子上的地址取衣服，分别前，是否再见上一面，并不重要了，与其千言万语地离愁别绪，气得掉头就走反而干脆。昨晚，他一说完，我冲到街上拦下车就走，把他扔在大街上。四年来，除了猜想他会喜欢哪个女生，我并不知道他别的喜怒哀乐。女生的世界可以只围绕一个男生是否喜欢她、在乎她，可男生不是这样，没有什么能阻碍他们对自身价值的追求，这种价值的追求，并不一定包括任何一个女孩。

我知道，当人一天天成熟，变得越来越现实，感情在生活中将变得无足轻重，既习以为常又不再知道那有什么意义。我不想知道得这么早，这么自私地为了成全自己去喜欢一个人，盲目地拉着别人进入我幻想的世界，不顾对方的感受。

当一个人说喜欢你，因为这样那样的理由而喜欢你，是该惊喜还是该担忧？为了让别人继续不变地喜欢自己，得保持不变的自己，当喜欢变成控制、枷锁，一切都索然。他是个聪明的男生，他知道怎么取悦别人，女生们喜欢他，因为他满足了女生对男生的幻想，且不说这种幻想是否真的与他相匹配。

他给出了好的一面，人们会要求他继续保持下去。他喜欢受人瞩目，并不意味着他会一直扮演这个角色，他并不善于听取别人的意见，他厌恶任人摆布。我像个爱管闲事的“姑妈”去劝他，实在让人反感。要是有谁让我中断手上的事，马上照计划去法国，我会毫不犹豫地拒绝。我相信，放弃他最钟爱的摇滚乐，只有追逐过梦想的人才能懂得那种失落。昨晚，我和他说了那么多难听的话，彼此间的误解竟然这么深，自认识以来，从未耐心地倾听过对方一次。

看到露天咖啡馆外一对对悠闲的情侣喝饮料，翻着手机或交头接耳地说悄悄话，我想到了与醉醺醺的他接吻，却无法想象与他亲密无间。我只会一个劲儿地用自己的方式去喜欢他，等着他回应我，也许连我的潜意识都在告诉我。我只想去喜欢一个人，却不知道怎么去喜欢一个人。

左荟问我和他接吻的感觉怎么样，我说，不是讨厌他吻我，很意外也很气不过，他把我当成某一个替代，他喝醉了，他根本不在乎吻了谁。可我在乎啊，他是我等了很久的人。

“你和他的事，分分钟在提醒我一件事，青春是件很美好又极其残酷的事。我到现在，不会为了这些事费脑筋，能不能在一起不知道，为什么在乎他心里的人是不是你？没有人拥有完美的青春，你除了去喜欢，不甘心，再继续喜欢下去，你也没有别的办法。错误尽管可以避免，但这不会让你的生活因此变得更好，自己犯过的错，才记得最深切。因为……我们只活一次，一次不算数，一次等于没有过，不必太计较。”

我不能说完全赞同她，那是她的人生，但我喜欢她说的，生活有很多横截面，个人只看到自己的一部分，需要别人转述不同的部分，就因为不一样，才有无限可能。

一下公车，我看四周很熟悉，上次来这里找过裁缝铺，后来在附近碰见一个热心的餐馆老板娘。裁缝铺与裁缝师已一去不返，这个信息爆炸的时代早已不需要过多的怀旧和烦琐冗长的等待。

为了给卖家留个好印象，我换上渐变色背心和荧光粉紧身裤，没有黑长发，就把头发拨得蓬松随性。衣橱里多了几件左荟替我选的糖果色服饰，我喜欢吊带配短裙热裤、平底凉鞋，不用踩自行车的日子，我能随意在太阳底下晃悠。

我在四处转了一圈寻找门牌号，号码连跳了几个数字，又不对了。

店门口站着一个妇人，好奇地看了看我，问：“姑娘，你找谁？”

我把地址给她看，她顺手一指附近一家餐馆。我一怔：“是这家？”妇人非常笃定地点头。

这家餐馆正是我上次来过的，觉得不太可能，根本没多想。我走进餐馆，里面没有人，这个时间吃早餐太晚，吃中饭又太早。

“有人吗？”我问。

厨房传来一阵嘈杂声，一个身影走了出来，是上次那个老板，他没认出我，随口问：“要点什么？”

“我想请问，夏静珊，夏女士是住在这里吗？”我不太确定地小声问。

老板眉头拧了拧，一脸提防的神情，说：“你是谁，为什么找她？”

“我是良辰店过来收衣服的，她有一些衣服要转手。”

老板半信半疑，很不耐烦地“哦”了声，说：“她上午出去办事了，下午晚些才回来。”

我道了谢便走了。

我在附近的休闲餐厅上网，一打开主页，看到佳雯爆料柯维兹一个人跑去欧洲看演唱会。以他对摇滚的执迷很可能，多半很早就已计划，这个行程不会只他一个人，应该是他和乐队成员一起。昨晚他说正式解散，那么最终履行约定的人只有他了。

他已经动身走了？一瞬间，我感到六神无主，与他最后一次见面这么糟糕，等他回来我早就走了，我想好了一定要去陈媛的店里看看。

佳雯在线上问我：“昨晚见到柯维兹了吗，他怎么样？”

“不怎么样，他说乐队解散了。”

“你知道他去哪儿了吗？”

“我怎么会知道，你跟他更熟啊。”

佳雯下线了，我不这么回，她会问个没完没了。没过一会儿，竟然接到琳琳的电话。

“你和柯维兹在一起吗？”她开门见山地说。

“我怎么会和他在一起？”

“你们昨晚不是一起回家的？”

“你从哪个八卦网站上看到的？”我怪声怪气地反问。

“你们在街上吵架，被人拍下来，你穿一身超短，很省布料的那种，这么高跟的鞋子穿在你脚上，你居然还会走路。”

“会，还走了不少路，你怎么说？”

琳琳没生气，她语气缓了一下，说：“要是你知道他在哪儿快告诉我，他昨晚和家里吵翻了，不知是不是一个人搭飞机走了。”

真是一对亲密的好朋友，琳琳总是最清楚情况，她是故意酸我，每次柯维兹有什么事一定是她先知道。我说：“昨晚我和他吵了几句，他完全没说去英国的事，有可能在他哪个朋友家。”

“都问过了……剩你最后一个。”说完，她挂了电话。

她根本就是存心的！算了，下周我离开后，找熟人吵架的机会不多。

转悠到下午 3 点多，我返回餐馆碰运气。餐馆里没人，我问了一声，没有人应答，很奇怪，老板也不在。

这时，门外进来一个男生，戴着厚厚的镜片，人很瘦，惊异地瞪着眼睛看我。我看他手上拿着笔记本，在店内走来走去，回过头来又看看我，说：“你找人？”

“对，你知道夏静珊住在这里吗？”

“她是我母亲。”男生推了推眼镜，说，“你找她什么事？”

“她有一些衣服要转让，我是来收衣服的。”

眼镜男生摇了摇头，说：“我不知道这件事，现在店里没人，你要等会儿了。”

“老板刚才还在，我上午来过，明天我再来，麻烦转告一声。”

他迟疑地想了会儿，说：“说不准的，她经常要出去一会儿，几时在店里难说。”

我失望地点点头，上次来得可真巧，我道了谢便走了。眼镜男生忽然说：“你是柯维兹的朋友？”

我吃了一惊，问：“你怎么知道，你认识他？”

“上次你来球场找他，我见过你。”他似乎笑了笑。

我脸上一红，那天的情形不提也罢，说：“你知道他在哪儿吗？他家里人都在找他。”

“他没事的。”

“告诉我，他在哪儿。”我很确定这小男生一定知道什么，他紧张的神情看起来鬼头鬼脑有隐瞒，一双躲在镜片后的眼睛眨个不停，我继续问，“快点告诉我，他在哪里？”

“他没去英国。”

“你肯定知道。”

“你喜欢他？”

我被噎了一口，这个瘦弱的小男生很会看人说话，铁定是柯维兹的好兄弟无疑，而且很精明，我绕来绕去问不出什么，他说认识琳琳，也见过佳雯。

“你知道的还不少。”我从未见过他，也未听人说起过他，他们的生活、社交圈相融交汇，我与他们相识四年，显然不是他们中的一员。

“昨晚我看到佳雯了，她到后台来过。”他说。

“乐队的后台？”

“是啊，柯维兹问她是不是一个人，她说是的。我从后台看到你，你正和朋友说话，佳雯说那人是你的好朋友。你的男朋友？”

“不是。”我看着他满脸期待八卦的表情，说，“一个陌生人。”

“你们看起来很亲密，柯维兹看了也以为是你男朋友。”

“他为什么这么认为？”我皱着眉问。他有些吃惊，缩了缩肩膀，脸上挂着温和的笑容，说，“佳雯说了句什么，我忘了，大家都信了。”

“她说什么你们都相信？”我狐疑道。

“她对你了解得最多，你有个摄影师男友，是不是？”

“也是她说的？”

小男生眨巴着眼睛，他意识到说错话了，不太确定地点点头。

“了解我的人，琳琳算一个，但佳雯不是。”我说。听到门外一阵脚步声过来，转眼间，穿着一身碎花雪纺裙、戴着花边草帽的女人走了进来，帽子摘下，老板娘回来了。

她认出了我，对我笑了笑。

“请问，你是夏女士吗？”我笑着问。

老板娘似乎并不意外，笑道：“你是樊阿姨店里过来的？”

“是的，来收衣服，我叫娄依凝。”

老板娘温和地笑着，回过头去让小男生倒茶，一手拉着我说：

“这是我儿子，待会儿我们去家里取衣服，叫他看店，整天在外面玩，不回家，一回来就打游戏。”

我忽然灵机一动，问：“他去哪儿玩？”

“这条路到底，本来有个工厂，现在关了，平时没什么人，经常有人在那儿打球，地方还不错，很宽敞。”老板娘忽然看着我，问，“你想去看看？”

“我想去找人。”

老板娘理解地不再询问。上回来时，我没在意，现在仔细看老板娘脸的轮廓有些与众不同，化了妆，换上醒目的衣着搭配，脸部特征变得很明显，我笑着说：“夏阿姨，你眼睛真好看。”

她立即笑了起来，非常开心，说：“我跟你说，我父亲是半个犹太人，我是四分之一。”

“你的祖父母有犹太血统？”

“嗯。我祖父是犹太人，二战时逃难来上海，娶了我祖母，后来……后来他们在这里去世了。按照犹太人的法律，只有母亲是犹太人，才算是犹太人。”

“为什么？”

“谁知道你的父亲是谁呢？”老板娘笑着说，“以色列《回归法》规定，传统的犹太家庭‘从母不从父’。不过，我从小不是跟着父母生活，他们很早就分开了，我跟母亲生活在一起，她是上海人。我后来跟一个姑妈生活在一起，她去世时，送我一大橱她从未穿过的旗袍，非常漂亮，现在没这么好的版型。可惜啊，大多都没了。”老板娘长声叹息，柔和的眼睛里涌现遗憾的神色。

“蛮可惜的，我上次去一家收旗袍，都是老派的旗袍师傅做的，有几十年了，保存得很好。”

“欧师傅那边？”老板娘随口道。

“你知道呀？”我笑道。

“你上次来这儿时，我就猜想是这样。樊阿姨是个念旧的人，她让你收这些古董衣主要是因为她不好意思联络感情。都几十年了，还有什么过不去的呢？”

店主婆的这张特别任务单，与她的过去紧密相连。我至今不明白她为什么让我去完成这件事，因为我的小黑裙打动了她？不是还有琳琳更合适的人选吗？显然琳琳与店主婆认识得更早，他们是熟悉亲近、生活圈相近的人，若非这次的事，我不知道她和柯维兹在同学关系之外还有这么多千丝万缕的联系。他们谁也不提，柯维兹说他们没有在一起，他是宁可死不吭声也不屑说谎的人。

还有佳雯，我一直觉得她不简单，过去并未深交过。琳琳喜欢当面摆架子，盛气凌人，我记得有次听人说她母亲数落她和别人揪头发打架，她咬着嘴唇一声不吭，她情绪化，喜欢滴水不漏地表现她的完美。但当时，有那么一刻，我认为她失控打架的事和佳雯有关，佳雯脸上常挂着笑容，好脾气，对陌生人笑脸相迎，很容易和别人成为朋友，但她似乎不像真的，至少不是出于真心的，她知道怎么演好自己的角色。

“佳雯人怎么样？”有次，我问琳琳。

“一般。”她说。琳琳最有资格评价别人，尤其以她当时和佳雯的姐妹淘关系，分享吃的、穿的，哪儿有什么好玩儿的，她们第一时间约对方一起去。后来不知什么原因，两人关系变得普通了，有意无意避免谈到对方。

几十年前的旧识，不见面，芥蒂依然还在。我们现在，没经历过大灾大难，却经常闹得老死不相往来的地步，想想都很讽刺。

“夏阿姨，你见过陈媛吗？”我忍不住问，他们每个人都知道这个做裁缝的女子，每个人说起她，眼角都会涌现微微的笑意，每件收来的衣服都与她密不可分。即使是早已过世的欧师傅，他的手艺得自陈媛的传授，他留下的旗袍面料都是陈媛寄给他的。这个20世纪30年代离开上海的女子，可曾想过，她转身离开后，对别人、对后来的人会引起如此持续的影响？

一些人的传奇，借由经典小说或名人的事流传开；另一些人的传奇，是身边与之相关的人口口相传。前者，或许更经典传世，到底不够亲近；后者，尽管千丝万缕难以理清，却因为贴得如此之近，听着他们的经历更容易生出长吁短叹的感慨。

“见过的。”老板娘缓缓地点了点头，别过脸去叹息，说，“那时我还小，她，她那时正打算关闭店铺。”

“为什么？”我问。

“她丈夫去世了，他们一共有三个孩子。大儿子来上海后，一直到去世没有再回去。”

“是有什么原因吗？”

“大儿子在这里娶妻结婚，夫妻俩原本打算等孩子再大一点回法国，最终没有离开。他们去世时，女儿还很小，托付给了别人收养。”

“他们的女儿成了孤儿？”我小声地问。

老板娘看着我，有好一会儿没说话，似乎在确定我问了什么，良久，轻声道：“是啊，那段日子很艰难，熬了很久、很久。陈媛知道儿子去世后几乎一蹶不振，她丈夫当时还在的，但情况很不好，另外两个孩子都在念书。人到中年，她失去了大儿子，接着又是挚爱的丈夫，她丈夫走的时候一直在问儿子在哪儿，她忍着眼泪隐瞒到底。”

我没出息地偷偷擦掉眼泪，时间上陈媛和梁浩伟早已不在人世，当知道最终的结局，眼泪掉出来。她像是我认识很久的人，素未谋面，与此后的人生瓜葛不多，但我却不能轻易绕开她，我穿着她亲手完成的衣服，在虚无缥缈的时空里与她打了个照面，我看不清她在照片上的脸，她却早已预料一切的发生，微微而笑，转身投入另一个时空，与丈夫梁浩伟重逢。

要是人与人之间总是小心翼翼保持距离地客气、礼貌，不仅无聊沉闷，而且将永远失去了解另一个人时的惊艳。

夏静珊的青春期正值嬉皮士、朋克年代，她家的墙上挂着数张瘦得像小树枝、穿着颜色艳丽时尚的女孩照片，墙上另有两幅抽象俗艳的画作，我问：“这是抽象画？”

“不是，是波普艺术画，就像安迪·沃霍尔（Andy Warhol）

的玛丽莲·梦露。”

“照片上的模特是当时的明星吗？”

老板娘忽然笑了起来，眼神眨了眨，说：“你真的看不出来？”

我凑近些看，照片里的女孩画着厚重的眼妆，穿着A字裙，腿又细又直，像个瘦弱的漂亮男孩，那双眼睛很熟悉，我惊讶地看着老板娘，说：“这个是你？”

她笑得很神秘，去储藏室拿衣服。茶几上放着本打开的相册，厚厚一本，边角破旧、褪色，相册里细致地写着可爱的花体字，有些是英文，有些不是。我好奇地翻着，看到一张数人围着餐桌的照片，年龄各异的一群人，穿传统的中式或西式服装，有一对外国人，应该是夫妇，两人中间坐着个瞪大一双黑眼睛的女孩。餐桌的主人是对上了年纪的夫妇，男子身形清癯，温和儒雅，眼神望着他身旁优雅的妻子；妇人微微地侧着头，灰发卷曲地绕在肩膀上。照片底下用拼音写着：Haowei Liang 、Yuan Chen。

我捧着相册百感交集，等着老板娘告诉我是怎么回事。

抱着一堆衣服出来的老板娘，第一眼看了出来，将衣服摆在沙发上，她走过来拍了拍我的肩膀，温和地问了声：“看到了？”

“是陈媛和梁浩伟？”

“在他们家，店铺的楼上，那是1966年的春节，艾琳娜和她丈夫也在，这是宛瑢和淑灵，这是孟紫桐，她是我的姑妈，她把所有的旗袍留给了我。”

“你们在一起过春节……”我想着，不知从何问起，看着照片上唯一的小女孩说，“这是谁？不像艾琳娜的孩子……”

老板娘又笑了，说：“你再仔细看看。”

“你姓夏，你和夏明是……”我看到她在微微点头，便没有再说下去。

“夏明是我的父亲，艾琳娜收养了他，他后来娶了淑灵的女儿，也就是我母亲，我母亲比他大几岁，他们结婚没两年就分开了。我母亲搬去纽约，我父亲生活在南加州，我十几岁时一个人在芝加哥生活。”

“紫桐是你的姑妈？”

“嗯，我的童年颠沛流离，在家里待不了几天，就被吵得不可开交的父母送去艾琳娜家，后来她和丈夫先后去世，唯一能照顾我的只有紫桐，我叫她姑妈，她从未结婚，独自居住，和她一起生活是段难得平静的日子。我最遗憾的一件事，她珍藏了一辈子的旗袍我没保管好，其中有一件，特别珍贵，是……是欧师傅在香港时给她做的，他们本来是打算结婚的。”

他们没有在一起，一个返家娶妻生子终老，一个守着孤独异乡漂泊。

“你知道最悲剧的是什么？”老板娘缓缓地问。

“他们从没忘记过对方？”

她笑了笑，一张张翻着照片，大多是黑白照片，像古老的黑白电影，看不清，反而更惹人咂摸不休。她说：“传世的悲剧以生离死别来收场，世俗、平凡如我们，只能以彼此的心如死灰来殉情。”

我只觉鼻子一酸，眼泪掉下来太尴尬了。老板娘拉着我在沙发上坐下，静静地看着照片，那些记忆中的事，偶尔指着其中一件衣服说“这件我还有”“这个造型我也有”。

“我最初来上海时，想找欧师傅去见姑妈最后一面。”老板娘不自觉地一笑，摇了摇头，说，“没想到给他们家引来这么大的风波。”

“家里人反对？欧师傅的妻子……”我想到琳琳母亲说的家庭矛盾。

“姑妈最后是在香港去世的，去世前我跟欧裕说过，她也同意带父母去香港看望，几十年都过去了，就当送老朋友最后一程。哪里知道，事情这么难，做了一辈子的老夫妻一度闹得要离婚，欧师傅搬去裁缝铺一个人住，他妻子鲁筱旧疾复发，姑妈去世几个月后，她也病故了。欧师傅晚年总是一个人闷着头发愣，那时我去看他，他经常念叨一句话，‘前世的债，前世欠下的’，我不明白他说的是什么意思，他过世以后，我才有些明白，他说的是他自己。姑妈去世时，欧裕和我守在病床旁。鲁筱去世时，子女们都在。欧师傅去世时，是半夜里，他一个人走的。”

“要是一个人被另一个人爱上，是因为前世欠了对方的？”

老板娘沉默地点了下头，说：“他花了一辈子的时间和鲁筱在一起，本以为是成全他的妻子和家，可自始至终他们只有怨恨。他从香港回来后，两人也有过一段平静美满的日子，后来鲁筱看他时常闷头做衣服，做完的收在储藏柜里谁也不许碰，最艰难的十年里，他冒着被揭发的危险把衣服藏了起来。我不知道他和姑妈之间还有什么约定，我始终觉得，他们尽管不能厮守，却从没离开过彼此。”

“欧师傅的家里一直没能理解他吗？”

“鲁筱病故后，欧裕和她父亲的关系也很僵，她是所有儿女中最通情达理的一个，她觉得她在这件事上错了。后来欧师傅去世，她看了她父亲留下的信笺，她才明白她父亲为了这个家牺牲了自己一生。鲁筱无法接受的是，他们朝夕相对一生，度过最好的年华，她为他生儿育女，她却始终比不上紫桐。无论多少年，紫桐还是当初的样子。欧立诚沉默寡言、性情固执，信守的是他对紫桐的承诺。”

“承诺爱另一个人一生？”

“承诺要幸福地过一生。”

房间里悄无声息，我摸索着翻照片，偶尔看一眼陷入沉思中的老板娘，脸上细细纹路，像是忧愁的花纹。难以想象，照片上那个神情阴郁，眼神空洞，瘦得像竹竿似的女孩，成了眼前眉目温和的妇人。

她看出了我的疑惑，说：“淑灵是我的外婆，外公是谁我不知道，我母亲也不知道。”

我吃了一惊，问：“她后来嫁给了、嫁给了……”

老板娘摆摆手，说：“她嫁人之前生下了我母亲，我外婆对这件事三缄其口。直到我姑妈去世时，才告诉了我真相。陈媛有一次听梁浩伟提起一件事，她有了这个猜想，当时秦家发生了很多事，真真假假外人不得而知，至于是秦家哪个人，不得而知。我问过樊阿姨，我外公很可能是秦家的人。”

上几辈人的秘密，一旦深挖，真是一张惊世骇人的大网。我沉默地听着，忽然有些理解她，年轻时那双迷惘空洞又无力的双眼。

“我姑妈珍藏了一生的旗袍，被我丈夫卖光了……”她不让我打断，继续道，“童年唯一的记忆是漂泊，辗转在不同的家，没有一个我能待的地方。漫无目的的青春，只想跳上一辆正要出发的车，逃亡到路的尽头……”

60 年代末—70 年代 · 美国

夏静珊挂上电话后的两小时里，身体没有挪动过一下。乔从洛杉矶回来了，这个家境殷实的小子，积极撺掇她加入他们的公路旅行，她可不希望和乔一起旅行。他对她而言，是个不合时宜的讽刺，他明明有一个任何时候都可以回去的家，却向往过一种流浪的生活。乔是个十足的傻小子，他只擅长过养尊处优的日子。

圣诞节前夕，静珊一个人从洛杉矶去纽约找她母亲，她抵达纽约后给母亲打了个电话，确定抵达时间，她母亲告诉她说，家里有朋友在，让她晚几天回家，她愤怒得差点砸了电话，被经过的路人制止了。她父亲夏明在洛杉矶有自己的生活，给了她一些钱打发她走人。现在，她在另一个家的家门口几乎要露宿街头，她看着街上步伐匆忙的行人，有些人脸上挂着微笑，他们在为即将到来的假日而喜悦，一整年的忙碌，家庭的温馨，圣诞节礼物……她漫无目的地走在纽约冬天的大街上，唯一能想到的是给乔打电话，幸好，他回来了，他愿意收留她，还跟她说了他的公路旅行。

乔是第三代华裔，祖父母最早从北方某个边陲小镇移民去洛杉矶开了洗衣房，现在已经有几家连锁店，乔是第三个孩子，肩上的负担没那么重，每次假期他会溜出来玩儿。他是静珊在洛杉矶最早认识的朋友，两人是隔壁邻居。

“你为什么想跟他们一起去旅行，你家里知道吗？”她从随身携带的镜子里审视厚重的眼妆，她喜欢夸张的眼妆，艳丽的短裙，擅长在一堆花花绿绿的衣服中寻找最佳搭配。用她的话说，她没钱买新衣服，只能想尽办法在旧衣服堆里拼凑、搭配，穿出新效果。

乔迷惑地看着她补妆，她细致认真地勾出眼角的猫眼效果，眼线笔俏皮地一勾，把他的魂也勾了过去。上一次，他借着酒精想趁机亲吻她，被她结结实实扇了一耳光，到现在他都记得眼冒金星。可每次静珊找他，他还是会马上答应，知道她抵达纽约后无处可去，他把她接回了家。

“还有谁？”静珊机警地问。

“就我们两个。”他说，替她放了行李后，他开始煮咖啡。

“你爸妈会回来吗？”

“他们认识你。”

乔的母亲不喜欢静珊，只差没当面说出来。为了不让儿子被一些来路不明的女孩纠缠，他母亲早就开始替儿子物色结婚对象，所有认识乔的人都知道这件事，一见面就调侃乔“你老婆找得怎么样？”“生孩子排上日程表了吧，需要帮忙吗？”等等。

乔是个好脾气有耐心的男孩，静珊的一群朋友里，她唯独能够信任他，她绝不会承认这一点，事实上，她从不认为她会相信任何人。

晚餐，乔带她去吃牛排，静珊不太记得上一次正经用餐是什么时候。一家人围桌吃饭的记忆里，只有父母亲吵得不可开交，餐桌上一片狼藉，夏明拿起车钥匙以最快的速度跑出家门，她母亲撕心裂肺地尖叫，一直哭到三更半夜。运气好，姑妈紫桐会接她过去住几天，自从艾琳娜去世后，艾琳娜的妹妹安娜一家生活在美国，她很小的时候见过一次。性情孤僻的夏明从不提亲戚间的事，也许他始终觉得自己是个养子，是个外人，失去亲生父母的阴影在他心里从未消退过。

露天电影院里正在放映《雌雄大盗》，静珊年幼时跟着紫桐去看过，一个多小时的电影对孩子而言太漫长，片尾男女主角在枪战中被打成筛子的一幕深深地留在她脑海里，她心想着：这就是爱情。今晚重温，她记起那天姑妈走出电影院说的话：“我们没有目的地，我们只有要逃避的东西。”

姑妈有不少追求者，直到现在她依然优雅充满魅力，她实在难以理解像姑妈这么漂亮又不缺追求者的女人怎么会选择单身。静珊会被帅气又狡猾的男孩吸引，但绝不会傻乎乎地死心塌地爱上他们中的任何一个，她知道他们只是无聊想找乐子，而她只热衷接受男孩们的殷勤，她讨厌取悦别人，他们心里恨她，她骗了他们。

乔问她看完电影是不是回家，她趴在车窗上，百无聊赖。她不感兴趣脏兮兮的公路旅行，她只想在干净舒适的地方住上一段时间，等这个冬天过去再说。

“嗨，乔！”一个男子的身影从人群里穿出，走来跟乔说话之前，男子的一双眼睛十分胆大地从静珊脸上慢慢溜过，嘴角扬起笑意。

乔一脸惊讶地回应：“嗨，大柴！你怎么在这儿？”

“来看望朋友，你呢？”问的是乔，大柴的目光却盯着静珊，她回瞪了眼对方的不礼貌。奇怪的是她并不讨厌他，以往碰到这么善于进攻的男孩，她顺手一盆冷水浇过去。她厌恶每个女人只想拴住一个男人的无聊游戏，爱情故事总是开始时美得心花怒放，剩下的都是隔夜饭，以及无休止的争吵。她母亲，没有一天忘记过她父亲。对她父亲，静珊好奇又畏惧，他沉默阴郁。她母亲喝醉时拿她出气，因为她长得太像她父亲，尤其一双阴郁不散而又空洞的眼睛。

大柴坐上了车，听说公路旅行的事后，他显然非常兴奋，凑过来和乔说话，静珊感觉到他凑在她耳边吐气，他身上混合了烟草的男性气息无处不在，她从后视镜里看到他自鸣得意的脸，恰好对上他的眼神，这立刻给了他莫大鼓励。大柴凑得更近，一只手搭在静珊座位上，说到激动处他的手指轻擦而过她的脸颊，她大为光火，这小子太粗野了，不仅挑逗她，还对她眨眼笑了笑，她要给他点颜色看看。

乔感觉到了车里气氛怪异，说：“她是我在洛杉矶的邻居，夏静珊。大柴是我一起长大的好兄弟，我们两家很早就认识。”

“听上去是姻亲。”静珊不怀好意地说。

乔耸耸肩，继续开车。大柴在后视镜里看着静珊，对她充满魅力地一笑，说："不是近亲。"

大柴的全名是柴伦，家里排行老大，他的妹妹和乔的大哥恋爱订婚了，计划情人节举行婚礼。从大柴出现以后，乔一路聊着旅行和婚礼安排的事，静珊沉默地看着两个男人叙旧，一到家，她立刻关上卧室门。客厅里两个男人拿出啤酒开始没完没了地喝起来，喝到一半，大柴提议让静珊一起喝，乔醉醺醺地去敲门，结果在她房门前的地板上睡着了。大柴敲了半天，里面回了声："干什么？"

"聊聊天。"

"不。"

"我妨碍你们了？"他笑道。

静珊躺在床上翻来覆去睡不着，她不开门，这家伙没准会有一搭没一搭地说一个晚上。她披上外套，把门开了一条缝探头看，乔死睡，手上抱着酒瓶，喃喃地说着一些胡话。大柴坐在沙发上向她招手，将一瓶打开的啤酒放在桌上。她走过去拿起来喝了一口又一口，缩在沙发的一角。

"看，我是不是不咬人？"他说。

她用手梳着乱糟糟的头发，越短越不服帖，现在一定难看死了。大柴看着她，说："我以为你在挑逗我，你明明讨厌我。"

"我不认识你。"她冲他嘲讽地一笑，逗他是件很开心的事。

大柴咧开嘴笑，说："我怎么以前从没见过你，你和乔认识很久了？”

“没错。乔总说以后带我认识他的朋友，我觉得他是在敷衍我。”她在撒谎，乔的朋友圈她毫无兴趣。

大柴深深地看了她一眼，说：“如果你是我的女朋友，我不会介绍给任何人认识。”

“藏在地下室？”她喝完了一瓶，他又开了一瓶给她。

“藏在家里，拉上窗帘……”他转过头，一双眼睛眨也不眨地看着她。静珊心里一阵乱跳，专注地抓着手上的酒瓶，免得不小心掉在地上。他向她靠近了些，见她没有起身走开，又靠近了些挨着她身旁，伸手就能触摸到她衣服的面料，她光着脚丫，在沙发上团成一团，对他忽然的靠近既惊惧又迷惑。他说：“你怕我？”

“我怕……”她拉长了声音不知如何作答，瞄了眼地上的乔，说，“我怕他会发现。”

大柴放下酒瓶，凑近她藏在膝盖和胳膊间的脸，他温柔地捋着她的短发，发梢自然卷曲地贴在细瘦的脖子上，他忍不住想去亲吻她。静珊摇着头，小声地说：“我不能这么做，我不能对不起他。”

大柴没有退到一旁，他缓缓地握着她的手，修长的手指在她掌心画圈。刚才若还是存心逗他、戏弄他，谁让他这么粗鲁没礼貌，现在，静珊感到心里一阵又一阵悸动。他在撩拨她，她早就该把手抽回来，却任由他握在手上，任凭他细细地摸索她手上每个关节和纹路，放在嘴边亲了下。

两人在房门口依依不舍地道别时，静珊费了好大的劲儿才把他挡在门外，只要她稍一疏忽，这个醉醺醺的野人一定会把她生吞活剥了。她不记得喝了多少啤酒，隐约记得在关上房门的那一刻，她冲动地亲吻了他，趁他惊诧的瞬间，她把门砰的一声关上。

男人全是傻瓜！她睡得迷迷糊糊时还在笑，开心极了。忽然，她父亲的脸浮现在她面前，从小无论她怎么想引起他的注意，夏明也是在忙着他自己的事。她发脾气大哭大闹，夏明一眼看穿女儿的小心机，只在她哭累了抚一下她的头，让保姆照顾她，他又要出门去了。

一想到母亲，她就忍不住大发脾气，她恨她母亲始终爱着一个不属于她的男人，即使这个男人是她父亲。一想到父亲，她就想哭，她恨所有的男人，他们都是浑蛋。

静珊的一堆衣服大多来自馈赠，她买不起任何奢侈面料的服饰，她有一件斜裁的真丝雪纺连衣裙，裙摆绣着“LC”，陈媛的手工衣，那个一头灰发、优雅的旧式女子。机车夹克是紫桐送给她的生日礼物，她最喜欢的一件礼物。陈媛关闭裁缝铺之前，送了她不少衣服，她喜欢莱卡面料的连身裤，每次穿完扔进洗衣机就行。大街上到处是衣着精美绝伦的年轻女孩，穿着印花面料的裙子，仿佛把春天随身带在了身上。她不敢想象穿上设计师 Ossie Clark 的衣服是什么感觉，她在画本上画出很多想象的花卉图案。在她某次生日时，她收到一个意外的包裹，有一瞬间她猜测会不会是父亲寄给她的，她很怀疑父亲是否记得她的生日。

紫桐交给她时神秘兮兮地笑，她打开一看，竟然是条真丝雪纺连衣裙，紫桐笑着告诉她是陈媛寄来的，“她记得今天是你的生日。”那天，静珊收到的另一件礼物是紫桐买给她的机车夹克，裙子搭配夹克，完美。她到哪儿都穿着，现在也是。

静珊一早被乔在门外叫醒，他体贴地准备了三人早餐，大柴沉默地坐在餐桌前喝果汁，她坐下时，他连头也没抬一下。她咬了几口三明治，立刻跑去厨房和乔说话。

乔的朋友打电话来催时，静珊非常肯定地对乔说：“你去哪儿，我去哪儿。”确保大柴也听见后，三人一起去集合地。

乔把公路旅行说得天花乱坠是为了他自己的打算，过了寒假，他家里对他有了详细的安排，他因为静珊前后态度的转变受宠若惊，也迷惑不解。当他想问点什么时，静珊总能及时地堵住他的嘴，有时是转移话题，有时是一个轻轻的吻，没人能抗拒她的温柔攻势，尤其是一个从来也不温柔更不甜美的女孩，开始变得像个纯情少女般对他款款生情，乔的自信心从未有过地高涨起来。在晚上经过的酒吧，他跟陌生女孩开玩笑调情，偷偷摸摸地不让静珊看到。

静珊每次都要极力避开才能不看到乔那张笑脸，他像个偷了大人烟的小鬼头在装腔作势，让人想笑，而他温和的性情和秀气的长相确实打动了一两个溜出来喝酒的女孩。一转眼，她看到大柴和一个性感热辣的女子在舞池中忘我地跳舞，她感到既可笑又恼火，顺手拉住一个准备离开的男子搭话，对方惊喜地看着她，搭在她肩膀上的手一直在冒汗，这让她更加恼火。

现在跑回车上生闷气绝对是下下策，车上冷得要死，为了吸引人，她只穿了件真丝面料的印花长裙，曼妙的身姿在裙子下若隐若现。大柴抱着那个女子跳舞时，眼神一刻没离开静珊，当陌生男子拥着静珊要接吻时，她能感觉到大柴眼神中在喷火。她很开心地在男子脸上轻啄了一下，随便找个借口溜走了。

回纽约找她母亲，又是下下策，她母亲不会收留她。她也不想一个人待在乔的公寓里，提防他随时可能出现的家人，乔的母亲一定会找出任何借口马上赶她走。她猜想乔有了女朋友，他这么积极进行旅行计划，一定是想在安定后半生之前多做几件疯狂的事，譬如当着静珊的面对别的女孩献殷勤，让她吃醋。

乔来找她了，在大柴之后。

大柴在酒吧外追上她，问她去哪儿，她嚣张地说：“去跟男人睡觉！”不等大柴有何反应，乔大呼小叫地追了过来，看见静珊，一把抱住她说：“刚才是我不好，你不要生气。”

静珊胜利地对大柴吐舌头，他气得绷着脸。她脸上笑嘻嘻的，用哀伤的语气对乔说：“你太让我伤心了，你怎么可以这么对我？！”乔只管死命地抱着她，不让她走，她压根儿没有溜走的打算，她只想吓唬人。

在附近的旅馆找了地方睡觉，静珊在房门口与乔依依惜别，她拉着他的手，笑着听他第二天的安排，直到大柴看见了这一幕，她打个哈欠准备关门睡觉，乔撑着房门，眼神望着她。当着大柴的面，她考虑着要不要让乔进来，今晚大柴过得一定很开心，她可不怎么开心。

静珊让开了门，乔走了进去，大柴眼神眨也不眨地盯着她，表情阴沉，她甩上门的一刹那，大柴忽然冲了过来，一把将她从里面拽了出来，门砰地关上，里面传来乔的声音："怎么了，静珊，你去哪儿？"

她惊疑不定地看着大柴，他抓牢她的手不放，她低吼道："你干什么？"

"你真狡猾。"

"去你的！"

"乔的家里为他订了婚约，你不知道？"

"我要知道这么多吗，你女朋友知道你整天这么鬼混吗？"

房间里传来乔开门的声音，静珊大声说："我去买些酒，明天路上喝！"

"快去快回。"乔开心地又关上房门。

大柴沉着脸看她，忽然一笑，说："你很擅长控制别人，很过瘾是不是？用来对付乔，太大材小用。"

"难道你要推荐给我几个？"静珊不甘示弱地冷笑。

"你根本不喜欢他，他连碰你一下都不敢。"

"他是个君子，不像你，你是野人。"她用下巴指了指被他抓住不放的手，没准儿有瘀青了。

"我们是同类。"大柴笑了起来，表情很得意，说，"别对我撒谎，你能骗过任何人，我知道你有这本事，别对我来这套。你从第一眼看到我，你就认出我了。”

“我可不记得认识你。”静珊嘲讽地笑着看他，她懂得他话里的含意。

“你再装蒜，我们谈话到此为止。”大柴沉着脸威胁地说，“第一眼看到你，我也认出了你。如果你不打算说真话，我……”他的手轻轻抚过她的脸颊、嘴唇，凑在她耳边轻声说，“保证不会亲你一次。”

说完，他甩开她的手就走。静珊郁闷地跺脚，又无可奈何。房间里乔早就抱着枕头睡着了，他像只醉死在酒缸里的猫，嘴角挂着微笑。

旅行继续上路，车一路开往达拉斯。

静珊自有意识起，伴随着记忆的是一连串骇人听闻的信息，他们一群人在肯尼迪遇刺的广场驻足逗留了一会儿。静珊记得是在姑妈带她去看完《雌雄大盗》后，电台里报道黑人领袖马丁·路德·金遇刺身亡，没多久又是前总统的弟弟罗伯特·肯尼迪遇刺。当时她还在法国，父亲刚回家，听到消息后又出门了，她睡在门口等到第二天早上也没见父亲回来。

这天晚上，他们找了朋友去参加聚会。静珊换上包臀的迷你裙，乔从她一下车便瞪直了她大腿看。她知道嬉皮士风已成为过去，时髦的年轻人已换上朋克装束或自制的奇装异服，执迷高级时装定制是古董老派的人，奢华的面料、精致的剪裁不再被年轻人推崇，人们追逐本然天赐的风格，无论精神或身体上。

静珊无法舍弃烟熏般眼圈搭配金属色的浓重眼线，童年时看到一群比她大得多的年轻人去美国参加伍德斯托克音乐节（Woodstock），那场计划吸引5万名观众的音乐节，吸引了40万人，一个仅72小时的摇滚王国出现了持续两天的大暴雨，在“爱与和平”的号召下，音乐节与反战情绪紧密相连，“要做爱，不作战”的反战口号响彻整个会场。年幼的静珊听他们一遍遍回忆那场音乐节史上最浓墨重彩的72小时，她却只能从别人的照片上羡慕地看着面目模糊的吉他大师Jimi Hendrix和The Who乐队。原来这世界上，还有人是可以这么恣意生活的，这世界比当时的她想象的远远更有趣、更丰富，也许，在这世界上的某一个地方，她能找到她自己的一种生活。

早从静珊追滚石、披头士、大门、门基等摇滚乐队的演唱会起，她已经深谙如何塑造自己的外形引人注目，为了与那些头发鲜艳的朋克族区分开，她拒绝染头发，破破烂烂的反叛T恤是几件旧T恤重新剪裁的，她添上新的图案，套上她穿得很破旧的马丁靴，今天晚上就穿着去参加派对。

大柴发了那道最后通牒后，两人至今一句话也没说过。她在车上逗着乔说东道西，大柴充耳不闻。她把两条腿架在仪表盘上，乔看得眼睛都直了，大柴沉着脸看了眼，转向车窗外。

她有些得意，问乔：“快到了吗？”

乔点点头，转过头去看前方的路，留恋地又看了眼她修长白皙的腿，她瘦得像树枝，却散发出一种惊人的吸引力，与她的外表无关，即使再多一分漂亮也无法为她的外表加分，无论淡妆或浓妆，她是气质独特的个体。在派对上，乔忽然醉醺醺地对她说：“一万个人里，我也能一眼认出你。”

静珊听他咕咕哝哝地说着话，含糊不清，他又喝多了，靠在一旁睡去。乔从小到大经历的事加起来也不会比这几天更多，好几次他们几个男人在酒吧跟人起争执，差点为了某个女孩子大打出手，乔意气风发地跃跃欲试，他是真的开心。

大柴坐在另一边闷头喝啤酒，静珊看到一个女孩在他身旁坐下，两人很快聊了起来，女孩每次被他逗笑时将手搭在他胳膊上，好奇地问他平时怎么健身。静珊无聊地转过头去，起身往外走。她有些想家了，她给母亲打了个电话，母亲问她人在哪里，她说在达拉斯，电话那头沉默了好一会儿，母亲用几乎呜咽的声音说：“对不起，女儿……快点回家吧。”

已经是圣诞夜了，静珊还会错过圣诞节，甚至新年，为了一个毫无意义的公路旅行，跟着一群和她一样无处可去的人流浪，他们有结束流浪的一天，可她呢？

她想去芝加哥，她年幼时姑妈带她去过一次，每天最开心的事是发现新的美食店，她在街上看到一个脖子上挂着相机的女人，专注地低着头，姑妈告诉她说：“她在拍照。”她好奇极了，想着有天存够了钱买架一模一样的禄来双反，酷酷地行走在城市的大街小巷，随时按动快门。

可现在，她被困在了这里，她跟人打听哪儿有长途车去芝加哥，她既不想回母亲家过一个尴尬而气氛僵硬的圣诞节，也不想和他们再这么漫无目的地上路，还得眼睁睁看着大柴和刚认识的女孩等着在午夜的槲寄生下接吻。她漂泊得太久，她累了。

静珊从车上拿了行李后，直接去找长途车站，走到半路眼泪掉下来，无论她从哪儿离开，没有人记得她、挽留她，对任何人而言，她可有可无。她坐在路边，圣诞夜的晚上，哭得像个没有明天的小女孩。邦尼和克莱德没有明天，他们找到了彼此，他们拥有过彼此，她一无所有。

“静珊，你在哪儿？”大柴追了上来，发现正从路边慢慢站起身的静珊，脸上的妆花了，黑色眼影流下两道黑色的长线。静珊扭过头去擦脸，她现在是个大花脸。他握着她肩膀扳过去，她伸手推开他，大柴展开双臂一把抱住她，她冲动地反手打他，他以为自己是谁，她不需要别人拯救，她 6 岁时就不相信圣诞老人。大柴的手像铁钳，肌肉遒劲，牢牢地抱住她在怀中，她躲开他凑近的脸，他握着她的下巴颏，不容置疑地亲吻她，她咬了他一口，他吃痛放松了手上的力道，她一掌向他脸上拍去，大柴轻易地截住她半空中的手腕，笑着说：“好，你自找的。”

说完，他拦腰抱起她扛在肩上，一路往前走，任凭静珊破口大骂，骂到后来她呜呜地哭了起来，他放她下来，她一屁股坐在地上哭，泣不成声。他手足无措地站在一旁，想劝的话一句也想不到，不劝又不行，她身上穿得很少，能冻死人的大半夜里她哭得像个孩子。生平头一回，他温柔地用额头抵着她的额头，哄她说：“不哭了好吗？你要去哪儿，带上我一起去。”

她低垂头，冷得瑟瑟发抖，他抱她站起身，把她裹在自己的厚外套里，她低声说了个名字，两人一起去找长途车。

终于上了车后，静珊安静地靠在他身上打鼾，脸颊、鼻子红扑扑的，眼眶红红的，嘴唇红得鲜艳欲滴，大柴凑过去亲吻她时，她忽然睁开眼对他轻轻一笑，把脸贴在他粗壮的脖子上，闭上眼继续睡觉。他一手搂着她的腰，不太老实地东摸西碰，静珊嗔怪地白他一眼，他继续像个无赖般吻她。

过去那么多年让她深恶痛绝的节日，忽然变得有了意义。

在一连串的漂泊和颠沛流离后，静珊有了自己安定的家，她和大柴没打算这么早结婚，两人决定在芝加哥定居下来，住在狭小的套间里。他们用身上所有的钱凑足了第一个月的房租，大柴作为家里的长子，做出这么轻率的行为，让他父亲非常失望，立刻切断了他经济上的支持，他在餐馆找了份工作。柴家是经营餐馆的，父母给他安排了婚事，那女孩和他一个大学，毕业后他将子承父业，女方家里有人脉，对家族生意非常有利。

静珊接到过柴母打来的电话，直截了当地问她：“你要多少钱肯离开他？”

大柴一早出去了，她手上绕着电话线一圈又一圈，她没有气冲冲地挂断电话，继续听对方说：“我儿子年轻气盛，过两年他反悔过这种日子，你怎么办？你把钱收下，这件事就到此为止不好吗？你们两个现在这样过日子，能够支撑多久？”

静珊放下电话，当作什么也没发生地继续整理房间，她想出去找份差事减轻他的负担，她什么都不会，报名念个学习班，她账户里没有多余的钱。爱一个人是一回事，伸手问对方要钱是另一回事。

母亲知道她在芝加哥生活，给她寄过一些生活费，说：“要是你打算结婚，不用邀请我。”父亲知道后，什么也没说，他专注于自己的世界。

唯一替她感到高兴的是姑妈，紫桐寄了一个大包裹给她，还给她寄了钱，信上说，陈媛为她做的这些旗袍本是准备结婚穿的，现在已经没有可能了，她希望静珊在结婚时能穿一次，婚礼时她大概不能赶来出席了，钱留在身边，总有急用的时候。

她和大柴说起过结婚的事，两人毕竟还很年轻，倒不是担心有什么变故，非要证明些什么，她也觉得这个年龄就定下终身太仓促。晚上商量了很久，她决定去餐馆找份服务生的工作，大柴骨子里是个大男子主义，她一边笑，一边用亲吻打消他的顾虑。自从两人在一起后，谁也不放心谁，大柴尤其不放心她跟邻居走得近，男人多跟静珊说一句，他就暴跳如雷。他从没这么爱上过一个人，为了她，他连父母和家也不要了，现在只剩下她，要是这时有个虚头巴脑的有钱浑蛋看上静珊，他一定会火冒三丈宰了对方。最让他深感无奈的是，他对静珊一点办法也没有，他气得抓狂，她笑得开心。

到月底，七拼八凑凑足下个月的房租，两人的账户上又一贫如洗了，尽管没什么钱，日子过得吵吵闹闹很生动。

大柴每天工作十几小时，渐渐地他染上了酒瘾，不开工的日子他会喝到眼前发黑。紫桐从法国赶来看望他们那天，大柴醉醺醺地从外面回来，一到家，躺在门口睡着了。他一向嗜酒如命，以前和乔一瓶瓶地喝着好玩儿，生活的压力使得他酒瘾爆发。

静珊吃力地拖他上床休息，他的生活不再像过去那样多姿多彩，每天一睁开眼是没完没了的账单，远离他过去的生活圈，没有熟悉的朋友，他有时异常沉默寡言地出神。

紫桐觉得自己来得不是时候，她一直担心这对年轻的恋人困难重重，情况比她预料的还多。

乔给他们寄来婚礼的照片，两人没有去洛杉矶参加乔的婚礼，乔婚后过得风生水起，做投资赚了些钱后自己开了间店铺卖香料。大柴原本也可以过这样的日子，没想到他父母亲对静珊的态度这么强硬，让固执的静珊像个贤惠媳妇在柴家生活，他觉得很不可思议。

静珊对他提过一些她家里的情况，每次他得威逼利诱她才肯说一点点，他心里明白，她从小过着颠三倒四的流浪生活，自尊心很强，越是这样，越在意别人的轻视、嘲笑。静珊拒绝与人过从甚密，她说，遇见他之前，她从未想过安定的日子。

“等有了孩子，他们会接受我们的。”送走紫桐的那天晚上，大柴吻着她说，她看着天花板，想象着遥远的可能。

为了多挣些小费，静珊把制服的裙子上移了几分，笔直、修长的大腿暴露无遗，常有客人围着她打转要电话号码，多喝了几杯的醉汉趁机摸几下她的臀部，她现在已能应付自如了，只要大柴别再像个傻小子般暴跳如雷。

钱存得差不多了，她报名去学美容课程，她认识了几个做婚礼服务的朋友，他们需要几个化妆师。静珊对化妆不陌生，但要适应新娘妆的造型必须要花时间去学，白天打完工，她踩着自行车去上课。刚买的二手车，大柴用来上下班，他工作到凌晨下班需要以车代步。她下课回家，时常看到的一幕是喝得迷迷糊糊的大柴，睡在沙发上打呼。自从他听到过两次乔打来电话和静珊叙旧，他变得疑神疑鬼。他父母之前决绝地告诉他，不分手，柴家的财产全归他弟弟、妹妹所有，他别想捞到一毛钱。他老实不客气地回敬过去，他不稀罕这些，口气恶劣地挂断电话。

他们从未商量过这件事，一天天在心中盘算对方的想法。大柴疑心静珊和乔旧情未了，尤其以现在乔的条件，他和乔没什么可说的，有些事他知道得很清楚，一向老实巴交的乔在婚姻之外有不少暧昧关系。乔对静珊始终念念不忘，听静珊和乔的谈话，大柴非常疑心乔的用心，见静珊收了一堆大包裹，神秘兮兮地藏在地下室，他疑心更重了。

乔出差到芝加哥看望老朋友，三人很久未见，老友重逢是件很开心的事。乔出手阔气地送了一套化妆品给静珊，大柴的脸色变得不太好看。乔性情随和，但不太会设身处地考虑别人的感受，化妆品是欧洲高档货，还有瓶价格不菲的香水。他知道静珊在学美容，很开心地说：“你化不化妆都很美。”一句很平常的恭维，听在大柴耳里特别不是味儿。

静珊现在很少化妆，她的嬉皮士、朋克风的奇装异服收了起来，地下室是她的储藏室，每当两人关系紧张，她能在地下室待上大半天不出来。一离开地下室，她会出去一天，回来后什么也不说。

乔拜访的那天，大柴临时被叫去餐馆里顶两小时班，回来时看到乔和静珊在门口依依惜别，她穿着短裙和高跟鞋，化了妆，乔与她深深地拥抱，静珊目送着他离开。

一直到深夜，静珊没等到大柴回家，餐桌上是一封医院的报告单，她在沙发上蜷缩了一夜，醒来发觉已经是第二天早上。她立刻打电话去大柴上班的餐馆询问，早班的员工如实告诉她后，她心里一阵冰凉，大柴从不会一声不响地不回家，两人在一起的这些时间，大大小小争执不断，最久三天不说话，通常隔天就和好。

一整天，她打遍了所有认识的人的电话，没有人知道他去了哪里，走投无路之下，她打去柴家询问，柴母接的电话，语气冷冷地回：“是嘛，有消息再说。”

整整三天，她没有任何消息，给她冷脸的柴家也开始打电话询问情况，柴母语气比较冲，扯着嗓子叫：“你把我儿子怎么了，到底你们发生什么事，怎么会好几天不见人？！我跟你说，你要是要什么花招，对我没有用的。”柴父稍微理智些，一把抢过电话，问：“真的都打听过了吗，报警了吗？”

静珊忐忑不安地去报了警，她从别人沉默的眼神中看到了某种同情的含意，大柴丢下她走了，她被抛弃了。

失踪的第一个月，她心存希望他会突然回来，她强颜欢笑地继续住在两人的房子里等她。又过了些时候，乔打电话来问她情况，情绪几乎崩溃的她，说："我该早点告诉他，也许他就不会离开我了。"她抓着电话哭了起来，像当初迫切需要父亲的拥抱，却只得到父亲离去的背影，她一直相信一旦她开始在乎，就是她将失去之时。要是能挽回大柴，她不惜用孩子作借口。

乔来拜访那次，临走时问过静珊，他妻子也有了身孕，他会容易注意到一些细节。静珊没有否认，但也没有承认，她希望大柴第一个知道。那天道别，乔和静珊说了许多叙旧的话，他告诉静珊，她父亲几个月前再婚了。这个消息静珊听母亲说过，父亲没有通知她，她奇怪的是父母亲会互通消息。

"那次遇见你父亲，他提到你，说亏欠你很多，你要是能原谅他，他随时欢迎你回去住。"乔安慰她说，听到她父亲的消息，她不禁眼眶一热，"他很舍不得你，听说你住在芝加哥，他说了几次要来看你的。我这次来看望你们，其实是因你父亲所托，礼物也是他送的，他要求我不要说，他希望你幸福。"

眼泪滚落下来，她偏过头去，一想到自己即将拥有的三口之家，她几乎能试着去原谅父亲的冷漠。乔安慰她时的一幕，恰好落在正回家的大柴眼中，他知道乔对静珊始终心怀说不清的迷恋和得不到的酸涩。静珊自从和他在一起后，一改从前的阴郁颓废，卸下烟熏妆，她的脸纯白、脆弱，像个涉世未深的女孩，跟他过着清苦的日子。

大柴被确认为失踪后，静珊决定放弃孩子，她无法独自抚育这个孩子，她没有通知柴家，之前几次不太愉快的电话交流后，她彻底放弃了沟通。

1980 年圣诞节快要来临了，三年前她和大柴连夜私奔来此，他们年轻，他们相爱，他们逃离原来的生活，他们像邦尼和克莱德一见钟情，他们没有携手走到最后。12 月 8 日夜里，她在日记里写上：明天，我和大柴不再有瓜葛。

她预约了手术时间，第二天换上她最喜欢的真丝雪纺裙搭配机车夹克以及马丁靴，她要做回三年前那个无所畏惧、没有牵挂的女孩。12 月 9 日一早，她裹着厚厚的围巾去医院，一路上看到不少路人停下来听电台，有人捂住脸小声哭了起来，有人沉默地叹息，静珊听清电台里的内容时，她惊讶得难以置信，约翰・列侬遇刺身亡，在 12 月 8 日夜晚，在他的寓所门口。

她转身往家奔去，关上门失声痛哭。大柴曾说攒够钱他们要一起去看列侬的演唱会，每个静珊喜欢的摇滚乐队他们要一起去追，他们要做一对很酷的恋人，他们要在一起做很多疯狂的事。

所有和他有关的事正以令人惊恐的速度退离她的生活，她并不忍心放弃孩子，她心里有个声音一直在告诉她，大柴会找回来的。两人吵得不可开交，她威胁要回家，大柴死死地抱住她不放，他甚至会晚上起床查看她的行李。她在地下室怎么也找不到的旗袍，全部被他藏了起来，他担心她有天突然离家出走，没有哪个傻姑娘会留下来陪他吃苦，他想尽一切办法绝不让她从身边逃跑。

圣诞节前夕，静珊打电话通知柴家她怀有身孕的事，她做好被他们羞辱的准备，她现在这么做只会让他们认为她是在伸手要钱。柴父听了一句话也没说，电话转到柴母手上，静珊深深吸了口气。

“要真是这样，你过来我们家吧，我照顾你。”柴母的声音沉稳缓慢，像是深思熟虑后的结果，又像早有预料。

“我……”静珊张着嘴半天，这是不曾预料的。

“你家里的情况，大柴跟我们说过，既然他失踪了，我们有责任照顾你和孩子，来我们家团圆吧，一个人旅途辛苦，我让孩子去接你。”

静珊拒绝了，柴家支付了她机票费用，大柴的弟弟去机场接她，这是她第一次见柴家的人，他们对她陌生又好奇。柴母为她收拾出儿子的房间，周到地问长问短，比她母亲还关心她的旅途劳顿。她住了下来，直到生下儿子，柴母希望她继续住在柴家，把她当作大儿媳看待。

最终，静珊决定另找房子住，她找了份不错的工作，柴母喜欢孙子，静珊愿意让柴家带孩子，每个周末去看望。她才20岁出头，她还有她的人生，她每天睡在大柴从前的房间，他失踪的阴霾一刻没有消散过。静珊虽然伤心欲绝，可她不能永远沉浸其中。

她在洛杉矶有了三个家，一个是她独自居住的单身套间，其次是儿子的祖父母家，再是她父亲的新家，她母亲在纽约也有了新家。她开始感到安心，工作、生活平静充实，她交了一群新朋友，渐渐有了结婚的打算。

快 30 岁时，她决定嫁给一个沉稳的男人，结婚之前，她要陪姑妈去一次香港，回来就商量婚礼。未婚夫知道她有一个儿子，他们讨论过这件事，未婚夫的家里不太能接受，婚礼因此延期了很久，直到现在终于松了口。

静珊开车去柴家的路上想着怎么开口说她结婚的事，儿子肯定是柴家的人，她和大柴没有结婚，不能觍着脸佯装柴家的媳妇，她生下柴家的孙子后，柴母对她的态度大变，曾暗示过要静珊留在柴家照顾二老，柴家以后的钱多数留给长孙。现在她要去通知二老她嫁人的事，柴母的脸色一定不好看，过了这么多年，柴母始终坚信儿子会回来。静珊不能这么过日子，没人替她打算，她得替自己想好后路，她后半辈子不能就这么过。

一进门，柴母的神情很奇怪，柴父端着茶杯遮住半张脸。静珊称二老伯父伯母，笑着问："怎么了，小火柴闯祸了？"她儿子的小名，她以前常和大柴打趣说他是卖女孩的小火柴。

"静珊，我买了些东西搁你以前睡的房里，你去看看喜不喜欢。"柴母笑容有些不自然。

"伯母，怎么这么破费呢？"她想着一会儿更不容易开口说结婚的事了，一边客气地笑着往大柴从前的房间走去。

房门尚未关实，一声尖叫从里面传来。柴父险些扔了手上的茶杯，表情尴尬地看向他的妻子。柴母还很镇定，缓缓道："我跟你说，皇天不负有心人，什么情况只有做娘的最清楚。要是大柴真遭遇意外，我心里肯定能感觉到，这几年忐忑是一直有的，但我知道他会回来，他一定是发生什么事了。你看，现在不就是嘛。”

“静珊是快要结婚的人，这下不是耽误人家嘛，她也苦了这么些年了，该嫁人成个自己的家。”

“你胡说什么？！这里就是她的家，以前的事没什么好说的，她进了这个家就是这个家的人。我跟大柴说过，他生病失去记忆时结婚的妻子不算，他根本不记得自己是谁，人家的恩情要还，但婚也要离，他自己也同意的。不信，你自己去问他，我有没有逼过他。”

房间里的尖叫声过后，平静得出奇，柴母贴在门上听了会儿，回头冲她丈夫眨眼，轻声笑：“没见她之前，我极力反对，从她一踏进咱家那天，我就看出这姑娘是真心的。现在让我换儿媳，不行的。”

柴父听得轻声叹息，拉着妻子去外间说话，免得被里面听到。

这天到晚饭时，两人从房间里出来，瞧不出什么结果。静珊坐在儿子身旁，柴母推了把椅子要大柴坐过去，静珊瞪了他一眼，他便原位子坐下，柴母笑着摇头轻叹。

两人一别将近十年，当初大柴因误会静珊与乔余情未了，愤怒地驾车离开，一路飙车，在高速公路上遭遇了一场车祸，被救起时浑身是伤，奄奄一息，一直在医院里躺了几年，醒来时失去了一部分记忆。出院后，他在别的城市成家立业，当他以为他的过去就此消失时，大脑的某一部分在渐渐苏醒，他想起他曾有过的一个家，一个喜欢化烟熏妆的女孩，一间狭小的套间里住着两个前一秒如胶似漆、下一秒大打出手的极品恋人。

记忆像一道打开的闸门，稍不提防时，轰然决堤。大柴决定回家探望，他妻子替他整理了行李，似乎预感到两人的结局，他们一直没打算要孩子，大概早就料到会有这天，他妻子说：“你明明不关心流行服饰，可每次看到穿一身嬉皮士的女孩马上能分辨出来，你总说好看。无论我说多少次，每次有滚石乐队的演唱会，你会立刻去买门票，可我从来也不喜欢。”

大柴坐上车无言以对，他妻子微微一笑，说：“去吧，事情总得有个了结，你欠自己一个解释。”

他先去了芝加哥，循着记忆中的路线找到当时的家，早已人去楼空。接着，他打了几个电话，从柴家的餐馆里打听了些家里的近况，他来之前没想过与妻子分开，过了这么多年，即使还能找到静珊，她也该早就结婚，当他得知静珊生了他的儿子，柴母对他们母子的照顾，他像被人狠揍了一顿。她没有结婚，她生活在洛杉矶，她还在等他吗？

柴母接到儿子的电话哭哭笑笑，说到实际问题上，一向精明强势的柴母，异常冷静地告诉他说：“静珊这个孩子个性很强，但不是不温柔，这几年她有过不少机会能嫁得很好，可她一直没嫁，她嘴上不说，谁都看得出来是为了什么。无论你怎么决定家里都支持你，但不能因为觉得亏欠而伤害别人，不论你怎么选，静珊和柴家都是一家人，小火柴是你的儿子。”

大柴在房间的窗口看到下车正走进门口的静珊，隔了十年，她已不再是那个走路横冲直撞的女孩，她穿着休闲套装和高跟鞋，姿态优雅从容，那个一脸阴郁的短发女孩，蜕变成了成熟迷人的女人。他忘记了她这么久，再次看到她，依然记得初次见面时晴天霹雳般的心动。他感到沮丧，他必须再争取她一次，这个决定，他仅仅花了几秒钟。

小火柴从未见过亲生父亲，对这个陌生男人非常警惕，随时抱着静珊，两只眼睛眨也不眨地瞪着大柴。从晚餐后，小火柴寸步不离静珊身旁，柴母哄他去看卡通也不搭理。大柴又好气又好笑，问静珊："你去香港也带着他？"

"有什么不可以吗？"静珊反问，一手搂着儿子。

父子俩长得极其相像，连臭脾气也如出一辙，大柴想跟静珊说几句话，小火柴非常严肃地坐在两人中间，不时抬头用审视的目光看看大柴，大柴苦笑道："到底是我妈教出来的孩子。"

静珊忽然微微一笑，很快扭过头去，大柴看见了，想着他要面对的另一个问题。

静珊带着小火柴和姑妈去了香港，一个月后，处理完事情的大柴追了过去，一家三口陪着垂垂老矣的紫桐，在香港住了下来。

其间，静珊联系了欧家，经过一番解释，最终前来的只有欧裕一人，紫桐很欣慰，她希望去世后葬在香港，她说："我一生中最好的时光，是在这里度过的。"听者都明白那是她和欧立诚仅有的时光。

欧裕将一条蕾丝的紫色旗袍送给了紫桐，这件是欧立诚后来重新做的，手艺更为精湛。眼角布满皱纹的紫桐闪出了泪花，欧裕柔声道："我怪过父亲，后来我慢慢理解了他，他和母亲的问题很多，父亲即便从未遇见过你，他和我母亲也是一对怨偶。我父亲这人太遵循规矩、责任，他有很多机会可以去选择他自己的生活，他……也有过机会来找你，可他不会这么做，他想的都是维系这个家，维护我母亲，尊重你……孟阿姨，我知道，当初是你极力要父亲回去上海的，你心疼他。"欧裕不及擦落下来的泪，紫桐轻拍着她肩膀安慰她。

那天晚上，大柴决定向静珊求婚，小火柴从怀有敌意逐渐站到父亲这一边，极力帮腔造势。

静珊解除了婚约，未婚夫很伤心，男方家里大大地松了口气。大柴和妻子协议离婚后，钱、房子全部给他妻子，他背着行囊，仿佛又回到当初和静珊私奔去芝加哥的情形，离开和前妻的家，他直接飞去香港。关于离婚，他妻子早有预料，两人平静地分手，分别时，她对大柴说："我们没有目的地，我们只有要逃避的东西。现在，你不用再逃避了。"

紫桐去世后，静珊决定去上海，她想去看看父母年幼时生活过的地方，紫桐把心都留在那儿的地方。到上海后不久，她发觉自己有了身孕，大柴信心满满地等着她嫁给他。也许是错过上一次怀孕可以随便发脾气、整蛊另一半的机会，她天天变着法地折腾、闹脾气，最先受不了的人是小火柴，一天早上，他郑重其事地对父母说，他要回洛杉矶和爷爷奶奶住在一起。

大柴决定在上海开个小餐馆，两人办了简单的结婚喜酒，初来乍到，没什么朋友，请来欧裕一家吃饭。

生下第二个儿子小木柴后，大柴的父母万里迢迢来看望他们，静珊的父亲也打了电话问她需要些什么，那段时间，家里忙进忙出的好一堆人，热闹得像过年。

小木柴长得像静珊，从小细瘦，一双眼睛也遗传了静珊，人精一个。夫妻俩吵得不可开交时，小木柴就跑去找琳琳，他喊她姐姐。说到父母之间的“战争”，琳琳深有体会，区别是静珊和大柴是相爱相杀的冤家，琳琳的父母是真的在闹离婚。

大柴小心眼、爱吃醋并没有因为时间而改变，静珊一说要去会朋友，他就疑神疑鬼，吵得最严重时，互相捅刀揭对方伤疤，一个说对方背叛自己娶了别人，一个说对方那几年有多少男朋友，光吵不够还动手。静珊不再是过去那个孱弱的女孩，只要一想到他失踪的那段时间，她时时刻刻面对的绝望，她又哭又闹能折腾半天。大柴一听她说这些事，心立刻就软了下来。冷静下来时，两人也觉得这么闹下去迟早要杀了对方，分开又不可能，所以每次吵完架，一个烧一大桌菜，一个定做一堆衣服。几年下来，两人都心宽体胖了起来。

2014 年夏・上海

静珊整理出的几件衣服，用防尘布仔细包好，她说：“陈媛的真丝雪纺裙我只有一件，姑妈去世时留给了我两件，印花面料，斜裁裙。这里还有几条皮革的宽腰带，头上搭配一条束发带。”

我收拾完放进背包里，这时，柴家父子俩正好回来了，柴伦看了客厅一眼，小木柴对我一笑。我意识到时间不早，便起身告辞。静珊很热心地拉着我说下次来玩，随口问了句：“你母亲好吗？”

“好，蛮好的。”我诧异她认识我母亲，想问一问，她立刻笑着岔开了话题，对着小木柴说：“去送送姐姐，别整天打游戏。”

小木柴送我到楼下，要告别时，鬼头鬼脑地问我：“你现在要去找柯维兹吗？”

“你不是没告诉我他在哪儿嘛。”我没好气地说。

“哦。”他沉闷地应了声，又道，“你想去劝他吗？”

我不置可否，沉默地看着他，仿佛看到他父母亲风风火火的人生，我真是羡慕。

沿着小木柴指的路线，我走到了一个篮球场。静谧的夏夜，四周空荡荡的，一道单调孤独的撞击声打破了寂静。三步上篮，人影一跃而起，球哐当一声进去了，接着又是运球，三分线投篮，没进。

我站在边上看着，一身运动衣的柯维兹专注地练习投篮，他不在状态，尽管练习得很认真。

“你在烦躁吗？”我说，他意识到有人过来，但没在意。看见是我，他漠然地继续投篮。

“你会去追演唱会吗？”我不死心地继续问。

“可能。”又一次射偏，他低声咒骂了一句。

“我喜欢山羊皮乐队，你看过U2乐队的现场，琳琳喜欢Take That。”

“她是喜欢罗比·威廉姆斯。”

“你也是啊，我喜欢主唱盖瑞·巴洛。”

他笑了笑，以前常为了许多喜欢的摇滚乐队争执不休，每次意见都不同，唯一的共同点是他们喜欢的大多是英国乐队，开玩笑说以后要一起去英国看演唱会。

“你喜欢的是David Bowie，天天听，我得用大门乐队和皇后乐队才能换你手上的专辑。”

“用两张专辑换所有的David Bowie，还是你合算。”

他胳膊下夹着篮球，缓缓地走了过来，说：“讲和了？”

我抬头看着他，汗水从他脸颊不断往下流淌，头发乱糟糟的一堆，“嗯。”

“你什么时候走？”

“下周。”

他手臂上突起的青筋，仿佛又回到了昨晚的小巷。与父亲说了自行车停放处，我没再回去想办法取回来，一来我不愿回想那晚发生的事，二来我确实没办法自己搬回家。

“琳琳和你一个航班。”

“她要去巴黎？”

柯维兹简短地一点头，不愿多说什么，转身继续投篮练习。

“你待会儿回家吗？”我问。

他回头看了我一眼，表情古怪地扬起嘴角，说：“怎么说？”

“他们很担心你。”

“哦。”

“我去跟他们说一声。”

他重重地投出球，篮外空心，他不耐烦地说：“你为什么要管这些事？”

“一个人去追星太自私了，当初说好要一起去的。”

“跟你？”他笑了起来。

我脸上一热，说：“和想和你去的人一起去。”

柯维兹扔了手上的篮球，大步走了过来，凑到我面前，声音低沉地问：“在说你？”

我咬了咬牙，说：“刚说的和好，这会儿继续开战？”

他笑了笑，捡起地上的篮球，肆无忌惮地脱了上衣在背包里找干净的T恤，转过头看了看我，说：“知道了，你可以走了吧，嗯？”

不管怎么说，我尽力了，一个存心拒绝你的人，再如何示好也毫无意义，以这样的方式告别，也好，往后无可留恋。

我最后看了一眼他的背影，就此别过。

第五个故事

寻找古董衣，寻找爱情，只为寻找自己——Vogue 时代

2014 年夏 · 上海

良辰古董衣店有了新的人手，店主婆大概早就未雨绸缪了。我收来最后一单古董衣后，便不再去店铺了。上飞机的前一天，我在门口发现一个包裹，犹豫了半天究竟是谁这么神秘，我始终不知小黑裙是谁送给我的，无论如何这次我是不可能再改变主意的。

我相信柯维兹有他的理由拒人千里，难免我会遗憾最终是这个结果，终于我也努力过了。或许，人生中有那么几年，就是这么不顺，等过去了，是不是还会在意也未可知。

包裹里是一件浅色礼服长裙，绉绸面料，贴身垂顺的剪裁。我翻了一圈裙摆，没找到有“LC”的标志，盒子里一堆包装纸下有张小卡片，写着：不要说我什么都没给过你。落款是“樊”。

是店主婆！我真有点儿哭笑不得，从我跟她说航班时间起，她始终无动于衷，用一种“你怎么还在这儿”的表情瞅我，告别的话我咽了下去。离开店铺时她正指挥着新来的小姑娘怎么做事，有那么一会儿，我还感叹了一下人未走茶已凉的失落，但想到店主婆对任何人都这样，心理平衡了许多。柯维兹和她亲近，他最像他姨婆。

我手上的这条斜裁裙，前腰插片的接缝削剪如针尖般，与花瓣纹的打褶相融，针脚绵密无形。裙子的手工惊人，难以置信店主婆会将这么精美的裙子送给我，还给她，我不舍得，还显得很不领情。我用了半个夏天的时间收获了这条裙子，剩下的半个夏天，我要重新出发了。

琳琳在登机口不停地催，说：“别看了，你爸早走了。”

“我知道。”

“他早就走了。”

我知道“他”指的是谁，柯维兹两天前去了英国，琳琳去送行，她发了照片给我。她最积极给别人泼冷水，却又很难让人讨厌她。我问她是不是去巴黎扫货，她说：“不是，我爸再婚了，我去参加婚礼。”

她父亲是个八面玲珑的贸易公司老板，大半时间待在欧洲工作，琳琳的父母好多年前离婚了。飞机上，她服下安眠药，戴上眼罩，问我：“你要吗？”

“不。”我从随身包里找出本皱巴巴的书，戴上耳机，十几小时的飞行，引擎轰鸣，耳膜很疼。

跳跃的文字，飘浮的音符，云层之间一片白茫茫。

2014年夏·巴黎

琳琳睡到下飞机才醒，精神抖擞地拖着行李箱四处张望，她爸不来机场接她，我妈也是，我们决定去搭机场大巴再转。我以为她来过，结果她大大地白了我一眼："没有。"

"你不是很多衣服都在这里买的吗？"

"你老妈在这里工作这么多年，怎么你没来过一次？"

"你老爸也在这里，你怎么没来过一次啊？"

一下飞机，我和她能为了任何事拌嘴，我能理解她心里有多紧张，她很多年没见过老爸，联系得很少。我还能用电话、邮件与母亲联系，所以尽管嘴上谁也不服谁，心里多少有些安慰，还好不是一个人面对。

"你住哪儿呢？"我问。

"反正不跟他住在一起，后妈有儿子、女儿，婚礼之前应该不希望我打扰他们。"

一向骄傲、摆足架子的绯闻校花牟琳琳，因为要和父亲见面而忧心忡忡。我们拖着沉重的行李箱在陌生的城市辗转，每时每刻都在用手机查找路线图，琳琳很善于把每件事安排到尽善尽美，在这个新环境里她既新奇又带着一种错综复杂的情绪，说："幸好，我只待一个月，然后就回去。"说完，她看着我。我无奈地摇头，不去理她。

我和她住在城市的两头，交通便利，距离不近。找了几家推荐的餐厅都关门，我和她商量着去吃快餐，她一向深恶痛绝的垃圾食品，我以为她会反对，她很快地点点头，说：“这个季节，大多数人都去度假了。”

快餐店里，我拿着一堆食物坐下，她笑得很神秘地将手机拿给我看，说：“看，柯维兹在音乐节上的照片。”

他穿着皱巴巴的前卫T恤和一个艳丽的女孩拍照，对着镜头笑得阳光明媚，连英伦的大雾都能被他驱散似的。我咬着吸管，看向玻璃窗外，街上的行人不多，出门走几步就有地铁，很快就能到达母亲的住处。

“你觉得他会来巴黎吗？”琳琳忽然问。

“怎么可能？”我差点呛了一口，他来看望琳琳，不是去找佳雯？我好奇佳雯竟然没跟着他去。

离开之前，我和左荟吃了顿饭，她很满意嬉皮士、朋克服饰的拍摄效果，店主婆答应接受她为时半小时的采访，到时会一起出现在杂志上。

“你很惊讶？”琳琳似笑非笑地反问。

“佳雯不是没来嘛。”我说。

她咬了几口面包，皱眉头，说：“你觉得她会来？”

“佳雯用哪款香水？”

“冥府之路。”琳琳扔了手上的面包片，说，“比较小众的一款，我好像还有一些，是个试用装。”她从包里找出个很小的瓶子，沾了些在手上，“你喜欢这款香水？”

“不，柯维兹喜欢。”

琳琳沉默地看了我一眼，立即明白发生了怎么一回事，缓缓地说：“那晚你去酒吧找他，佳雯之前找过我，我没空。知道你要去，她立刻就去找你了。”她似乎在斟酌措辞，神情变得有些不耐烦，说，“我不知道酒吧那晚发生了什么事，柯维兹什么都没说过，佳雯喜欢他是很早以前的事，她那时有交往的人，有天……吃饭时她忽然亲了下柯维兹。”

“然后呢？”

“我看不出有什么然后。”她顿了顿，从包里翻找手机，边看边说，“我觉得他可能会……喂，你是谁？我刚到巴黎，在市中心这边，你是哪位？”

我扔了手上的薯条，等她打完手机。从这儿过去住的地方，应该不太远。也许是时差的缘故，也许是初来乍到陌生的地方，很难说这座城市有多吸引人。

琳琳打完电话后，表情狐疑地看着我，说：“你知道刚才打给我的是谁？”

反正不会是柯维兹，我随口问：“谁？”

“后妈的儿子，比我大一两岁，他说要来接我。”她抓着手机，不太确定地说，“我跟他说和朋友一起过来的，他说一起去吃晚餐，你去吗？”

这是他们的家庭聚会，我不便参加，便摇头拒绝。琳琳失望地看了我一眼，低头看着手机。她绝不会开口要求别人什么事，通常话还没说完，有想法的人会自动围上去，无须她开口要求。

“我打个电话说一下。”我说。

她点点头，神情沉闷地看着手机屏幕。

电话接通，母亲在一片背景嘈杂的地方说话，听了我说的后，她没有多问，很快道：“我临时接到通知，要去出差。琳琳和你一起的话，很好，有事再说。”

一个多小时后，戴着墨镜的男子对着琳琳招手，她回以微笑，轻声问我：“我现在看起来怎么样？”

“很好。”我转头看了眼那个陌生男子，一身浅色休闲装，像从海滩度假开小差跑来的。

男子叫杜洛简，他母亲姓简，是名时装设计师，他有个和琳琳差不多年纪的妹妹叫杜清一。琳琳对他说了我也同去，他摘下墨镜礼貌地微笑，说：“好啊，我跟他们说了你有同学一起来，现在走吧。”

在车上，趁着洛简在安置行李箱，我对琳琳说：“我不是陪你来玩的啊！”

“我知道。”

“可现在我跟去参加你们家庭聚会，多尴尬啊。”

“你现在回去，也是一个人待着，有什么差别吗？”

车门一开，洛简上车了，从后视镜里看了看我们两个，笑着说：

“天气还行，你们口渴吗？”

“不。”我们异口同声道。

车先到琳琳的住处，她父亲租的单间公寓，晚餐本是她与父亲及继母一家人见面，但后来另有一些朋友参加，赶来参加婚礼的亲戚，他们办了个别出心裁的自助餐，来了不少人。

杜洛简送我们到公寓，他有事先走了，晚些时候再来接我们。他一走，一直维持着端庄淑女形象的琳琳立刻跑去行李箱兜底翻，她暂住一个月，带了比我多起码一倍的行李，化妆品、服饰、鞋子，以及各种说不出来有什么具体用途的饰物，我的行李箱里还有她的两瓶香水和一盒耳环。

“别愣着，赶快行动起来！”她摇着手冲我打响指，一副精明干练的女强人样子。

“你要怎样？”我吃惊道。

“就光吃一顿自助餐，你以为这么简单？我早就打听清楚了，杜清一是个非常不省油的灯，她母亲就更厉害了，我搭这么久的飞机可不是为了来输给她们的。你没看见刚才那个谁，继母的儿子，那副自鸣得意的表情，我真想给他一个耳光。”

“你以前没这么暴力的。”我提醒道，立刻惹来她警告的眼神。

“听好了，娄依凝，我不管你以前怎么正的反的搞砸了和柯维兹之间的事，你喜欢拱手相让，听天由命，我可不是这种人。现在，我们是在一条船上的人，我不行，就等于你不行。你没有别的选择，除了帮我、帮我，你没有别的选择。”她拖过一大箱行李，哗的一声掀开，一堆衣物蹦出来，她冲我招手，不容置疑地说，“帮我找合适的衣服，还有你自己的，不许丢我的脸！”

衬衫、牛仔系列被她扔到一边，今晚的餐会她绝不会碰一下这堆。镂空针织衫、蕾丝吊带裙、抹胸曳地长裙、夸张的大号墨镜、印花短裙等，她对着衣服举棋不定，没有一双带来的鞋子让她满意，她沮丧至极，问：“你选了什么？”

“小黑裙。”说着，我找了双相配的低跟皮鞋。

她瞥了眼，不算会让她丢脸的选择，保守的穿法对今晚的餐会而言既不过分隆重，也不显得刻意怠慢。她好奇地又看了眼我手上的裙子，问：“是柯维兹的姨婆帮忙修补的那件？”

“嗯。”我拿到落地镜前比了一下，记起那天生日聚会上琳琳惊诧的眼神，不禁有点儿沾沾自喜。

“你觉得我穿什么好？”

她竟然在穿衣打扮上需要我的意见，镜子里是她六神无主的表情，离开她熟悉的生活圈，为了给她多年不见的父亲个好印象，又要在继母那边争面子，她像台高精密的计算机般运转，却难以解决最简单的数学题。

我挑了条酒红色及膝裙裤和浅灰色短上衣，简约利落的造型，说：“初次见面，稍微低调一下。”

“太保守，看起来我就是个吃素的，没主见。”

我找了件色彩独特有波浪般层次递进的无袖长上衣，搭配烟灰色长裙裤，蓝绿色上衣衬出了灰色的质感，裙裤中和了上衣的夸张效果。

“配这双高跟鞋不好看。”她扔了手上的搭扣高跟鞋。

我接连又挑了几件吊带，抹胸的长、短裙，她一概否决。累得我坐在地板上，无奈地瞅着她，说：“干脆你就这么去吧，没时间了。”

“除非你杀了我，抬我出去。”

“不管你怎么选，你心里想的是要让他们惊讶到，可你又不屑表现得这么明显，你不希望让他们看出来你过于看重这次小小的餐会，你还有后备计划。”

琳琳笑了，很开心地扬起嘴角，说：“没错，你说得很对。所以，你有什么提议？”

“这件，欧根纱，印花面料的长裙，花型以水墨画的飘逸为主，不艳丽，却有让人舒心的恬淡温柔。你带来的配饰很合适，这么穿随性又让人眼前一亮。”

她歪着脑袋想了会儿，双手一拍，道：“好！”

我想到的是夏静珊极为有限的嬉皮士风长裙，花衣裳，贴服着身躯，自然妩媚，在这个有些空旷的城市里，季节颠倒地挤进了春天，夏天不再是闷热、冗长、让人擦着汗地发脾气。

琳琳被她父亲带去介绍给各方来客时，我在露天餐会的一角看手机，才一会儿的工夫，琳琳已经连拍数张照片上传主页，照片里也有我，我担心地看看角度有没有拍好，柯维兹应该会看到吧，没准他正抱着哪个新认识的女孩，没工夫再理会这些小事情。

我一杯接一杯地喝着果汁，餐会上除了琳琳谁也不认识，杜洛简之前见过一面，但说不上认识，他出于礼貌地与我打了声招呼，把他妹妹杜清一介绍给我，聊了几句，清一问道：“你和琳琳是大学同学？”

“是啊。”

“她在大学里怎么样？”

我笑了笑，清一长得很小家碧玉，是妆容精致的淑女，清汤挂面的黑长发，眼神与说话的表情有时会慢上半拍，她颇有些慢条斯理的执着。我说：“很受欢迎。”

清一回以微笑，轻声问：“听说，你收古董衣？”

“之前是。”我迟疑了一下，说，“在一家古董衣店打工了一段时间。”

“我在网站上看到过你的照片，她穿一身旗袍。”清一的目光看向不远处的琳琳，说，“我最喜欢迪奥这个牌子，你穿的那件Bar套裙还在吗，多少钱？”

“那件衣服是私人收藏，价格的话……”

“你开价吧，这些衣服收进店里也是要卖出去的。”

我从未问过店主婆衣服的后续安排，有“LC”标志的衣服从不会在货架上出现，她很不喜欢别人过问她不想说的事。

“怎么样，餐会没让你无聊吧？”杜洛简忽然出现在他妹妹身后，他对我友善地笑了笑。

“嗯，来的人不少。”我说。

“也就还行吧。”清一不打算放弃，继续说，“你身上这条裙子就是杂志网站上的？”

谁能说清楚信息时代通信发达究竟是不是件好事？

“是啊。”我说，“是位技艺精湛的裁缝师做的，后来又由另一位裁缝师修改过。”

“你带了多少古董衣，开个价。”清一说。

我看到杜洛简脸上显出尴尬的神色，但又不确定我是何反应，他在等着我表态，再决定怎么缓和气氛。

“特殊的礼物，不转让。”我笑着说。

清一的表情微微抽搐了一下，洛简冲我眨眨眼，立刻道：“你刚才说明天去哪儿看衣服？”

“你刚才还有心思听我说话，你一直在看着她。”清一不悦地白了一眼她哥哥，目光转向琳琳。洛简勾着她的肩膀，带她走去另一边。兄妹俩才走开，琳琳立即凑上来，说：“她刚才跟你说什么？”

“她想买我的古董衣。”

“你怎么说？”琳琳狐疑地打量我。

“直接拒绝。”

“好样的！”她笑了起来，为了不让那对兄妹看出我们在说刚才的事，她立即收敛表情，说，“有件事，你大概想知道一下。”

“什么？”

“柯维兹过两天会来这里。”

我吃惊地看着她，确定她不是在作弄我。她点着头表示消息确凿属实，说：“不是他一个人来。”

“为什么你不告诉我另一个人是谁？”

“有差别吗？”

离开餐会后，一路上我不止问过琳琳一次，她绕来绕去地不说，我心下一沉，说：“是石佳雯？”

“柯维兹不是你的谁，对吧？”

把她逼急了，她向来说话尖刻，我才不管什么可怜的自尊心，说：“没错，我就是想知道，他待在英国追摇滚乐队不是蛮好的，为什么带着石佳雯来这里？”

琳琳以一副像看见外星人的表情打量我：“他需要跟你交代？就算是带着女朋友在你吃饭的餐桌前秀恩爱，你也得乖乖闭嘴。你看不惯，自己找一个去，那个谁，杜洛简可以用一用。”

我不知是该气得发狂，还是该把话堵回去。杜洛简似乎对琳琳不错，餐会时我就看出来了，他不管走到哪儿，都会下意识地看下琳琳站在哪个位置。这个温文尔雅的男子，为人很谨慎，才不会理会这些小女生的钩心斗角。

我收拾行李要回去母亲的公寓，琳琳站在一旁看着我，说：“这么晚，还要回去？”

“不然怎么办，总得回去。”我换上来时的休闲装，说实话，我早已累得精疲力竭，加上时差的缘故，总感觉周围天旋地转，情绪很烦躁。

“为什么你会喜欢柯维兹？”琳琳忽然问。

我一怔，说：“为什么你这么想引起你父亲的注意？”

“自从他和母亲离婚后，除了经常给我寄来很多很多漂亮衣服，他几乎不联系我，更别说来看望我。我母亲对任何事都很挑剔，她看不惯我做每一件事，因为我长得像父亲，性格也像他，不喜欢被人管着，我母亲知道早晚有一天我不会再听她的。”

“所以那次我去你家收衣服，你和柯维兹是故意当着她的面说出去旅行？”

琳琳挑了挑眉，她不会正面回答这个问题，反问：“你呢，为什么是他？”

“从第一眼，”我搜刮着恰当的措辞，这不是容易回答的问题，琳琳更不容易糊弄，我轻声说，“他是我第一个想亲吻的人。”说完，我看了看她的表情，她似乎一时没理解，过了一会儿，她笑了笑，说：“你亲过他吗？”

我深深地吸了口气，轻声说：“嗯。我去酒吧的那晚，我闻到了他身上的香水味，和你今天给我闻的试用装香水一样。”

“哦。”琳琳皱了皱眉，说，“看来确实是石佳雯了，我知道的人里只有她用这款。”

“原来你不确定？”

琳琳转开了目光，见我收拾得差不多了，迟疑地问：“你现在走，路上有事怎么办？”

“路线我知道怎么走。”

“要是我告诉你一件事，你今晚留下来，怎么样？”

我踌躇地看着她，她究竟在想什么，从回来到现在她一刻也坐不住，一会儿站在窗口东张西望，一会儿在房间里走来走去看我收拾行李。忽然，我明白了，问：“你怕一个人住在这里？”

琳琳的脸立即沉了下来，满脸不高兴，最终还是点了点头，说：“你怎么说？”

“你说吧，我明天走。”

她松了口气，扔了件睡衣在沙发上，随时准备说完去洗澡，她说：“你收到的小黑裙，是夏阿姨出的主意，柯维兹是个笨蛋。”

“什么？”

“柯维兹手上的禄来双反是夏阿姨转让给他的，他喜欢复古相机。”

“夏阿姨为什么要送我小黑裙？”

“因为她看出来一些事情。”琳琳抿着嘴，似笑非笑地瞅了我一眼，说，“谁知道呢，没准帮了倒忙。”

“我一直以为你和他才是……”

“得了吧，你爱怎么想怎么想。”琳琳转身拉上浴室门，房间里响起了轻音乐。

我打开电视，盯着怎么也看不懂的节目，想着不着边际的事。

香榭丽舍大街上汇集着眼花缭乱的知名品牌，我找了个街边的咖啡馆发了个定位给琳琳。住进母亲的公寓后，我白天搭地铁四处游荡，因为独自出行，又有接下来的念书时间，我并不急着游览巴黎各处名胜古迹。

琳琳说要一起去，她每天的时间安排得很紧凑，急于在新环境里拓宽她的社交圈，她与继母的女儿清一算是杠上了。她发在主页上的照片，总能看到她身旁几步之外表情怪异的清一，不是脸照变形了，便是身材走样了。单论外表而言，清一不及琳琳脱俗出挑，但她胜在社交场合比琳琳有优势。每张琳琳发到好友圈的照片，我会留意下杜洛简的神情，夹在亲妹妹和继妹妹之间，他表现出一副既无奈又责无旁贷的好脾气。

琳琳发信息会晚到一会儿，我买了一个可丽饼边走边吃，法式的煎饼果子加糖、蜂蜜、果酱，我吃得有些后悔，看到冰激凌店外排着长队，才感觉又有了希望。

来之前，我问过店主婆，陈媛在巴黎的裁缝铺地址，她不无遗憾地告诉我，店铺几经转手，早已面目全非了。

与琳琳见面的时间一再延后，我不想再等了，照着店主婆给的地址去寻访面目全非的店铺。

陈媛的店铺靠近圣－图安（St-Ouen）跳蚤市场，这里有各式旧货、古董、洋娃娃、首饰、旧书，还有不为人知的古董衣店，从18世纪末到19世纪的收藏，大部分还是20世纪初到60年代的。我看中了一件蕾丝裙子，与店主砍价半天未果，其间，又来了几个人在询问价格。

琳琳忽然发信息问我在哪儿，我说了之后，她立即打来电话。

“你怎么不等我？”她质问道。

“我以为你不来了，我不能在咖啡馆坐上一天等你。”

她闷了一会儿，才说：“你现在等在那儿，我这就过来找你。”

住到母亲公寓里的几天，除了晚上和母亲通个电话说些白天的事，大多数时候是我一个人，琳琳来去匆匆，吃饭、逛街，最终都是我一个人谋划接下来去哪儿。母亲在电话里说了语言班的课程，我去报了名，回来的那天路上似乎看到某个和柯维兹相似的男孩，但马上又觉得很可笑，怎么可能这么巧？我没再问过琳琳他是不是会来、几时来，对新环境一时难以适应，只会让我越来越想念过去，虽然我也不知道有多少可以怀念。

下定决心一个人去寻找陈媛的裁缝铺，我才感觉找到了来此的真正目的，心里觉得很踏实，我不认识她，她却与我的生活有着千丝万缕的联系。

琳琳穿着斜条纹的T恤和热裤，戴着超大号墨镜，在街对面冲我挥手，我扔了手上的饮料瓶正要走过去，突然看见另一个身影走向她，起初以为是杜洛简，仔细一看，柯维兹！

他笑得一脸阳光，低着头和琳琳说话，身体微微前倾，皱巴巴的、柔软的T恤和牛仔裤，贴服地显出他线条分明的身躯。我从墨镜后注视他，半个多月未见，他变得那么遥远，我翻找着包里的纸巾，大概刚吃的冰激凌残余还沾在脸上。

“找你真不容易啊！”琳琳开门见山地责怪。

我忽然领会她话中的意思，说：“一时疏忽了。”墨镜后，我能感觉到琳琳投来赞赏的目光，在她的字典里没有“等待”，柯维兹喜欢有挑战的事。

他走在琳琳身后，我和他简短地相视一眼，谁也没有打招呼，这么近的距离仿佛隔着千山万水。我以为他最终不会来巴黎，如果他是和佳雯同行，就更没必要在此见面了。琳琳问我刚才逛了哪些地方，有没有艳遇之类，我和她很默契地聊着，时不时地，我能感觉到柯维兹在身后投来的目光，眼角的余光里我仅仅能看到他迈着大步，他沉默地侧着脑袋，仿佛我与他从不认识，他要是决心让人恨得牙痒痒的，绝对能做得非常漂亮。

琳琳选了一家咖啡馆，低声问了他句什么话，他点头，径直走了进去。

“待会儿，别太惊讶。”琳琳轻声道，说完跟在柯维兹的身后走去。

桌位上已经先到了一个人，摘下太阳眼镜的石佳雯，老远就能看见她做了一手绚丽的美甲，柯维兹绕过她身后，她循着他的身影转向他，两人亲昵地相视一笑。

若非琳琳事先提醒，我可能会掉头就走，谁要看人秀恩爱，尤其是这两人。四人一桌，琳琳热络地点了几份甜点，过了这些天，她已经对法式甜点如数家珍。

琳琳与佳雯聊起了演唱会的事，柯维兹沉默地听着，他很少开口，只在佳雯问他时，他才简短地点头或微微一笑。我低着头看手机，收到左荟发给我的链接，嬉皮士与朋克的专题报道发在网站后，好多人在跟她打听购买方式，店主婆的采访吸引了很多人，难以想象一位90多岁高龄的老妇人会这么时髦前卫。我答应她会将在巴黎的所见所闻拍几张照给她，她十分好奇陈媛的故事，跟我打听过多次，既然店主婆不说，我也答得含糊其辞。来了这儿后，会想起我的人也只有她了，我觉得很开心。

“在跟洛简发信息呀，才一会儿不见就这样？”琳琳目光灼灼地看向我，始终没正眼看我的佳雯疑惑地瞥了我一眼，眼神立即转向柯维兹，他望着玻璃窗外，完全不关心。

“对。”我对着琳琳笑，“他很有趣，很成熟。”

说到最后两个字时，我看到柯维兹的肩膀不自然地挪动了下，他嘴角挂着一丝冷笑。

“他会过来吗？”琳琳追着问。这下真难倒我了，我连洛简的联系方式也没有，这谎言要怎么编下去啊！

“你猜。”我灵机一动地说。

琳琳暗暗给了我一个赞赏的眼神，说：“我希望他晚点过来，不然，有人就没心思吃甜点了。”

我继续回复左荟，装出一副恋爱中的样子，其实心里又酸又气，恨不得把还烫的咖啡从柯维兹的T恤里浇进去，他一副爱答不理的样子让我气得要死。

佳雯说一会儿去哪儿逛时，琳琳推荐了几个地方，两人一唱一和十分随意默契，琳琳拉着佳雯的手走在前面，佳雯回头看了看柯维兹，他在签账单。我在座位最里面，赶紧起身跟上，站起身的那一刻，我听见身后的呼吸声，他不知何时站到了我身后，近得几乎能触摸到他身上的衣服面料。我感到一阵头晕目眩，尽快往前走，颈项上感到一阵轻微刺痛的热辣，他像个浑蛋一样冲我脖子吹气，不知哪儿学来的。

我知道他喜欢使坏，人人都爱坏男孩。他喜欢狡黠地隐藏他这一面，他想让自己显得比别人聪明，其实仍然是个笨蛋。我回头看了看他神情自若的脸，我偏要走得慢些，挡着他的路，他这么急着催我走快点，不就是想和佳雯走在一起秀恩爱嘛。

他依然迈开长腿走着，半边身体撞向我，我差点扑倒在地上。我又气又急，恨不得人还在咖啡馆里就跟他大吵一架，他对着我笑了笑，说："走不动了？"

我转过头不睬他。他继续道："要我抱你出去？"

"我宁可爬出去。"

走到店外，佳雯投来狐疑的眼神，上前几步站在柯维兹身旁。琳琳调侃道："以为你们两个失踪了。"

我装没听见，继续看左荟反馈的信息。琳琳又道："好啦，不要再这么秀恩爱了，人都已经来了，还这么肉麻。"

我一怔，看向琳琳示意的方向，果然是洛简在向我们挥手。确实，我有些得意，尤其看到柯维兹一脸阴郁的神情，心里更加开心，毕竟能让他表露真实情绪的时刻太少了，别以为只有他可以左右逢源。我率先向洛简走了过去，什么也不说地搭上他的手，笑着说："你来啦。"

洛简真是绅士，他配合我僵硬的笑容，牵着我的手，说："等了一会儿了。"

坐上车，琳琳负责安排去哪些地方，她坐在副驾的位子。我与他们两个坐在后座，柯维兹坐中间。车内空间不大，他难以伸展长腿，大腿时不时碰到我的膝盖，我尽量侧向另一边。佳雯和他低声地说着话，琳琳在问路线怎么走，我坐在洛简身后的位子，看不到彼此的脸，只闻其声。

琳琳连问了两遍，我才惊觉是在和我说话："什么？"

"你在想什么呀？"琳琳转过头来看我。

"我在想……"我明显感到柯维兹大腿贴了过来，他是故意的，这浑蛋要看我出糗，他面不改色地与佳雯聊着悄悄话，"晚上和洛简去哪儿吃饭，上次说的餐厅没订到位子，真可惜。"

琳琳对我一笑，转向杜洛简问："听见没，你怎么说？"

"好。"洛简道。

柯维兹回过头来，靠回后座。佳雯在问他："你觉得怎么样，怎么样？"他没有回答，只是沉默。

逛完几处地方后，与他们三人分别，洛简带我去吃晚餐，路上我很抱歉地跟他解释今天的情况，说："我到前面地铁站就行，不用、不用晚餐了。"

洛简笑了笑，说："你想共度晚餐的是另一个人。"

"你想约会的也是另一个人。"

这时，我与他相视一笑，我问："琳琳提到过你。"

他眨眨眼睛，笑着说："是好事，还是坏事？"

"她不会无缘无故提到一个人。"我对着他笑道，"她喜欢捉摸不定，不让人知道她的真实想法。"

他一耸肩，专注地看着路前方。我好奇地追问："你会知难而退吗？"

洛简眼睛一亮，似乎很感兴趣这个问题，说："你的朋友会吗？"

他送我到公寓楼下，便开车走了。晚上，我在附近超市买了晚餐，面包、奶酪吃了几天实在难以适应，甜点太甜，中餐馆的外卖要等好一会儿。

我独自坐在电视机前，对着听不懂的新闻，不时看向毫无动静的手机。柯维兹这时会在哪儿，一定是和佳雯在一起，无论在餐厅共进烛光晚餐，还是在塞纳河散步都很浪漫，浪漫得与我毫无瓜葛。

他真是狠，想起来就酸。

吃完饭，我没事找事地收拾房间，母亲的公寓里到处是报纸、杂志，理得整整齐齐，数量惊人。我坐在一堆杂志上，随手拿到一本特别厚重的本子，翻开一看是相册，里面是黑白照片。我从前至后翻完一遍，确信这本相册与家里发现的那本相册上的人是有联系的，新发现的这本相册里的人渐渐老了，年轻时的棱角变得柔和了起来，对着镜头的眼神安静而恬淡，沾着尘世的悲喜。

我看得心里一阵难受，忽然看到一张十分眼熟的照片，是婴儿时期的我，抱在母亲怀里，她侧着脸看我，我瞪着眼睛惊讶地看镜头。

手上的相册越来越沉，我意识到了某种可能，所有这一连串的事不是偶然发生的，店主婆、夏静珊不是随口提起我母亲，没有纯属偶然。

陈旧、保存完好的相册上，我依稀能认出很多人，陈媛与丈夫梁浩伟、宛瑢母女、孟紫桐和年幼的夏静珊，甚至温向薇和韦仕应，向薇一身龙虾裙，身旁站着一身西式礼服的仕应，他们相视而笑，眉目笑得这么生动喜悦，即便不是传统婚嫁着装，一望便知是对新人。

我不相信这些不寻常的照片会是谁存放在我家的，母亲将相册带在身边，一定有特殊含意。我发邮件询问她几时回来，一直等到很晚，收到她的回复说后天。

夜里，我翻来覆去想着店主婆、温家姐妹、欧立诚、夏静珊的事，林林总总，仿佛一块巨大的拼图，拼来凑去，总是缺了最关键的一块。

母亲似乎知道我发现了什么，第二天一早，她打电话给我，问：“又要出去找裁缝铺了？”

“我小时候穿过的几件衣服，是欧师傅做的吗？”

母亲沉吟良久，她显然并不惊讶，说：“嗯。把房间收拾干净，有什么事，等我回来再说。”

晚上，洛简来接我去他的派对，既然有“女朋友”这件事，他的派对不可能不到场，琳琳一个劲儿催他给我打电话。

我好奇他们之间的进展，琳琳在派对上和每个人谈笑风生，短短这些天，她在新环境里已开始如鱼得水了。洛简体贴地带我认识他的朋友，他们看起来没被他突然冒出来的“女朋友”惊讶到，好奇地询问起关于古董衣的事。闲聊的间隙，我忍不住期待地看向门口还有谁会来，琳琳拿着饮料走了过来，轻声笑着，说：“别看了，他们已经来了。”

“在哪儿？”

“在阳台上，想去看看？”

“就他们两个人？”

“你去不去？”

我知道她要说什么，如果总是畏首畏尾犹豫不决，干脆就放弃。管他在阳台上会撞见什么，我放下玻璃杯朝阳台走去。

佳雯一身裸色的修身短裙，金色的高跟鞋，头发蓬松披散在肩上。她和柯维兹站在一处低声说话，我走近时，柯维兹听到有人过来，他侧首一看，佳雯也转过脸来。

“嗨，你们来了。”我笑着说。

佳雯笑容可掬地回应了一声，她向柯维兹靠了靠，他依然如故地站着，不置可否。我感到场面有些尴尬，可既然来了，琳琳一直在帮我找机会，我要是不想半途而废，就必须主动做些什么。

“后来，你的艺术照拍了吗？”我没话找话地想起她预约摄影师乔祺拍照的事。

佳雯当然不喜欢被打扰，但她不会在脸上表现出半分，不冷不热地说：“约了时间，还来不及赶去拍，就跑出来追演唱会了。”说完，目光转向柯维兹，他低头看她，那一刻，在旁人眼里他们是对亲昵的恋人。

我想说几句敷衍的话走开，转身就走太突兀，也很没必要。幸好，电话救了我，我确实不想再多待一刻。

我拿着手机去室外接，琳琳一路跟了出来，一直等我挂上电话，立刻凑上来问："怎么了？"

"我还不够努力吗？"我轻声问。

"他说什么了？"

"他不需要说什么，佳雯说什么他都默认。"我感到沮丧至极，"除了讽刺我，他不对我说一句话。"

"讽刺你？"琳琳皱着眉问。

那天在咖啡馆里的情形要怎么解释才好，我颠三倒四地说了，她满脸狐疑地看着我，说："就这样？"

"他是故意撞我啊，要是我摔趴在地上，他得多得意啊，你不觉得他看我的眼神，好像我就是笨蛋白痴吗？"

"可他在你看来不也是浑蛋白痴？"

我气得说不出话来，不知道她究竟是帮谁的。

"你刚才说，他撞到你……还碰了你一下？"琳琳凑近地看我，我尴尬地语无伦次，说："我是后来想起来的，当时脑袋里一团乱，觉得他很粗鲁，很过分，没意识到别的。"

"他碰你哪儿了？"

"记不得了，就是有这回事啊……"我舌头打结，"这不重要。"

"重要！为什么不重要？既然事已至此，更不能让他太得意。"

“你想做什么？”

琳琳神秘一笑，丢下我走了。

喝完两杯果汁，我想对洛简说先走了，他正和几个朋友聊事情，我站在房间一角等他们说完。柯维兹突然从房间另一头神情阴沉地走过来，我只当没看见，扭过头去。他忽然站在我身旁，他穿着浅灰的T恤，衣服的面料擦过我的胳膊，我下意识地看了他一眼，他抿着嘴，有些挑衅地看着我。

“你喝醉了？”我低声道。

“还没。”他似笑非笑，说，“我碰你哪儿了？”

琳琳到底对他说了什么，他看起来像被踩到尾巴了，皱着眉等我回答，我说：“在咖啡馆里，你摸了我一下。”

他笑了，嘴角扬起一抹讥笑，说：“就算是吧，要跟你新男友去告状吗？”

“佳雯呢？”

“别岔开话题！”他确凿生气了，身旁有两人投来询问的目光，我故作轻松地笑了笑。他说：“我明天就走，你安心在这儿念书吧。”

气氛陡然尴尬沉默，他拿起酒杯一口灌了下去，转身就要走。我一把拉住他手腕，最初的一刻，我以为他会立刻甩开，他回头看着我，口气变得缓和了些，说：“怎么了？”

“你走之前，我们好好吃顿饭吧，因为……下次不知几时再见面。”我轻声说。

柯维兹迟疑了下，说：“我和你？”

“嗯。我找到陈媛的店铺了，上次去的时候找晕了头，错过了，现在是家餐厅。”

他的目光穿过房间，看向正与琳琳说话的洛简，说：“好。”

我看到他身后正走过来的佳雯，满脸不悦。我小心地凑近他，轻声轻气地说：“我没有为那天的事生气。”柯维兹看着我，冷不防被佳雯挽住胳膊，她一脸笑容地说：“聊什么呀？”

“晚安。”我笑着与他们道别，去找洛简。

“要是每个人都像星星似的，保持一定的距离该多好。如果他是在悬崖上，我早就把他推下去了。我从以前到现在，从没有希望时间能停留过，即使知道明天会有难过的事发生，我还是期待着明天的来临。”

我也不知为什么要在 FaceTime 上和左荟说一堆乱七八糟有用没用的，和柯维兹约了去陈媛店铺的旧址吃饭，凌晨 4 点半我醒来后没再合过眼，晚上母亲回家，与母亲见面的那会儿，柯维兹也许已经离开法国。我从凌晨 5 点开始等左荟上线，跟她抱怨了一通在巴黎的新生活，最后，她问我：“你们这算是最后通牒？”

“我也不知道，从没心平气和聊过一次。”

“你喜欢他，还是讨厌他？”

“又喜欢，又讨厌。”

左荟笑了，忽然问：“你有个同学叫石佳雯？”

“是啊。”

“你和她是好朋友？”

“不算。”我顿了顿，说，“琳琳和她也不算。”

左荟的神情掠过一丝会心的了然，说：“小心点她。”

“怎么了？”

“留个心眼就是了，乔祺的日程排不开，没法替她拍照。”

我正欲打听清楚，左荟忙着要去接电话，视频便中断了。

所有带来的衣服我试了一遍，找不到一件合适的，柯维兹随便套上T恤、牛仔就行，他几乎不打理发型，头发乱得像个野小子才符合他的风格。10点刚过几分钟，我套上千鸟格纹的镂空上衣和短裙下楼，柯维兹已经在楼下了，他仍然白色T恤、牛仔裤和球鞋，脸上的阳光明朗足以驱散一切阴霾。

我欣喜地一下子握住他的手，像被轻咬了一口赶紧放开，他反应灵敏地抓住我抽回的手，拉着我靠近他。我心里一阵悸动，又想起酒吧巷子那晚，与他喝醉时的接吻。他一只手抚着我的后脑勺，低头亲了我的额头，我抬起头看向他，他明白我在等什么，只是抵着我额头说：“去餐厅吧，嗯？”

我真希望不顾一切吻他，谁知道待会儿又会因为什么吵得不可开交，恨不得随手扔点什么过去。

“我今天没喝醉，”他似乎在笑，“我们好好聊一聊。”

“酒吧那晚不算。”

“什么不算？”他明知故问。

我可不希望与他第一次接吻被那晚毁了，闻到的全是佳雯的香水味，谁知道前一刻他在鬼混些什么，一想到这儿就让我恼火。我闷声不吭，他当然明白，低了头与我接吻，火辣辣的吻，手很不老实地摸着。我扯着他的上衣，他身上的肌肉温热绷紧，我小声地说："我们走吧。"

柯维兹有一只长鼻子，挺直，鼻尖轻擦过我脸颊，说："好。"他吻我的额头，我亲了亲他的下巴颏儿，他拉着我的手走到外面街上。

我不知道别的情侣会如何选择他们在巴黎度过的时光，对我而言，只要是他，哪怕在楼梯口接吻都激动不已，不需要某个美其名曰的浪漫之都，抱着他短暂的片刻，世界对我而言毫无意义。如果某天我停止喜欢他了，我也会找到别的方式好好生活下去，但人生也一定失去了很多精彩的事。

现在我能想到的最好之事，是拉一下他线条分明的手臂，对着他微笑，他会立刻停下来轻吻我一下。他要是对街上别的漂亮女孩多看一眼，我就对别的帅哥目不转睛，他一定会用手掌挡住我的视线把我拉走，我趁机咬他一口，他会惩罚性地在街上吻足两分钟再走。我低着头满脸发烫，明知当街接吻在这儿随处可见。

圣－图安跳蚤市场附近，只在周末与周一开放三天，周围一圈常驻的小店铺，熙攘的人群，此起彼伏的讨价还价声。柯维兹对着一套女仆装看了又看，我白了他一眼，拉着他就走，他好像还很不乐意的样子，嘟囔着说："不进去看看？"

"不看。"

摊位上琳琅满目地贩售各种各样古董餐具、家具、连衣裙，精装文学合集，甚而艺术品，老式的家具式样尽管古旧，外观十分整洁，设计精美绝伦。

难怪店主婆钟爱古董衣，这儿简直是古董衣爱好者的天堂，大牌经典款式，仔细用心淘，准能不经意地收获颇丰，价格当然也贵得非比寻常。人群中也有时尚从业者，收集各大牌服饰的经典款式、图案。古董衣都经过严格的清理和消毒，卫生情况大可放心。一件小小的古董小物件，因为独特，价格通常惊人。

“你姨婆在这儿住了多久？”我问。

“一段时间，几年吧。”柯维兹牵着我的手，人流拥挤时，很容易走散。

拐过弯，人稍微少点儿，我看向一间餐厅，说:“应该就是那里。”

餐厅楼上楼下两层，店主是对华裔夫妇，店里装潢得古色古香，我好奇地打听店里的情况。老板说从他十几年前接手后，每年会不同程度地修缮一番，店里的家具有以前留下的，大多数是逐年添置的古董家具。

“听说以前这里是一家裁缝铺。”我笑着说。

“噢，是有这么回事，起码几十年前了，来这儿做衣服的人不少，以前也有人来问过，大概很有名吧。我们搬来的时候，基本上没什么人见过裁缝师本人了。我听说，裁缝师关了店铺以后，搬去南部了。”

老板走后，我忽然看见店门外有熟悉的面孔走过，示意柯维兹去看，他茫然地环顾一圈，问：“谁？”

“我也不知道。”我好笑地说，“在电影里看到过的一个演员，不知道名字。”

他摇了摇头，说：“长得帅？”

“要是的话，我肯定记得名字。”

他眼神狡黠一笑，手上的菜单交还给服务生，说：“姨婆没说南部的地址？”

“没有。”

“你想去吗？”

“一个人去吗？”

柯维兹笑了笑，他没有接话。我和他始终避免提及离别的话题，半天的时间很短暂，根本没时间吵架，我努力忘记佳雯也许在某个地方等他，他们在巴黎的几天是不是一直在一起？只要一说到我和他之间的事，最终都会演变成一场灾难。我拉着他的手指节，修长、有力，他打球时手上经常受伤，他毫不在意这些伤疤，受伤后身上还缠着绷带照样打球。

“时间还来得及。”他声音温和地说，我用手指抠他的掌心，他一把握住，我怎么也抽不出来。他说：“待会儿再去哪儿逛，嗯？”

再过四个多小时他要去赶飞机，我实在忍不住地问：“你和佳雯一起走吗？”

“为什么这么问？”他诧异地看着我，手上的力道加重了些，我真不想这个时候为了别人跟他争得面红耳赤，可我既无法不去想这个问题，又没法做到谈论问题时的心平气和，一想到他和佳雯的亲密无间，就越光火，我使劲想抽开手，他牢牢握住。

“你和她一起来巴黎，一路上、一起的吗？”我口吃地说着，看了眼他沉下来的表情。

“没有，我在巴黎火车站碰见她。”

“她没和你去英国？”我意外地问。

“没有，而且我不知道为什么你会这么觉得，你从哪个八卦朋友圈上看来的？为什么不直接问我？”

“我出国之前去找你，你不高兴看到我啊，宁可一个人打球，也不看我一眼啊。”

“噢，那天，”他嘴角扯了扯，说，“我很沮丧，希望有人能安慰我，给我温暖，你要是再多待一会儿，我不能保证在酒吧巷子里发生的事不重演。”

我不知道他是故意扯淡还是为了让我一脸窘相，我很没出息地低着头不看他，服务生端来食物时，我也没抬头看一眼。

用餐的时候谁也没说话，才不是什么见鬼的用餐礼仪，他神情自若地拿着筷子，我好不容易抽回了手，不甘心地说：“你这几天不是和佳雯住在一起的吧？”

他几乎呛了一口，要不是在公共场合，保不准他会气得跳起来，我装作镇定地替他夹菜，一脸期待地等他回答。他没发作，心里一定气死了，粗声粗气地说：“我和同学住在一起，乱得像狗窝的男人宿舍。”

我凑近他嗅了嗅，说："没闻到有狗味嘛。"他忽然握住我脖子，他肯定能一把拗断我脖子，但惹他生气是件很开心的事，一看到他爱理不理的样子我会气得要死。

"乖乖吃饭。"他揉了下我的脖子，像在安抚宠物。

"不。"我沉闷地说。

"怎么了？"他凑过脸来，鼻子擦过我的脸。

"你要走了啊。"我拉着他T恤的边角，揪了下，又放开。

柯维兹沉默地吻了吻我，再多的吻也抵不过离别，要是闹不和干脆不想念，以后无牵无挂也罢了，现在平白无故地心里多了个人，我又生气又烦躁，还怎么也舍不得。一想到陈媛、孟紫桐、夏静珊都曾面临过，心里一阵又酸又暖，无论她们谁的曾经多美丽、多动人，我不羡慕，我只想牵着他的手不放，谁知道等待意味着什么，要经历什么，不必远隔重洋多好。

餐厅里，我将与柯维兹的合照发到主页上，生平头一次有了和男生的约会照，他转发了。我才不在乎杂志网站的专题，穿上再漂亮的衣服，我也希望他在我身旁，靠在他肩膀上无所顾忌地自拍，登上"Vogue"封面也不过如此。

"我会被你的暗恋者围攻吗？"我装作着急地问。

他在摇头，不太想搭理我。

"我要多拍几张。"我拿着手机积极地游说。

他不喜欢拍照，社交主页上多数是体育资讯，他转发和我的自拍，就像是默认了一段前途未卜的关系。柯维兹一方面积极地、突破常规地执着一种生活；另一方面，他是个固执而守旧的顽固派。我知道，他心里很反感这些小女生把戏，他不喜欢个人生活上的炫耀，看似眼花缭乱的生活是他藏拙的一种方式。

我搭着他肩膀，轻声问他：“要不删了？只要我们两个知道就好，不用傻乎乎昭告天下……我虚荣肤浅。”

“随你。”他笑了，说，“吃完，再去几个地方。”

临走时，拜托服务生在店门口替我们照了张合影，我想到母亲公寓那本相册上，陈媛和梁浩伟也有过这样一张，两人很年轻，对着镜头的眼神，喜悦满溢。

照着来时的路，我跟着他往回走，看到一件古董配饰时，他让我戴在手上试试看，转首跟店主买了下来，我笑着说：“还没砍价呢。”

走到地铁，我以为就此分别，他一直送我到公寓楼下，我不舍得地一会儿扯他T恤，一会儿干脆地推他快走：“再不走，要赶不上了！”

柯维兹抱着我深深一吻，然后，头也不回地走了。他向来不是拖泥带水的人，我也受不了冗长的离别，多一分钟，就越难放开他。他才转身，我已经感到期期艾艾地难以忍受，别人都是怎么熬过去的……

我推开公寓的房门，一个身影转了过来，我吃了一惊：“妈？”

“你回来啦？”母亲一身套装，脸上有些疲惫，说，“去哪儿玩了？”

“刚和朋友告别。”我不想瞒着她，因为想他，没法装作不在意，“他去别的城市继续念书，送我到楼下就走了。”

母亲立即料到了是怎么回事，温和地说：“怎么不上来坐会儿？同学朋友来这里聚会热闹些。”

“我的同学都要回去的。”越想越难受，我受不了这样的离别。以前喜欢一个人藏在心里，一个人忍受就好了，一想到柯维兹离去的身影简直像诀别了似的。我一下子坐在椅子上，冷不防椅子上有东西，是相册。我拿在手上，看着母亲犹豫不决的神情，她似乎不希望我看到这本相册，可我已经全部看了一遍，和家里那本照片上的人大多对应得上。

“妈，这本相册是我们家的吗？”我很小心地问出口，一直以来我隐约地怀疑过，但实在毫无头绪，从父亲口中完全问不出什么。

“是的。”母亲坐在我身旁的椅子上，踌躇了好一会儿，才决心说出一切地轻叹了口气。她翻到陈媛与梁浩伟的一张合影，说：“这是你曾外婆和曾外公，他们的大儿子，也就是我的父亲，在他20岁左右回到了上海，他遇见了你外婆，打算结婚后回巴黎，可后来你外婆生病耽搁了下来，然后又因为一些琐碎的事拖延了很久。到我出生以后，局势已经不太一样了，他们没有走成，后来他们去世了……我被送去给一户人家收养。我改梁姓文，文、娄两家关系原本还不错，那十年里，反目的反目，成仇的成仇，我和你父亲在这样的情况下走到一起，但两家的矛盾一直都在，祖祖辈辈的事怨恨了几十年。当初我离开家，是正好有一个机会，你父亲也劝我以工作为主，他家里的事他来想办法。”

“什么样的矛盾？”我难受地问，原来母亲就是静珊口中年幼失去亲生父母的孤儿，陈媛忍着悲恸欲绝没有告诉病重的丈夫实情。

母亲抚着我的头发，轻声安慰我说：“你已经知道了，我猜她们迟早会告诉你。你看，几代人的矛盾、怨恨、误会这样深，最终还是因为这些衣服又有了联系，当初也是因为它们结缘。文、娄两家的怨恨从娄敏、文烨年轻时就结下了，他们本来情同手足，文烨被牵连进韦仕应的意外，两人的关系变得很糟糕，后来两家的人在那十年里，站在了不同的派别，怨恨更深了。”

难怪母亲从不提养父母家的事，父亲那边的亲戚虽然待我不错，却总觉得他们有什么事瞒着我。上两辈的恩怨，后人记得的是不和，至于当初究竟是为了什么已没人说得清了。

我一直疑惑一件事，还没来之前问过店主婆，为了打发我别再寻根究底，店主婆说不记得了。我问母亲：“她后来真的搬去南部生活了吗？”

母亲看着我，缓缓地“嗯”了一声，忽然站起身在抽屉里翻了翻，拿出一个本子递给我，说：“你去找过裁缝铺的地址了？”

“两次，今天终于找到了。”

她微微一笑，说：“这上面是她最后的住址，现在住了别人，这个季节在南部度假的人很多，你要是想去，等秋天吧。”

我用手机拍下地址，眨巴眼看着母亲。她立刻知道我在打什么主意，说：“现在我走不开，没法带你去。”

“我可以自己去。”我小声地辩解。

“一个人去？”母亲皱眉道。

“我一个人来这里的。”

“琳琳和你一起搭飞机的，你还没上飞机，你爸就打电话告诉我了。”

“要是我找到人陪我去，你就让我去？”我燃起希望地问。

“琳琳走得开吗？她最近……”母亲笑了起来，说，“我听欧裕说她在这里每天忙着花样百出跟她继母那边的孩子比，为了这事，她父亲还给欧裕打电话了，让欧裕早点接女儿回家。”

我笑嘻嘻地听得很开心，虽说不上和杜清一有什么过节，但想到琳琳轻而易举就能让人活在水深火热中，我感到幸灾乐祸。

“还有别的人……”我轻声轻气地看母亲表情，她听出来了，说，“不是杜洛简吧？”

“不是。”

母亲沉吟良久，问：“你的同学不是已经走了吗？”

我知道绝无可能，其实是想给自己找借口追去机场看一眼，低着头翻手上的相册，忽然看到其中一张照片上的女子穿着精美的服饰，卷发打理得一丝不苟，姿态优雅而拒人千里的孤傲，她对镜头浅笑。我指着这张照片问：“这是谁？”

“沈诗慧。”母亲看了眼。

“她长得和……石佳雯好像，不对，佳雯长得很像她。”

母亲走近几步拿起相册看了看，说：“她后来的事，没人知道。

樊阿婆在巴黎时打听过她，沈诗慧后来有了孩子，境况不是太好。”

“樊阿婆想帮她吗？”

“可能吧，毕竟沈家收养过樊阿婆，恩情还是有的。樊阿婆嫁给梁彦伟，两人离婚后，她一个人在这里处境也艰难，我的祖父母帮过她，她很能体会诗慧的难处，大概想还些恩情给沈家。”

“最后也没人知道沈诗慧的事？”

“樊阿婆没说，但她提到过去南部看望我祖母时，当时还有一位客人在场，我问过她是谁，她说不记得了。我猜想不是不记得，是她不愿说，诗慧无论怎样，樊阿婆是不太好说的。”

我听得更是急不可待要去南部看看，眼下正值薰衣草绽放之季，到了秋天，花期都结束了。我立马说：“我要去南部看薰衣草，我自己去就行。”

母亲看了我一眼，开始收拾整理房间。我跟进跟出缠着她答应，最后她不耐烦地挥手，说：“有同学和你一起去，才可以。你再烦，我打电话给欧裕多订张飞机票。”

到底是亲妈，我抓起包往门口走，说：“找到同学陪我就可以，我现在就去找。”

每个人一生中至少会遇到一次生死时速的时刻，对我来说，现在就是。

我满头大汗气喘吁吁地赶到机场时，我最后悔的不是飞机已经起飞，而是过去那么多年，我竟然从没练过一次跑步，好像只要我再加快些速度，就一定能把柯维兹“劫”下来似的。

熙攘而人潮汹涌的大厅，一步步往回走的路那么沉重。我看到很多在机场拥抱分别的情侣们，也看到喜极而泣见面的人们，我深感安慰和酸涩。

经过一处柜台前，我突然怔住，脚下怎么也挪不开一步，一个熟悉的身影正转身走开，不是去登机口。我看着手机上的时间，确定刚才的航班没有弄错，他不让我来机场送他，是另有原因吗，是一直有别的原因吗？

我大步跟着，完全不在乎他是否会发觉，如果看到石佳雯出现，我一定会跑上去像个疯子一样揭穿。

走在前面的人，忽然停下来系鞋带，他轮廓分明的侧脸我不会认错，我站在他身后，等他转过身来。

“嗨！”柯维兹在笑，突然看见熟人的笑容，那个因为意外而惊喜的眼神，他是发自内心地乐意看到我在这儿。

“你错过飞机了吗？”我沉闷地说。

“没有，我改签了航班。”他走了过来，一手搭在我的肩上，熟悉的气息和举动。

“另有约会？”

“是啊。”

我绷着脸，四处搜索眼熟的身影。他说：“你想知道吗？”

“哦，你说呀。”看他还有什么花样。

“下次见面不知几时，有些事还没发生，我会担心的。”

我一怔，听懂了他指的是什么，脱口而出："就为这事？"

柯维兹咧开嘴大笑，我气恼自己失言，拧他的胳膊，他一把握住我的手腕，笑道："很重要的。"我气得想打他，靠在他胸前便不想动了。他凑在我耳边吹气，说："走吧……总不能在机场里。"

我白了他一眼，开心地问："你知道我会来？"

"我想好了先改签航班，不让你知道。刚才，我一办完手续，就总感觉有事要发生。"

我气得又想拧他胳膊，但忍不住在他脖子上吻了吻，说："你会多留几天吗？"

"两天，琳琳父亲的婚礼我们一起去。"

"好奇怪哦。"我笑着抬头看他。

"这有什么，你要是见过她跟继妹怎么变着法儿地斗来斗去，其他的事都不算什么。"

"你怎么会知道？"我好奇地看着他，他抚着我的后背，一脸坏笑，说，"她主意太多了，把佳雯介绍给继妹，一开始佳雯还挺高兴的，佳雯和清一常一起出去逛街，结果……"

"怎么了？"我欣喜地问。

"吵翻了，两个人性格不合，佳雯气得走了。"

"她离开这儿了？"

"早就走了。"

我欣喜地拉他T恤，他说："你以为我在等谁？"

"没有。"我抵死否认。他抬起我下巴颏儿，说："你整天在瞎想些什么？多想想和我们有关的一件事，很重要的那件。”

母亲看到我把柯维兹带回家，诧异地看了一眼，问：“樊阿婆是你的姨婆？”

“是的，文阿姨。”柯维兹走上前自我介绍。

母亲听了只是笑笑，说：“你睡在客厅的沙发，没问题吧？”

“没问题。”他坦率地说。

晚餐叫了外卖，之后我和琳琳通了电话，说到柯维兹没走的事，她一点都不惊讶，满腹心事地踌躇半天，说：“婚礼快举行了，我没有合身的衣服，我看中的衣服都穿在那个劈柴身上。”

我确信她说的是杜清一，对方比她瘦削得多，有种营养不良的孱弱，大概是为了在婚礼上艳光四射刻意减了些体重。初次见清一时，她只是正常范围的消瘦，看了琳琳发来的照片，发觉以清一现在的身材，0 号衣服穿在她身上都显得大。

生活中，唯一会让琳琳抓狂的事是找不到合适的衣服出现在众目睽睽之下，在电话中聊了很久，说到佳雯气呼呼地走了，她才稍微开心了些，说：“那劈柴也气得不轻，哈哈。”

电话挂断后，柯维兹已经在沙发上睡着了，我小心翼翼地嗅了嗅他身上新换的 T 恤，谁知被一掌按到他胸前，他笑着道：“你在偷窥我？”

“再不放手，我就咬你。”我试着拍开他的手掌说。这时，听见母亲房间传来一阵声响，他放开了手，我不舍地勾着他手指，说：

“明天一早出发，嗯？”

“晚安。”他双手枕在脑后，看着我说。

空气中弥漫着薰衣草香，卷着夏季的热浪一阵阵迎面扑来。三小时的火车，我靠在柯维兹的肩膀上打瞌睡，一下火车，他揉了揉酸痛的肩膀，我帮着一起揉，他笑着推我往前走。

跟琳琳说了去普罗旺斯后，她想办法订到了一间旅店，我本想邀她一起去，她说来说去都是在为礼服的事发愁，什么地方都不想去，她拒绝说没别的精力。

阿维尼翁市中心挤满了各色各样的游人，戴着墨镜，手拿相机，城际之间的交通非常方便，餐厅种类很多。时间在这里随时会凝固，而阳光会让人再次感受到时间的焦灼。路上，我几次拿出防晒霜涂抹，柯维兹起初看一眼，不说话，戴着墨镜装酷，忽然凑过来说：“我来帮你涂。”

“不要。”我笑着拍掉他的手，看到汗水从他的头发、脖子流下来。

琳琳订到的是一间家庭式旅店，有卫浴厨房、锅碗瓢盆一应俱全，附近有大型超市。扔下行李后，马上去找地方吃饭，我顺手上传张照片给琳琳，她表示下次找时间来玩。

看到路边的餐桌上，堆着一盘盘海鲜大杂烩，柯维兹决定就是这家了，我问他：“你确定好吃？”

前面几张桌位上，一个小女孩对着像宝塔似的餐盘惊叹，柯维兹说：“应该是吧。”

西餐吃不惯的人会到处留意中餐馆的情况，我们一致决定晚上去逛逛超市。

中心地带的广场一排露天咖啡馆，广场空地上有很多街头艺人在表演。

柯维兹查找了确切路线，一路向北门而去，小巷里停了几辆车。太阳渐渐西下，晚风很凉，我只带了一件披肩，回旅店拿外套显然不太可能，我挨着他站着，他说：“要我把T恤给你吗？”

“不要。”我笑着说，“不管用。”说着，我看向巷子里的窗口，看着其中一扇虚掩着的窗户，说，“你看，应该是这个住址。”

“现在住了别的住户。”柯维兹眯起眼睛看了良久，说，“姨婆说陈媛另外两个孩子处理完后事，当时想过要留下这处的房子，但他们谁也不可能搬到这里居住，房子空了两年后就转让了。”

我有些好奇现在的住户，尽管不会认识，还是想看一眼。窗户被推了一下，一双手伸出来，皮肤棕色，摸索了下窗框边沿，便将窗户关上了。关上的窗户，与周围一模一样，只是低矮的楼宇中普普通通的一间。来之前，我甚至担心找不到地方，一个人在陌生的地方去寻找另一个陌生的人，另一段陌生的记忆。

她选了南部的阳光栖息终老，爱过、被爱过的人永远记得感情的温度，像是这里的阳光，炎热、温凉是想象中的意味，有太阳底下的耀眼灿烂，也有晚风习习的冷凉。爱情里，谁都是冷暖自知。终其一生，如果没有爱过一个人，不会明白失去一个人的痛，生活却并不因此而简单舒坦。失去挚爱的人，固然悲痛欲绝，可只要一想到无力、渺小的人生，蕴藏了这样的力量，再多的缺憾，也是全部人生的一部分。

柯维兹从身后抱住我，我把头贴靠在他胳膊上，我说："真好，你也在这里。"

晚上，我们两个跑去超市采购了一番，将中午没吃过瘾的统统补回来，看见他在啤酒架前流连忘返，我决定马上引开他的注意力，说："明天晚上你要赶飞机。"

"所以，我可以睡个懒觉。"他伸手去拿啤酒。

"可是，你明天要早起呀，我们要赶去和琳琳见面。"

"嗯，你想好怎么安慰她了吗？"他继续拿啤酒。

"万一你起不来，错过火车，我们都会倒霉的。"不是夸张，我一再保证肯定会在婚礼之前赶到与她见面，要是不能兑现，琳琳一定有办法要我好看。

"起不来一定是因为另外一件事。"他笑得很开心。

我只当没听见，琢磨着怎么夺过他手上的啤酒，谁知他早有防备，抱在胸前。我扯着他皱巴巴的T恤，说："回巴黎再喝，婚礼上有很多好酒。"

他迟疑了一下，不放心地说："我不喜欢香槟这些乱七八糟的。"

"肯定有啤酒。"我冲他眨眼睛，他似乎信了，很不舍地放弃了啤酒。

旅店的阳台上，我和他吃了顿自制的晚餐，品相比午餐差远了，好在口味匹配。趁着他还在阳台喝饮料赏夜景，我鬼鬼祟祟地跑回房间准备偷他两件T恤自己留着，反正他T恤那么多，不会发觉的。正得意自己的聪明才智，转身一看，吓了一跳，他歪着脑袋看我藏在身后的T恤，手上拿着喝了一半的饮料，说："我也要纪念品。"

我一愣，只见他扔了手上的饮料走过来，我担心好不容易挑中的T恤被他抢回去，死命抱住不给。他双手抱住我腰间，我听到他加重的呼吸声，心里一阵猛跳，他的头发刮擦着我的脸颊。

"好。"我很轻地应了声。

他的眼睫毛刷过我的脸颊，声音低沉地说："真的？"

"嗯。"

"把内衣给我吧。"

我推开他，笑骂："变态！"

"怎么变态了？是你先拿了我的T恤。"

"我不是，你才是！"

无论他怎么说，我才不会把T恤还给他，赶紧抱着自己的旅行包走开，他笑嘻嘻地看着，似乎胜券在握。打打闹闹到半夜，最后也不知怎么累得睡着了，睁开眼时，柯维兹靠在边上熟睡，窗外的天空一片灰蒙蒙的。

我披上外套走上阳台，冰凉的风吹得我打了个哆嗦，咬牙待了10分钟便逃回房间，想着电影里都有这么一段唯美的画面，怎么到我身上都不管用呢？一转身，看到柯维兹不知何时已经醒了，他正脱下皱巴巴的T恤，露出结实线条分明的身躯，掀开被子的一角，他望着我，伸出手。

清晨，我准备了早餐，他一头湿发在阳台桌前坐下，阳光又淡又弱，清爽的夏风。他忽然拉住我，让我坐在他大腿上，我看着他，迟疑地坐了上去。

“睡得好吗？”他低声问。

“嗯。”

柯维兹扳过我的脸颊面对他：“怎么了？”

“我想去送你。”我轻声说，明知道他不会同意。

“我会忍不住把你塞进行李一起带走的。”他笑道。

我抱着他粗壮的脖子，在他耳旁小声说：“现在更舍不得了。”

“我知道。”他垂着眼睫毛，眼神深邃，他亲吻我的肩膀，我把脸埋在他的颈项之间，他抚着我的后背，缓缓地抚过，说，“我也是。后悔吗？”

“不，”我想了想，说，“不。”

回程的路，是一场刺激的生死时速，琳琳每过10分钟发个信息问我们到哪儿了，她像个濒临崩溃的疯子，她的住处一堆衣服，到处是纸盒、礼品袋，她哭诉找不到一件合适的，她根本无法静下心来冷静思考。杜清一拥有她每件喜欢的衣服，并在个人主页上即时更新，清一铆足了劲要把琳琳比下去。

一下火车，柯维兹拉着我狂奔回我的住处，他取剩下的行李，我则需要换身衣服，顺便将准备好的东西给琳琳带去。

一路上，柯维兹是最冷静的人，我被琳琳催得几乎快神经衰弱了，一边安慰她，一边解释还有多少时间赶到。

抵达她住的地方，眼前的情景比她发给我的照片更难以置信，鞋子、化妆品、包包、衣服乱作一堆，到处都是。她脸上应该是化了妆的，看起来奇怪极了。柯维兹无力地摊手，我着急道："去找双裸色的高跟鞋，你觉得好看就行，一定要两只一模一样的啊！"

我拉着琳琳去洗手间把脸洗干净，她问："我穿什么？"

"我带了件衣服给你，你会喜欢的。"

她忽然眼睛一亮，随即又暗了，说："劈柴肯定有的。"

"不可能，你看过就知道了。"

替她拾掇干净后，我将盒子里的礼服裙拿出给她，突然，她脸上有了些许笑意，但不太确定地说："这件裙子我好像见过。"

"是店主婆的，是她亲手缝制的。我出国前，她把礼盒寄给我了。我知道这条浅色的古董裙非常漂亮、珍贵，我也很喜欢，但要说谁穿上更好看，这个人是你。"

琳琳轻轻地触摸了下裙摆，说："面料真好，像……"

"像蝉翼，很轻薄的一层贴服在皮肤上，太瘦的人穿也不好看，你刚刚好。"

琳琳换上衣服后，在落地镜前转了数圈，满意得眼眶也似乎红了，直到手机响起，才惊觉要错过时间了。

等在车上的是杜洛简，他一见琳琳出现，戴着墨镜的他，立即摘了下来，目不转睛地看着她。琳琳上车后，笑道:“不是赶时间嘛。”

后座上，我靠着柯维兹的肩膀，他的大腿贴着我的，他喜欢恶作剧，我也不甘心认输。

婚礼上，清一的目光穿过众人的间隙，投来对琳琳深深的羡慕。酒宴上，琳琳的继母难得地走向她，主动与她寒暄，称赞道：“这条裙子很适合你。”她父亲在一旁看着，一向严肃的眼神里有了笑意，琳琳灿烂一笑，对着身旁的杜洛简举了举酒杯。

舞池中，宾客们悠悠地随着音乐起舞。我靠在柯维兹的胸前，心想这绝不是我和他的最后一支舞。

离别，并不尽是眼泪，还有音乐和舞步。爱是脆弱的，谁也不一定能呵护好它，我们只是糊涂地爱着，并尽力地做好，但愿这份脆弱的爱能克服所有的困境，生存下去。